MIRAŽ

MIRAŽ

Mladen Đorđević

Globland Books

Sonji Božić, mojoj oazi prijateljstva i ljudskosti,
u kojoj nikada nisu obitavale opsene i laži.
Bez tebe, ovu knjigu bi prekrio pesak vremena
i prisvojila pustinja našeg sveta.
Hvala ti neizmerno na svemu.

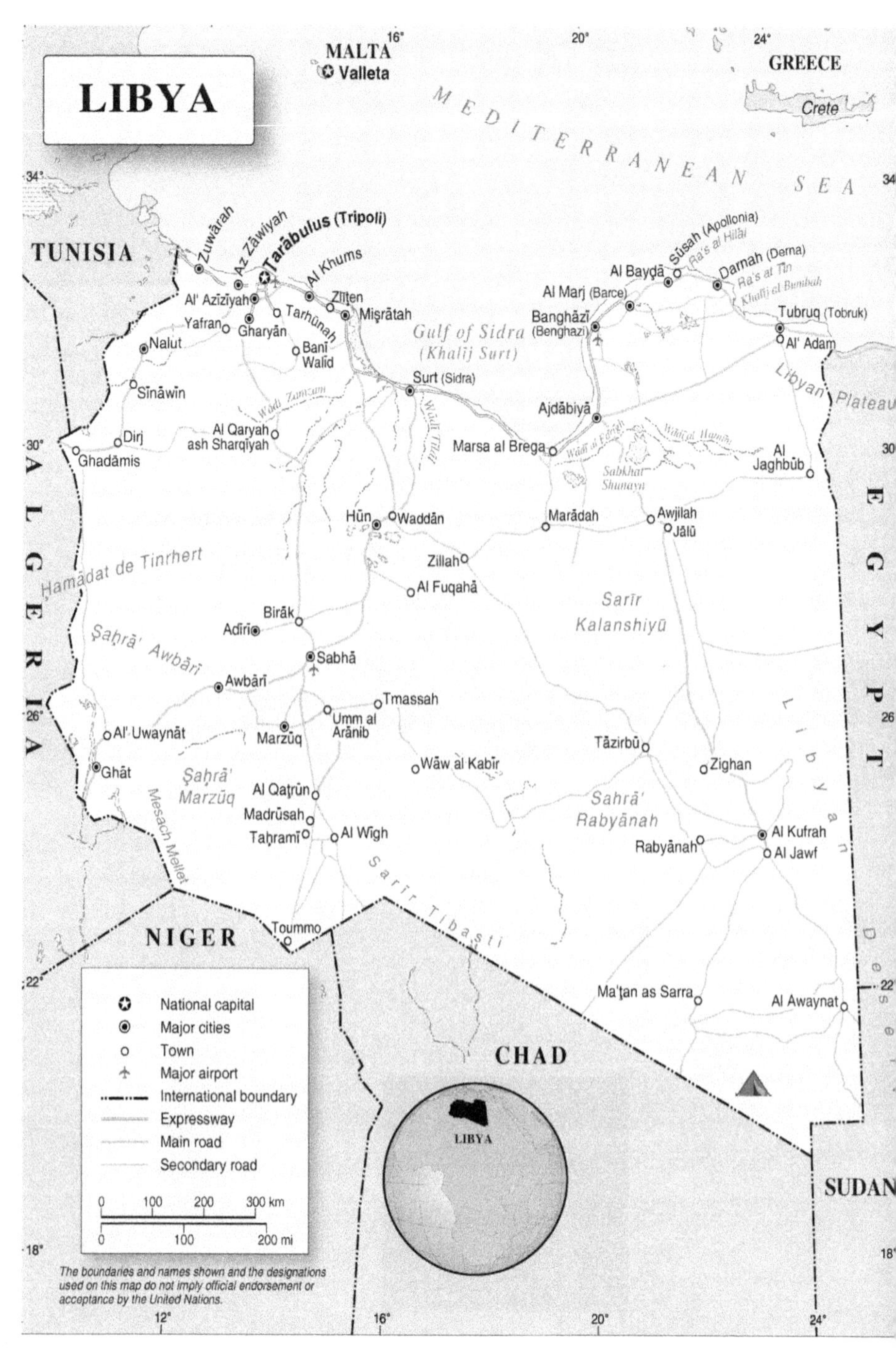

LIBYA
MALTA
Valleta
GREECE
Crete
MEDITERRANEAN SEA
TUNISIA
Zuwārah
Az Zāwiyah
Tarābulus (Tripoli)
Al Khums
Zlīten
Mişrātah
Al' Azīzīyah
Tarhūnah
Yafran
Gharyān
Banī Walīd
Nalut
Sīnāwin
Gulf of Sidra (Khalīj Surt)
Surt (Sidra)
Al Bayḑā
Sūsah (Apollonia)
Ra's al Hilāl
Darnah (Derna)
Al Marj (Barce)
Ra's at Tīn
Khalīj el Bumbah
Banghāzī (Benghazi)
Tubruq (Tobruk)
Al' Adam
Libyan Plateau
Dirj
Al Qaryah ash Sharqīyah
Ghadāmis
Ajdābiyā
Marsa al Brega
Wādī al Farīgh
Wādī al Hamīm
Sabkhat Shunayn
Al Jaghbūb
Hūn
Waddān
Marādah
Awjilah
Jālū
Hamādat de Tinrhert
Ḩamādat de Tinrhert
Wādī Zamzam
Wādī Tilal
Zillah
Al Fuqahā
Sarīr Kalanshiyū
Şahrā' Awbārī
Birāk
Adīrī
Sabhā
Awbārī
Tmassah
Umm al Arānib
Al' Uwaynāt
Marzūq
Wāw al Kabīr
Tāzirbū
Zighan
Ghāt
Şahrā' Marzūq
Al Qaṭrūn
Madrūsah
Taḩramī
Al Wīgh
Sahrā' Rabyānah
Rabyānah
Al Kufrah
Al Jawf
Mesach Mellet
Sarīr Tibasti
Toummo
NIGER
Ma'ṭan as Sarra
Al Awaynat
CHAD
Libyan Desert
ALGERIA
EGYPT
SUDAN
National capital
Major cities
Town
Major airport
International boundary
Expressway
Main road
Secondary road
0   100   200   300 km
0   100   200 mi
LIBYA
The boundaries and names shown and the designations used on this map do not imply official endorsement or acceptance by the United Nations.

*Pustinja je zemlja ludila i utočište đavola,
prognanog da doveka luta sušnim prostranstvom.
Žeđ izludi čoveka, a đavo je lud od žeđi za
sopstvenim izgubljenim savršenstvom — izgubljenim
jer se osamio u njemu i otuđio od svega.
Stoga čovek koji odluta u pustinju da pronađe sebe,
mora paziti da ne skrene s uma
i ne postane sluga onome koji obitava
u sterilnom raju, praznine i gneva.*

Misli u samoći,
Tomas Merton

SADRŽAJ

Prolog   11

Put   14
Pustinjska ruža   24
Široko   39
Horusovo oko   58
Svedok   76
Ludi pas   90
Nasukani   109
Ambis   128
Šesta zapovest   141
Ko tamo ide?   162
Moloh   182
Laži mi, Smrti   200
Ukoliko umrem (pre nego što se probudim)   213
Epilog   231

RECENZIJA   239
REČ AUTORA   243
BIOGRAFIJA   247

Prolog

Decembar, 1979.
Jugoistok Libije, Auzu pojas

Sunce je zalazilo kada se karavan nomada spustio niz veću dinu i odlučio da se ulogori — za taj dan je bilo dosta. Iako nisu imali problema da putuju i po noći, pristali su na izričit zahtev vođe koji je uvideo da žene i stariji sve više zaostaju. Brinuo je o njima kao o sebi, a zbog toga ga je i celo pleme od nekih dvadesetak ljudi najviše volelo i poštovalo. Naredio je muškarcima da podignu šatore, dok je ženama poručio da se pobrinu oko kamila, konja i istovarivanja stvari. Tada se izdvojio od grupe i otišao do naredne dine ne bi li osmotrio krajolik.

Okružen utvarnom tišinom i zagledan daleko ispred sebe, video je peščana prostranstva koja su se mreškala pod vatrenim svodom horizonta. Neko drugi bi se na njegovom mestu pribojavao prilične udaljenosti najbliže oaze, a preostala im je samo trećina zaliha. Pa ipak, njega je najviše plašio uočeni „roj" koji se uznemirio na jugu.

„Široko..." Saharski vetar, poznat po stvaranju peščanih oluja i dostizanju uraganske siline na samom severu Afrike, nalazio se još uvek u svom začetku. Kilometrima udaljen od nomada, gmizao je preko pustih predela nalik tumarajućoj, umrloj pustinjskoj duši, osuđenoj da proganja svakog na koga bi naišla. Kao i svaka oluja, nepredvidiva po prirodi, činilo se da je namirisala svoj plen i usmerila pogled ka logoru.

Vođa se sjurio niz padinu i požurio da upozori grupu na predstojeću opasnost. Kamile i konje su privezali i zaštitili, šatore ojačali, a onda se posakrivali u skrovišta, strpljivo iščekujući nevreme pred kojim su zastori počeli da drhte.

Dok su se naleti vetra utrkivali s vremenom, noć se spustila i prekrila krvave tragove zalaska sunca. Nomadi su se okupili oko vatre i slušali predanja starijih koja bi se u ovakvim situacijama prepričavala i prenosila s kolena na koleno. Pojedini bi odmahivali rukom na puka praznoverja, dok bi se ostali borili da ne iskažu strahove pred drugima.

No jednog dečaka, jedinog deteta među nomadima, strašne priče nisu preterano interesovale. Iskrao se od majke i pogleda ostalih i došetao do ivice usplahirenih zastora. Namestio je maramu preko glave i izašao napolje, smestivši se odmah pokraj ulaza. Nije se bojao nevremena i zlih duhova koji su uzimali obličja peščanih oluja, a čije su vapaje zavijajući vetrovi prenosili. Naprotiv. Njegovu dečju radoznalost ništa nije moglo da umanji, ponajmanje prašinom i hukom ispunjena noć kroz koju se jedva probijao sjaj lampi iz susednih šatora.

Udaljeni povik prenuo ga je iz zanesenosti sopstvenom senkom koja se ocrtavala po zemlji. Izvio je glavu i pažljivo oslušnuo, ali kada se nakon nekoliko trenutaka ništa sem šuštanja nije više čulo, pažnju mu je ponovo okupirala igra sopstvene siluete u polutami. Nijedno dete u drugim plemenima nije toliko volelo da se igra svetlošću i senama kao on, a svaki put kada bi im priredio iluziju, oni bi se uplašili i tužili bi ga kod roditelja. Stoga je često bio usamljen; sam u onom što je samo njegov um mogao da razume.

Pod novim naletom vetra lampe su zazvečale još jače, ali nedovoljno da priguše nekoliko sporadičnih krika. Dečak je zategao maramu oko očiju koliko je mogao i pridigao se da vidi šta se dešava. Iz omanjeg šatora, nedaleko od njegovog, izašla je starica i dozivala nekog po imenu. Nije prošlo ni pet sekundi, a nešto ju je naglo ščepalo i odvuklo u tminu. Nije ispustila ni glasa. Dečak se ukopao na mestu od straha kada je, istog časa, nastupilo nemilosrdno komadanje šatora. Pre nego što su lampe popadale na zemlju i razbile se, mlazevi krvi okupali su poderana platna, a gomilu bolnih urlika vetar je odneo daleko sa sobom.

Sablažnjen strahovitim prizorom, pokušao je da dozove roditelje, ali mu je užas stegao grlo pošto je uočio senku kako se nadvija i nad drugim šatorom. Goruće ulje se razlivalo po tlu i usplahirenom svetlošću doprinosilo nadrealnoj i košmarnoj pojavi. Pa ipak, kako je koji plamičak posustajao pred nevremenom, tako bi uminuo i po jedan nasilan krik.

Iz dečakovog šatora sav taj užas čuli su poslednji i istrčali napolje. Majka ga je zgrabila u naručje i odvukla na bezbedno, dok je uznemirena familija sa oruđem i bakljama u rukama pojurila napred. Šaputave molitve su joj se zaređale na usnama, ali ni one nisu izdržale te su se ubrzo pretočile u leleke. Novi i snažniji nalet vetra iščupao je deo logora i mlatarao njime tamo-amo, razbacujući im stvari po okolini.

Uz pomoć baklji ponovo je ugledao senku, ali ovog puta kako mu bestijalno kasapi strica i starijeg brata i odvlači ih u vihornu i prašnjavu tamu. Otac je pojurio natrag ka ženi i sinu. Vikao im je nešto da urade, ali ga je izdavalo grlo iz kojeg je liptala krv. Znao je da nema vremena da ih sve troje spasi, stoga je uradio ono što bi svaki otac na njegovom mestu uradio. Brzo je dograbio dete, postavio ga na konja i udarcem po zadnjici životinje poterao odatle. Jedva da je i stigao da ugleda njen galop, kada se avet pojavila iza nomada i iskidala ga na komade.

Nagutani prašine, dok su im suze strugale lica, majka i sin očajnički su se posmatrali sve dok ih kovitlac užasa nije sakrio jedno od drugog. Nagli, intuitivni grčevi u stomaku dečaka saopštili su mu da mu je i majka konačno istrgnuta iz zagrljaja života.

Jedini vapaji u olujnoj noći sada su pripadali njemu. Zgrčio se koliko je mogao uz vrat životinje, poželevši da nestane kao njegove svetlosne iluzije. Više nije mogao da raspozna da li je svuda po telu osećao vetar ili pipke tame koja je oživela i odlučila da ga vrati tamo gde je pripadao.

Začuo je režanje ispred lica i glasno njištanje, da bi potom utonuo u ništavilo.

Put

Kraj oktobra, 1980.
Baltimor, Merilend

Bio je to još jedan dosadan dan u kancelariji za Brajana Vilijamsa i Hala Haterasa, novinara američke novinske agencije Atlas. Da stvari budu još gore, kiša nije prestajala da pada od početka jeseni, dok se na radiju lokalne stanice i dalje vrtela pesma *Kumbaja*[1]. Odveć nesvestan toga, Brajan je od dosade počeo da zvižduće u ritmu pesme.

— Ajron Mejden? Ne znam, nisam čuo za taj bend. Kažeš, obećavaju ti Englezi? Okej, pokušaću da dođem do ploče… Hvala ti, druže — dovršavao je telefonski razgovor buckasti tip sa tregerima preko bele košulje.

— Hoće li nekad nešto da se desi… — zamišljeno je izjavio Brajan, mada je potajno želeo da njegov prijatelj i snimatelj, Hal, nekim čudom izgovori magičnu reč koja otvara sva vrata uspeha.

— Bingo! — uzviknuo je ovaj kada je spustio slušalicu i zalupao srećno po stolu. Srce je Brajanu poskočilo od straha i uzbuđenja, te se pridigao sa stolice i zapiljio u Hala. — Cirkus iz Kanade nam

-----

1 *Kum ba yah (Come by here)* ili u prevodu sa kreolskog jezika robova iz Južne Karoline i Džordžije: „Dođite ovuda (Gospode)", jeste duhovna i folklorna pesma koja predstavlja molbu Bogu da pomogne onima u nevolji; postoje brojne verzije ove pesme, ali se u tekstu prevashodno misli na izvedbu Pita Sigera, američkog folk muzičara.

dolazi u Baltimor. Naksutra radimo reportažu — dovršio je kolega sa podsmehom.

— Jebi se! — odbrusio mu je Brajan, pogodivši ga grudvom zgužvanog papira. — Zakuni se da nas šalju u prokleti cirkus?

— Ovako mladi, za bolje i nismo. Jebiga... — osmeh na licu brzo mu je zamenio gorak ukus realnosti u ustima.

— Pa da, matori uzimaju najbolje stvari, a nama koji smo u punoj snazi daju cirkus — uzvrati rezignirano, što je i fotelja osetila, te ustade i približi se prozoru sa venecijanerima. — Hale, veruj mi. Samo jednu priliku da dobijemo, jednu ekskluzivu da uradimo i večnost je naša... Četiri godine staža pretvorili bismo u četrdeset i četiri.

Nije mnogo pogrešio kada je to rekao. Brajan i Hal bili su od detinjstva nerazdvojni prijatelji i zaljubljenici u svoju profesiju. Tada su sagradili kućicu na staroj vrbi i osnovali ŽVRK, iliti — „Žalosno-vrbin redakcijski kutak". Prvi je maznuo od oca pisaću mašinu i fotoaparat, dok je drugi krao sveske od majke, učiteljice i radnice u fabrici papira. Stalno su izveštavali o najnovijim tračevima i dešavanjima u kraju: *Čija fudbalska lopta se zagubila na krovu?*, *U kojeg dečaka se Meri En zaljubila, ali koga je zapravo poljubila?*, *Ko se na igralištu smuvao?*, *Kada će se održati mini-turnir u košarci i gde?*, *Kako uspešno pobeći sa časova*, i još mnogo toga moglo se pročitati u komšijskom ŽVRK-u. Bili su rado čitani, ne samo od strane klinaca svoje dobi, pa i onih starijih, već i od mnogih sumnjičavih roditelja (naravno, oni to nikad ne bi javno priznali). Dešavalo se ponekad da dobiju packe od mangupa koji bi osvanuli u nepoželjnom tekstu, uslikani sa marihuanom, ali to ih nije sprečavalo da rade ono što vole.

Dakle, bili su to talentovani novinari koji su koristili svaku priliku da se nametnu Šefu, a posebno onu koja bi se ticala ratnih stanja i njihovih analiza. Obojica se slažu da im se pasija javila tokom Vijetnamskog rata, kada su uvideli kolika je moć novinarske propagande. „Istina nikada nije ista. Uvek je drugačija i menja lica kada se čuje preko mikrofona, vidi kamerom, odnosno doživi dušom i telom." Možda je upravo ta težnja ka utvrđivanju pravog, pa bilo lepog ili ružnog lica istine, za njih bila i presudnija od samog rata u kojem je stradalo toliko njihovih zemljaka. Od tada, svaki put kada bi se negde na zemaljskoj kugli pojavio određeni konflikt ili se stvorili uslovi za isti, oni bi provodili dane uz radio-stanice i televizore, razlučivali laži od činjenica i nastojali da budu u toku sa dešavanjima kako bi se nametnuli u agenciji.

U jednomesečnim kolumnama, retko člancima, protezale su se njihove često osetljive tematike, poput Zaliva Svinja[2], Izraelsko-arapskih ratova, Vijetnama, Nikaragvanske revolucije[3], krize u hladnom ratu sa Sovjetima i tako dalje. Pa ipak, da li zbog njihovog neiskustva ili možda sujete starijih kolega, politički nepodesnih tumačenja takvih sukoba ili nečeg četvrtog, dobijali su zadatke koje bi još kao deca očas posla obavili u maloj šupi. Tek ponekad bi im Šef bacio kosku da glođu, ne bi li umirio njihove duhove na neko vreme.

— Zamisli da smo se našli u Bolonji da izvestimo o onom avgustovskom neofašističkom bombaškom napadu? Cela planeta gleda tvoju reportažu, prenosi ili ti štampa reči, kolege ti se ulizuju... — nastavio je Brajan, zagledan kroz prozor u užurbane kabanice.

Kapi kiše izobličavale su prolaznike svojim kliznim putanjama, stvarajući mu prividno okruženje iskrivljenih sablasnih bića, u nakaradnom svetu gde ne važe pravila. „Ni ovaj moj svet ne zaostaje mnogo za njim", brinuo je.

„Ko zna na šta bi sve ličili naši karakteri ispod ovih mesnatih kabanica", nastavio je kraći monolog sa sopstvenim mislima. „Verovatno bismo se svi stopili u tu jednu amorfnu masu bez početka i kraja, bez ikakvog logičnog objašnjenja o takvom postojanju. Ono što je sigurno

---

2 Propali puč protiv režima Fidela Kastra i pokušaj američke invazije na Kubu 1961. godine, sponzorisan i organizovan od strane američke Centralno-obaveštajne agencije (CIA) i potpomognut kubanskom paramilitarističkom grupom „Brigada 2506".

3 Građanski „proksi" rat (daljinski dirigovan sukob između Sjedinjenih Država i SSSR-a) u Nikaragvi.

jeste da bi se neki od nas udavili u prelepoj laži, dok bi se drugi ugušili u ružnoj istini u kojoj živimo.”

— Ili tokom onog pakleno vrelog talasa što umalo nije pobio narod na Srednjem zapadu — dodao je Hal, boreći se sa kaišem i novom rupom na njemu koju je morao da izbuši.

— A Džon Vejn Gejsi? „Klovn-ubica” što je poklao onu jadnu decu? Bar da smo bili tamo da snimimo izricanje smrtne presude... — zavrteo je glavom. — Ili kada je umro Tito? Jebote, ceo svet mu je došao na sahranu! Jeste da nema veze sa ratnim izveštavanjem, ali bar nešto i od ovoga da smo dobili...

Pre nego što je Hal stigao da odgovori u vidu još neke propuštene šanse, u kancelariju je na časak provirila Keli, njihova prijateljica i Šefova sekretarica.

— Pst! Nešto krupno se dešava, momci — došapnula im je značajno i momentalno im privukla pažnju. — Džejmi je prijavio bolovanje, a Šef šizi unajveće jer nema adekvatnu zamenu. Neki tip je tamo sa njim...

— Zamenu za šta?! — upitao je Brajan, dok se Hal protegao koliko je mogao preko stola.

— Čadsko-libijski sukob. Intenzivirao se — prenela im je uz pažljivo osvrtanje iza sebe i neprestano podizanje naočara. — Zadao mi je instrukcije da opozovem ove naše iz Latinoamerike, ali kako su do guše u poslu...

— ...ne isplati im se da se vraćaju — dovrši Hal umesto nje, dok je zamišljeno kuckao prstima po stolu.

Ti simbolični zvuci u Brajanovom umu imali su kako sudbonosni tako i odbrojavajući karakter. Znao je da grlata Keli retko kada šapuće na ovaj način i da je to obično predstavljalo nešto važno. Trudila se da im pomogne koliko može, a da zbog toga ne ugrozi i svoju karijeru. Uzbuđenje mu je pojurilo u udove.

Čadsko-libijski sukob vodio se već pune dve godine i postepeno je ozbiljnošću počeo da privlači pažnju. Pogotovo kada se ima u vidu da je Francuska, na određene načine, pružala podršku Čadu. Kako su vesti do Sjedinjenih Država dolazile sporo i međusobno se protivrečile, Brajan se nije mogao nazvati ekspertom za taj sukob. Znao je da je žestok i da mu je prethodio čadski građanski rat u kojem se Libija, podrškom čadskih pobunjenika sa severa, praktično uvukla u rat. Kružila je priča da je „Pukovnik" Gadafi odlučio da uđe u sukob kako bi izvršio aneksiju pojasa Auzu. Za taj pojas smatralo se da je bogat uranijumom, ali i da je region čije je pitanje pripadnosti nerešeno još od doba kolonijalne vladavine u ovim dvema zemljama.

„Svet voli krvoproliće, a ako se ono odvija na tuđoj teritoriji — još bolje", razmišljao je Brajan. Činilo mu se da ljudi žude da budu potreseni, šokirani i zgađeni onim što vide, a kako su novine obožavale takve slike i senzacionalističke naslove, to je automatski značilo probijanje stratosfere u karijeri bilo kog novinara.

„Pravo u meso" bio je moto kojim se mladi duo iz Atlasa rukovodio, iako se dosad hranio koskama. Ništa im drugo nije preostalo nego da počnu da otimaju, što im se obojici već duže vreme videlo u očima. Doduše, više Brajanu nego Halu, jer je ovaj drugi u principu služio kao savesni kontrateg prvom.

— Idem kod njega — rešeno je izgovorio Brajan i ostavio iza sebe uzaludne napore dvoje prijatelja da ga spasu mogućeg otkaza.

Iako je na staklenim vratima pisalo krupnim slovima *Frensis Stjuart — Glavni i odgovorni urednik*, niko tog proćelavog, suvonjavog i nadobudnog čoveka nije zvao po imenu koje im je služilo za podsmeh; podjednako je zvučalo kao muško ili žensko ime. Zbog toga je od prvog dana svima ponaosob naredio da ga oslovljavaju samo sa „Šefe".

Kada se Brajan približio kancelariji, zatekao je blago odškrinuta vrata. Virnuo je sasvim dovoljno da ugleda svog nadređenog sa telefonskom slušalicom u ruci i nekog starijeg tipa u odelu koji je sedeo preko puta njega. U krilu je držao šešir, dok mu je štap sa rukohvatom neobičnog izgleda stajao oslonjen o butinu. Sa kim god da je Šef razgovarao, prenosio mu je u skraćenoj formi ono što mu je matorac poručivao.

— ...put od velike važnosti. Tiče se nacionalne bezbednosti. Severna Afrika, Libija, internacionalna novinarska grupa. Sve ti je plaćeno, Frede... Misija života, ako te dovoljno nisam zainteresovao...

Na sam pomen Fredovog imena Brajanu je u grudima prekipelo. „Naravno, kome drugom bi i uručio takav zadatak, ako ne tom posranom licemeru kojeg je zaposlio samo zato što mu ovaj kreše ćerku. E, neće moći!" Kada je ljutito banuo unutra, stariji tip je ustao, pridigao šešir u znak pozdrava obojici i krenuo prema vratima. Da li je odlazio zato što više nisu bili sami ili su završili ono o čemu su razgovarali, mladog novinara nije previše interesovalo.

— Do đavola, otišao je! — saopštio je Fredu. — Dobro, sačekaću. Kažem, sačekaću, jebote! Biću na vezi... Šta ti hoćeš, Vilijamse? — upitao ga je ovaj, preklopivši šakom slušalicu. Samo što je Brajan zinuo da odgovori, Šef se brzo nadovezao na sopstvene reči. — U stvari, znam. Nema od toga ništa. Bolje se spremaj za cirkus nego što mi oduzimaš vreme — poručio mu je hladno, da bi potom pripalio cigaretu.

— A zašto!? — planuo je Brajan. — Kada su onomad teroristi upali u iransku ambasadu u Londonu jedini sam u Atlasu tražio da izveštavam odande! Imam jaja da idem tamo gde niko neće. Ovde sam vam pride... Ispred nosa! Pošaljite mene i Hala u Afriku i dobićete strašnu repor...

— Ne brecaj se na mene... — upozorio ga je kažiprstom koji se mrdao kao zvečarkin rep. — Nikada nisi bio u ratnoj situaciji i izveštavao sa vrućeg područja. Beži, mali. Na posao, dok ti nisam odsekao te nemirne uši i jezik...

— Pobogu, pa odnekuda i od nečega moram da počnem! Ne mogu da izazovem rat ovde u Baltimoru samo da bih se zatekao na licu mesta i dokazao ti da ja to mogu! — trudio se da mu objasni, sklanjajući pri tom Šefovu ruku kojom ga je terao od sebe.

— Beži od mene... Ma, ne kažem tebi, idiote! Dobro, Frede... Rek... Ma, ne govorim tebi, jebote, nego Brajanu! Slušaj me ovamo, mali. Rekao sam „ne" i tačka! Neću da te nosim na duši. I prestani da me zamajavaš više! Keli!? — dreknuo je najednom, a riđokosi devojčurak se u sekundi stvorio unutra.

— Ko je bio onaj matori od maločas? — upitao ga je Brajan.

— Moj deda. Šta te briga! — uzvratio mu je hladno.

— Izvolite, šefe... — bojažljivo mu se obratila sekretarica, sakrivši se iza naočara.

— Je l' otišao?

— Jeste, jeste, gospodine — potvrdila je Keli.

— U redu. Uzmi ove avionske karte za Italiju i Libiju[4]. Upakuj ih u kovertu koju ćeš sutra da predaš Fredu i njegovom kamermanu Kevinu kada se vrate sa odmora. Među njima su i detaljna uputstva šta da rade po sletanju... Našao sam sebi pravog čoveka. Jeste, Frede, jeste, ti si moj čovek. Brajane, šta sam ti maločas rekao? Pričam li na kineskom!? — iskobeljao se nekako iz fotelje da bi ih oboje pojurio napolje, ali ne i od telefonske žice u koju se umotao.

— Razumem... Frensise... — izjavio je Brajan rezignirano i propustio Keli da prva izađe.

— Pedeset posto od plate! Ovo ti je deseti minus! Pazi šta sam ti... — razjareni glas mu se izgubio u zvucima prezaposlene agencije.

Prošlo je nešto više od petnaest minuta, a naznaka da će Brajan u skorije vreme prestati da obigrava oko Kelinog stola jedva da je bila na vidiku. Mada nije progovorio ni reč, ipak se trudio da izventilira sav nakupljeni bes i osmisli rezervni plan za onaj koji mu je maločas pukao poput balona. Društvo im je pravio i Hal, koji je zamenio svoju radnu fotelju onom na koju je njegov kolega uporno odbijao da sedne.

— Okej, ovo nikuda ne vodi. Ne mogu da te gledam takvog — presekla je sekretarica neugodnu tišinu naglim ustajanjem. — Idem lepo da skuvam svima po jednu kafu. Kad se vratim, hoću da se bar malo oraspoložiš, važi? — upitala ga je, ali joj je Hal umesto njega zaklimao glavom.

---

4 Službeni naziv Libije u periodu od 1977. do 2011. godine glasio je Velika Socijalistička Narodna Libijska Arapska Džamahirija.

I zaista, činilo se da se po njenom odlasku Brajanovo ciklusno kretanje, praćeno pucketanjem prstima i tapšanjem ispred lica smirivalo. No razlog se nije krio u kafi, već u avionskim kartama u Halovim rukama koji ih je radoznalo zagledao, kao dete pomireno sa sudbinom da ovog leta neće ići na more.

— Jebiga, šteta što se Fred ne plaši letenja. Šef stvarno ne bi imao koga drugog da pozove sem nas — prokomentarisao je Hal i uredno ih vratio u kovertu.

— Pa da! To je to! — izjavi Brajan, najednom prosvetljen, i ostavi prijatelja da začuđeno posmatra kako izvlači natrag karte i umesto njih umeće par običnih presavijenih hartija.

— Auuuhh, druže, da to nije malo, ono, mislim... Huh... A Keli? — upitao ga je ovaj zabrinuto.

— Ići ćemo nas dvojica, pa ne znam šta da je... — poručio mu je odlučno i zalepio kovertu. — Ne brini, preuzeću odgovornost kad za to bude bilo vreme. Idemo. Diži se, hajde!

* * *

Sutradan, BVI — Aerodrom Turgud Maršal

„Ako nastavi da razgovara u prokletoj govornici, potrošiće nam sav novac", gunđao je Hal u sebi, proveravajući još jednom da li su poneli sve što im je trebalo od opreme, odeće, dokumentacije i ostalih potrepština.

Hal nije bio oženjen kao Brajan. Niti je imao dete, niti je drugo bilo na putu da se rodi. Možda zbog toga nije mogao da razume njegovu roditeljsku brigu i emotivnu privrženost koja bi se često ispoljavala. No, ovog puta je to osetio i na svojoj koži, ali ne prema ljudima. Čuvao je šestogodišnjeg haskija, MekRidija, koji mu je, prema njegovom ubeđenju, predstavljao jedinog prijatelja kojeg je imao, pored Brajana. Doživljavajući ga kao ličnog asistenta, stalno ga je vodio sa sobom kad je izlazio na teren. Ali ovog puta je morao da ga ostavi u stanu i zamoli staru i finu komšinicu, gospođu Ajrin, da ga pričuva na par dana. „Već mi nedostaje", razmišljao je, brinuvši da li unajveće cvili za gazdom kraj prozora.

Pomisao da odustane od puta postajala mu je sve razumnija kada je zatekao sebe da po sedmi put pokušava da upamti silna uputstva za daleku Libiju. „Možda su me, jednostavno, sustigle godine", pokušavao je da opravda sopstvenu nevoljnost. „Trideset i dve su mi. Više mi prija čaj u krevetu, MekRidi kraj nogu i topla posteljina nego smucanje po belom svetu i krvoproliće ratova. Za sve u životu postoji pravi trenutak, ali kada ti ga glavonje odozgo oduzmu, ne preostaje ti ništa drugo nego da se pomiriš sa tim da je vreme tvojih želja otišlo brzim vozom mladosti. Daću Brajanu dva dana da se i sam uveri. Ipak će postati otac po drugi put..."

Kako su stvari stajale, u Tripoliju će ih u precizirano vreme i na zadatoj lokaciji sačekati prvi deo grupe internacionalnih novinara sa kojima će potom unajmiti prevoz duž priobalja i poći ka Mersa Bregi. U primorskom gradu na istoku zemlje sastaće se sa drugom grupom i odvesti se ka saharskom jugu i varoši Avdžili, gde će ih sačekati poslednja, treća grupa novinara. Tamo će se, sa novim instrukcijama i pod specijalnom pratnjom, zaputiti ka poslednjoj pustinjskoj naseobini, El-Džaf. Nakon opskrbe zaliha, produžiće do mesta gde je pričinjen veliki zločin, a o kojem se još uvek ništa pouzdano ne zna, sem da je neobjašnjivo svirep. Oprez, poverljivost i diskrecija bile su duplo podvučene reči.

— Je li sve u redu sa Sarom? — upitao je Brajana koji je konačno izašao iz telefonske govornice, znajući vrlo dobro koliko mu se supruga potresla zbog iznenadnih vesti.

— Valjda... Uspeo sam malo da je utešim na kraju. Rekao sam da ću je zvati čim pronađemo smeštaj. Ušla je u deveti mesec trudnoće, stoga nam je svaka lova dobrodošla. Potrudio sam se da joj napomenem da ćemo parama od ovog zadatka ubiti nekoliko muva odjednom... Ako ne umemo da se oslonimo jedno na drugo sad, nikad i nećemo —

odgovori Brajan umorno, kada ih je u razgovoru prekinula informacija sa razglasa:

— *Obaveštenje za putnike na letu 268D za Tripoli preko Rima, prevoznika Junajted Erlajnsa. Vreme polaska je u 10.30 časova. Molimo vas da obavite...*

— Ovaj je naš, druže. Idemo! — obratio mu se ponovo, potapšavši ga hrabro po ramenu.

— I dalje mislim da je sve ovo što radimo jako pogrešno — uzvratio mu je Hal, maltene pretovaren stvarima.

— Veruj mi, kad se vratimo sa materijalom, uzdizaće nas u nebesa. Sada ako odustanemo, najebali smo maksimalno. Probudiće ti se avanturistički duh uskoro, videćeš — izjavi Brajan i namignu mu.

— Okej, okej... Kada se mleko prolije, nema svrhe vraćati ga nazad. Ako izgubimo posao, bar možemo ponovo osnovati stari dobri ŽVRK — slegao je ramenima i predao pasoš ljubaznoj devojci za pultom.

— Biće ovo deset hiljada puta bolje od ŽVRK-a — uzvratio mu je optimizmom, koji je Halu privremeno uklonio sumnje o postizanju nečeg velikog.

Pa ipak, čudni predosećaj povodom ovog putovanja nije ga sasvim napustio. Štaviše, ni oka nije mogao da sklopi iako je atmosfera u avionu bila kao stvorena za spavanje. Veliku ulogu u tome igralo je nevreme koje ih je pratilo tokom većeg dela leta, ali i jezive refleksije što bi se s vremena na vreme pojavljivale na prozoru. Izobličene siluete putnika pod noćnim svetlima kabine želeo je iz sve snage da pripiše insomniji, a svirepi zločin na jugu Libije lažnoj dojavi.

Pustinjska ruža

Vrućina.

Ispostavilo se da je ona jedina stvar koja je američkim novinarima zaista smetala od trenutka kada su sleteli u Tripoli, prenoćili u hotelu i otišli do bazara sa čudnovatim imenom, koji je trebalo da služi kao mesto sastanka sa prvom grupom novinara. Pomirili su se sa znojenjem. Pomirili su se i sa Gadafijevim likom na svakom koraku, nadasve drugačijom klimom, kulturom i naposletku, u odnosu na svoj Baltimor — „prizemnijim" okruženjem. Ali od iscrpljujućeg rata sa vrelim i suvim vazduhom nisu mogli niti želeli da odustanu.

Pronašli su hladovinu i odlučili da u prometnom sokaku naprave kraći prilog o ambijentu. Ideja je, zapravo, bila da nekako skrenu misli od toplote, iako su im mnogi meštani rekli da je ova temperatura od 35°C jedna od prijatnijih. Hal je podesio kameru na stalak i sačekao Brajana da uredi gustu smeđu kosu, ispravi košulju i izglanca svoje omiljene „lenonke". Znak je dat i snimanje je moglo da počne.

— *Dobar dan. Moje ime je Brajan Vilijams, a mi se nalazimo u Libiji, Pustinjskoj ruži Afrike i njenom glavnom gradu Tripoliju. Revolucionarni vođa i ovdašnji neprikosnoveni autoritet, harizmatični Muamer el Gadafi, čini se da je preporodio mladu državu i uveo je u pravo blagostanje. Sa svojim zalihama nafte nalazi se na devetom mestu u svetu, a kako je osmi izvoznik iste za Sjedinjene Države, može se slobodno reći i da nam je važan poslovni partner u Africi. Doduše, uprkos drugačijim političkim gledištima na region, ova Ruža i te kako zna da pokaže svoje trnje...*

Hal je lagano podešavao kadrove, trudeći se da uhvati kameni urbanistički ambijent i radoznale poglede libijskog naroda koji bi ih zagledao u prolazu. Najednom, primetio je da sa slikom nešto nije u redu. Svaki put kada bi se vraćao na Brajana, okviri bi se krivili i izvijali. Ubrzo su se smetnje toliko pogoršale da je gledao lik svog kolege kako se cepa u komade. U jednom momentu, Brajanov glas se izmenio i produbio. Hal nikada u životu nije doživeo išta slično. Osetio je da su mu kolena zaklecala, a srce uznemirilo od neshvatljivog fenomena.

Pokušao je da skloni pogled od te psihodelije, ali... Što je duže posmatrao kroz kameru, to mu je slika sve više grabila pažnju. Kada se istopljena masa iznenada zaletela ka njemu, prepao se toliko da se zateturao i umalo polomio celokupnu skalameriju.

— Isuse Hriste! — viknuo je.

Boreći se da dođe do daha, uvideo je da je Brajan dovršio izveštavanje i krenuo prema njemu da pogleda snimak.

— Šta izvodiš, Hale? — upitao ga je, posmatrajući ga zbunjeno.

— Kamera je... Ovaj, jebote, slika... Slika je... — trudio se da dođe do reči i izbegne uvrnute poglede starijih meštana, kao i njihova dobacivanja na arapskom.

— ...često difuzna i ume da brljavi? Hm, da... Sonijevka. Tako sam i mislio — dobacio je neki muški glas sa očitim britanskim akcentom.

— To je zbog ove silne toplote — nadovezao se i ženski. Pošto su se izdvojili iz gužve, napokon su ih primetili. Ćelavi tip koji je pijuckao iz pljoske nosio je sličnu kameru kao Hal, dok je pored njega išla vitka plavuša u safari odeći. — Jenkiji, je li tako? — upitala ih je, a kada su zaklimali glavama, prišla je da se upoznaju. — E pa, momci, ja sam Megan Dejvis, a ovo je Albert Grin, moj snimatelj. Stigli smo juče, te smo imali prilike da se uverimo u problematiku — izjavila je entuzijastično i samouvereno, kako samo Englezi znaju.

— Znači, svuda možemo očekivati ove probleme? — upitao ih je Brajan, dok je proveravao snimak. Na Halovo iznenađenje, nije bilo dela sa „napadom".

— Ne baš — uzvrati Albert. — Postoje te neke zone gde je vazduh vreliji no inače, a ove kamere to teško podnose. Biće gore kad budemo zašli u pustinju.

— Okej, pretpostavljam da ste potkovaniji informacijama od nas u vezi s ovim putovanjem, prema tome, ako ste za profesionalnu saradnju... — obratio im se Brajan.

— Više smo za dobru šalu i humanost na delu, je li tako Alberte? — upitala je Megan svog kamermana, na šta joj je ovaj namignuo u znak saglasnosti.

Zaista su takav utisak i odavali. Tim nonšalantnim stavom ličili su na hipike koji su se odvojili od glavne zajednice. „Ili još uvek ne znaju za zločin ili ne veruju u njega", mislio je Brajan.

— Ne bih baš rekao da smo nešto više ili manje potkovani od vas, momci — odgovorio mu je i Albert, dodavši: — Ali nije problem da razmenimo pokoju usput.

— Pođimo ka Velikoj džamiji, Mansuri. Čekaju nas tamo dvojica Sovjeta i Japanac — pozvala ih je Megan kroz simbol srca koji je napravila prstima i povela ih u odgovarajućem smeru.

Delovalo je kao da jedva čeka da ih upozna s ostalima i isprati reakciju između pripadnika dveju nacija koje su tokom šezdesetih bile u Hladnom ratu i na ivici globalne nuklearne katastrofe zbog Kubanske krize.

— Divota. Komunjare... — izjavio je Brajan umorno, uviđajući da mu vrućina neće predstavljati jedini problem. Maltene istog časa je prestao da nabraja šta bi sve moglo poći naopako sa njima tokom vožnje ka Mersa Bregi.

Hal je znao da njegov prijatelj nije gajio mržnju prema Sovjetskom narodu, iako je to tako moglo izgledati. Štaviše, ni on lično nije imao ništa protiv njih, jer je poznavao materiju, ali i politiku. Kao što su

Amerikance učili u školama da su njihovi istočni rivali zlobni, podmukli i da žele da zatru američku naciju i kulturu, tako su isto i Sovjete manipulisali da veruju kako su zapadnjaci gramzivi, beskompromisni i da hoće da se proglase svetskim hegemonom. Zvanično, radilo se na poboljšanju odnosa između dve zemlje. Nezvanično, minirali su jedni druge gde su stigli.

Ono što je Brajanu smetalo, prema Halovom mišljenju, jeste ipak to ukorenjeno nepoverenje prema ljudima iz te daleke zemlje, koje je samim tim pospešivalo sumnjičavost. „Mi ćemo ih tolerisati, ali da li će i oni nas? Možda su špijuni? Šta ako su stvarno kao iz priča naših medija?" Nesumnjivo, svaka vrsta neznanja rađa strah, a šta sve on može dalje prouzrokovati, pitanje je od milion dolara.

Bilo kako bilo, na putu do Mansuri džamije sa kolegama uspeli su da razmene neke detalje u vezi sa zadatkom koji se između ostalog ticao rata na južnoj granici zemlje. Tako Englezi nisu znali za postojanje užasnog zločina nad nomadskim stanovništvom, a ovi drugi za svedoka od velike važnosti i pod specijalnom zaštitom u varoši Džalu, a čijom, kakvom i zbog čega, još uvek se nije znalo. Razmotrivši celu stvar malo dublje, došli su do potencijalnog zaključka da se radilo o jedinoj preživeloj osobi iz zločinačkog čina.

— Nadam se da se ništa od ovog neće pokazati kao istina — izgovorila je Megan sa neobično velikom dozom empatije. Brzo je požurila da pronađe krivca za svoju uznemirenost. — Mora da je Gadafi umešao prs...

— Hej, Meg, polako, ipak smo gosti u stranoj zemlji — iznenadio se Hal kada ju je blago prekinuo i ohrabrujuće pomazio po leđima. — Ne bismo voleli da ispadne kako smo bacili kamenčić, a prouzrokovali cunami tamo negde, zar ne? Otkrijmo prvo šta se zaista desilo — reče, potrudivši se da je dodatno umiri izglednom šansom da se radi o nepostojećem zlodelu i klasičnom međusobnom diskreditovanju među zemljama.

Činilo se da je tim gestom znatno uticao na njenu humanu prirodu. Koliko god se istina smatrala moralno ispravnim pojmom i činom, nekada se ipak moraju imati u vidu i njene dalekosežne posledice, kako po glasonoše, tako i po one koji ih slušaju. Sa druge strane, da je dodirom prijatno iznenadio i njenu ženstvenu stranu, otkrilo mu je Meganino nasmejano lice i srdačan zagrljaj. Nekoliko sekundi kasnije, požurila je poput Zvončice i prešla ulicu, ostavivši Hala začuđenog sobom i onim što je uradio.

— Izgleda da će se nekome na ovoj vrućini posrećiti... — dobaci mu Albert uz mig, pre nego što je i on pošao napred.

— Vidi ti njega... Nisam znao da se ložiš na engleske plavuše. Svaka čast! Rekao sam ti da će ovaj put biti zlata vredan — lupnu ga Brajan ortački po ramenima. — Osećam da bi se Megan mogla dopasti Sari.

Hal je pokušao nešto da kaže, ali kako mu ništa pametno nije padalo na um, prekrio je rukom lice i pustio drugara da se zasladi trenutkom.

Nije prošlo mnogo kada su na betonskim žardinjerama ugledali dvojicu muškaraca u košuljama i pantalonama kaki boje. Uzbuđeno su štapovima šarali nešto po pesku, dok je treći u japanskom sedu i malo dalje od njih, zaneseno žvrljao u svesci. Povremeno je bacao pogled ka velelepnoj džamiji, čiji se četvrtasti toranj sa minaretom dominantno uzdizao iznad svega u okolini. Toliko je ostavljala utisak, da je crnokosi Azijac bio potpuno nezainteresovan za ono šta se zbivalo na samo dva metra od njega. A ispostavilo se da je dvojac prilično krupnih i plavokosih momaka igrao presudnu partiju iks-oksa.

— Nećemo da ulazimo u rasprave, važi? — obratio se Hal tiho svom prijatelju. Znao je da ima običaj da se upetlja u političke debate.

— Hej, ako oni ne počnu prvi, neću ni ja... — osetio se na momenat uvređenim. No razmislio je malo i odlučio da ipak spusti loptu. — Ali mislim da će sve biti u redu. Kolege smo, a i zadaci su nam verovatno isti. Bar se nadam da jesu, jer ako ih je onaj njihov Brežnjev poslao sa nekakvim pokvarenim planom... — brzo se polakomio na teoriju zavere, koju je Hal ipak umeo da smiri.

— Jeste, kako da ne. Oni su prikriveni KGB agenti. Njihov vođa nema šta pametnije da radi u slobodno vreme, nego da se bakće sa dvojicom prašinara nalik nama. Hajde da se ne pokažemo kao tipični Amerikanci i vidimo koliko možemo izvući iz zajedničke saradnje? Važi? — uspeo je da ga uveri u svoje reči.

Naposletku, upoznavanje je proteklo... Podnošljivo. Možda bi prošlo i bolje da novinar Sergej i kamerman Ilja, zajedničkog prezimena Volkov, nisu na sebi nosili letnje „avganke”, kao simbolični gest podrške svojoj vojsci, uveliko u ratu sa Avganistanom. To je iniciralo neznatne varnice, ali je na tome i ostalo, zahvaljujući obostranoj saglasnosti da je vlada SAD tajno pomagala tamošnje mudžahedine u ratu protiv SSSR, ali i da Sovjetskom Savezu taj krvavi rat nipošto nije trebao, a pre svega mešanje u tuđu politiku. Sa tim poslednjim se posebno složio crveni petokraki bedž na Sergejevom reveru, koji bi se zaklimao svaki put kad ovaj gestikulira.

Ako su američki novinari poznavali ratnu tematiku, za Sovjete bi se moglo reći da su sjajno stajali sa političkim dešavanjima. Domaćim i inostranim. Tumačili bi ih poput skupova domina, međusobno isprepletenih u onolikom broju koliko je postojalo država na svetu. Jedne bi samo pale i ništa se ne bi desilo. Druge bi potkačile susedne i urušile poredak u grupi. Treće su posedovale takav niz, iza čijeg bi rušenja tabla ostala potpuno ravna. Tada bi političari ponovo sredili figure i iznova krenuli sa partijama.

Pa ipak, prva prava prepreka za novinare iz dveju ideološki suprotstavljenih zemalja nastala je zbog ustručavanja mladih Sovjeta da otkriju razlog svog dolaska u Libiju. Radilo se o klasičnom nepoverenju prema kolegama iz Zapadnog bloka, podržanog rigidnim komunističkim učenjem i slovenskim duhom koji se sporo otvarao prema strancima. Megan je to filantropski prepoznala i kao neutralna strana svesno preuzela ulogu medijatora. Računala je da se na nju, kao jedino žensko u grupi, niko od njih ne može naljutiti, te i da joj niko neće odbiti lulu mira u formi „Gordonovog” londonskog suvog džina.

Na kraju, da li je prevagu odnela njena harizma ili alkohol, više nije ni bilo važno. Uviđajući da se ostali ne razlikuju toliko od njih i da su ovde iz iskrenih pobuda, Sovjeti su delimično popustili i objasnili im da su poslati kako bi intervjuisali jednu uticajnu libijsku ličnost. Sa druge strane, Amerikanci su nehotice izmamili i prve osmehe na njihovim licima, jer su za Sankt Peterburg, Petrograd i Lenjingrad mislili da se radi o tri različita grada.

— To ti je isto! — poručili su im Sergej i Ilja istovremeno, nakon čega su ih i oni ponudili alkoholom, ali svojom domaćom votkom.

— Ahh, osećam se kao Čerčil svojevremeno — zračila je Megan zadovoljstvom. Kada joj se pogled zaustavio na ćutljivom i nezainteresovanom Japancu, istog časa mu je istrgla svesku iz ruku i obratila mu se kritičnim stavom: — Dosta si crtao. Akira, momče, stigli su. Za ime boga, pozdravi se sa ljudima!

Sredovečni novinar iz Zemlje izlazećeg sunca doslovce ih je sve osmotrio kao skup kamenčića u potoku. Zbog njegovog staloženog stava i pokreta, Brajanu i Halu se javio čudan osećaj da su odjednom upali u usporeni film. Poklonio im se u skladu sa tradicijom zemlje iz koje dolazi i mirnim glasom pozdravio:

— Čuo sam već vaša imena, kao što ste i vi maločas čuli moje — izjavio je i tako obesmislio uzajamno predstavljanje. Probao je da objasni, na svoj način: — Mi smo samo nekoliko zrnaca peska više u predelima ispunjenim njima. I sva ona su bezimena.

Američki dvojac je bio začuđen, što nije moglo da se kaže i za ostale sa kojima je Akira doputovao. Činilo se da su se već navikli na njegovu filozofsku „odsutnost”.

— S pravom nazivaju ovo mesto Pustinjskom ružom. Lepota koja stekne život u surovim uslovima neumitno razvije i trnje — nastavio je i najednom ih fotografisao zatečene. — Pa ipak, ona krvari od sopstvenih bodlji, a kada konačno svene, podaviće i ostale u svojoj lokvi.

— Baš si neki ljubitelj zena? — upitao ga je Hal zbunjeno i dodao: — Nisam znao da se on i ovde može pronaći...

— Priroda nam uvek govori. U pustinji svako pronađe ono za čime traga — odgovorio mu je Akira sneno.

— A za čime ti tragaš? — ubacio se Sergej u razgovor.

— Za tamnom i hladnom stranom čoveka koju ovi predeli ogole — uzvratio mu je Japanac staloženo.

— Ne bih da trčim pred rudu, ali mislim da si na pogrešnom mestu, Akira. Naravno, ako izuzmemo „čoveka" u rečenici — zaključi Brajan, aludirajući na osunčanu i nesnosno toplu okolinu.

— Naprotiv. Mislim da sam baš na pravom mestu — odovori mu zagonetno oniži novinar, uz još jedan blagi naklon.

Ako im već tada nije postalo jasno sa kojim se primarnim znanjem Akira Nagatomo pridružio njihovoj grupi, onda svakako jeste u ono malo razgovora sa njim koji je usledio.

Iako sklon filozofskom gledanju na svet, imao je proučavajući pogled. Onaj koji bi se više ticao samog čoveka i njegovog bića. Pomno je slušao, a govorio samo kada je trebalo. To mu je ostavljalo dovoljno vremena da im, poput prirodnjaka koji bi otkrio novu živu vrstu, nesmetano proučava karaktere, odnos prema okolini, kao i ponašanje prema sebi i drugima. Svako bi nakon njegovog „detaljnog" pregleda ostao nem i pometen, jer, prema Akiri, najveća ljudska nepoznanica nisu ni daleki predeli, ni tehnologija, ni prošlost i budućnost ljudske vrste, već čovek sam po sebi. „Mi ne poznajemo spavače u nama, kao ni kada i kakvi će se probuditi", govorio im je. „Jedino što možemo da uradimo jeste da ih izložimo određenim ekstremnim situacijama i nadamo se da će ih one trgnuti iz sna. Ostaje samo pitanje da li to želimo da uradimo ili ne", razmišljao je.

Ono što je zadržao za sebe bila je činjenica kako pustinja, uz svo dužno poštovanje prema ostalim biomima, ume da probudi „spavače".

Nakon njegovih reči, tišina je postala toliko neugodna, da niko nije znao kako da reaguje ili o čemu dalje da misli. I ko zna koliko bi takvo stanje potrajalo, da se Megan nije dosetila predloga da narednih četrdeset minuta pred polazak za Mersa Bregu provedu u obližnjem marketu.

Oni koji nisu morali da zamene staru odeću i obuću prikladnijom za negostoljubive uslove, pazarili su ili karirane marame — kefije, ili šešire, svako prema svom ukusu. Popunili su opremu za pustinjska putovanja, natovarili se neophodnim potrepštinama, a poneko i suvenirima i ukrcali se na autobus koji će ih odvesti na osamsto četrdeset kilometara dalek put duž mediteranske obale.

Samo putovanje ostavljalo je različite utiske na novinare. Naravno, ako se izuzme ćutljiva i mirna starica odevena u crno, koja niti jednim pokretom tela ili drugim znakom nije pokazivala da je uopšte i prisutna. Dok su jedni negodovali zbog silnih zastoja na drumu i kvaliteta prevoza, drugi su gledali da uživaju u vožnji i popodnevnom krajoliku. Treći su, pak, koristili svaku priliku da naprave pokoji izveštaj dok su u pokretu, ali je jedino Akira delovao kao da je van ovog sveta. Trudio se da ničim ne privlači pažnju niti da je traži u drugima.

Pala je noć kada se vozač planski zaustavio na autobuskoj stanici u Sirtu, trećem gradu po veličini u Libiji, iza Tripolija i Bengazija, na polovini puta do Mersa Brege. Kako nije bilo novih putnika na stajalištu, u dogovoru sa novinarima željnim protezanja nogu i snimanja kratkih priloga, vozač je odlučio da napravi pauzu od dvadesetak minuta. Poznavao je engleski jezik, te im je poslužio kao sagovornik u izveštavanjima.

Tako su o gradiću koji je skromno svetlucao pod noćnim nebom saznali da je ono rodno mesto libijskog vođe, Muamera el Gadafija. Na molbu Sovjeta odveo ih je i do njegove nekadašnje kuće koja se nalazila u blizini, što su oni pomno beležili. Takođe im je pomenuo da je Sirt sredozemna luka i ujedno krajnja tačka naftnog cevovoda. Kao važno privredno središte, gradić se neumitno pripremao za ubrzani razvoj i širenje duž obale, što su potvrđivali brojni stambeni objekti i industrijski kompleksi u procesu izgradnje, kao i već postavljene barake za radnike iz inostranstva.

Kada se kraći obilazak priveo kraju i oprema spakovala, grupa novinara je pošla prema autobusu i sačekala na vozača da izvrši redovnu proveru stanja vozila. Većina potencijalnih kvarova u ovakvim predelima nastupala je zbog peska koji bi se nagomilao pod šasijom, a kada bi dopro do motora, tu bi nastao kraj. Čak su i sami putnici povremeno osećali koje zalutalo zrnce u ustima.

Iako još uvek nisu bili u kompletnom sastavu, odlučili su da vreme korisno prekrate i pozabave se „misterijom" okupljanja u Libiji, odnosno delovima informacija sa kojima su pošli. Tada su se svi približili i uozbiljili.

Brajan i Hal su prvi izašli sa podatkom o svirepom ratnom zločinu na južnom pograničnom pojasu, pri čemu se ne zna zasigurno koja od zaraćenih strana ga je počinila. Megan i Albert su se nadovezali, pomenuvši važnog „svedoka" nomadskog porekla, sa kojim je trebalo da naprave intervju, a nalazio se pod određenom vrstom zaštite u Džaluu. Sergej i Ilja učinili su da svi razrogače oči kada su napokon otkrili da im je naloženo da urade prilog sa najmoćnijim čovekom u Libiji, ali i šire — Gadafijem lično. Navodno, povodom Sovjetskog rata u Avganistanu. I to u El-Džafu, mestu nakon kojeg, prema mapi, dolazi Auzu pojas i samo mesto zločina.

Akira, zagledan u puni mesec iznad pučine, tiho je obznanio kako je kod redakcije snažno urgirao da ga pošalju na put, ne bi li dovršio priču o nomadima i surovim saharskim predelima, koju je njegova supruga, takođe novinarka, započela još prošle godine. Daleko dublje od toga predstavljalo je odgonetanje njene sudbine, čiji su se tragovi nakon El-Džafa gubili.

Ono što je kod svih bilo zajedničko jesu informacije da će na veoma važnom zadatku zajedno raditi sa inostranim novinarima, odnosno vremenske odrednice sastanaka i relacija puta: Tripoli-Mersa Brega-Avdžila-Džalu-El-Džaf-Auzu pojas.

— Toliko o egzotici... — obratila se Megan svom kamermanu koji se pomnije no inače udubio u tok razgovora. — Šta misliš, jesu li stradali civili ili vojnici? — upitala ga je sa zebnjom, ali nije joj odgovorio.

Kako ju je i dalje držao utisak o Akirinoj nestaloj supruzi, a i ostavši uskraćena za odgovor ili zrno utehe od svog kolege, blago se privila uz Hala koji je nezgrapno podelio široki ogrtač sa njom. Suptilnu promenu u njenom glasu i odnosu prema Albertu jedini je izgleda on sam primetio, ali ne i razumeo. Svakako, izraženo saosećanje u „šarenoj kulturi" kojoj je Megan možda pripadala bilo je ono što mu je budilo dozu zahvalnosti. Jer, da bi se stremilo ka istini, potrebno je posedovati sposobnost da se tuđa nesreća doživi kao svoja; probuditi goniča u sebi u potrazi za pravdom. „Možda su baš zbog toga Englezi i bili poslati", smatrao je Hal. „Da se neko zauzme za mrtve, jer su im živi jedina nada za počivanje u miru." U takvu devojku, koju su vodile emocije i empatija prema ugnjetavanima, mogao bi dopustiti da se zaljubi, po prvi put od završetka srednje škole i bez bojazni da bi ga mogla napustiti.

Pa ipak, ono što ga još uvek nije napuštalo bilo je sablasno raslojavanje slike tokom snimanja u Tripoliju. Kao dugogodišnjem kamermanu, bilo mu je teško da poveruje u Albertovo objašnjenje, da onakve efekte može izazvati pustinjski ambijent. No, da ne ispadne glupan u društvu i postane magnet za podsmehe kao nekada u kraju, odlučio je da ne pominje video-anomalije. „Sačekaću pravi momenat", ostavio je nadu zabrinutim mislima.

— Dakle, hoćemo li sve ovo doživeti kao puku koincidenciju ili političku igru velikih sila? — upitao je Sergej mudro, na šta niko nije umeo da odgovori.

— Ne zaboravite da još naših inostranih kolega treba da se priključi ovoj grupi. I kad smo kod toga, zna li iko koga ćemo sve pokupiti u Mersa Bregi? — upitao ih je Brajan, na šta su svi odmahnuli glavama, sem Sovjeta.

— Znamo samo za Jugoslovene — odgovori kovrdžavi Ilja. Ukoliko se neko i pitao otkud oni sa njima, usledio je odgovor: — Njihova škola žurnalizma je jaka, posebno zbog toga što predstavlja medijski most.

— U pravu je mali Iljuha. Sve što je Zapad hteo da poruči Istoku išlo je preko njih, i obrnuto — dopunio ga je Sergej.

— Nisam sasvim sigurna, kao što nije bila ni naša šefica koja nas je poslala, ali mislim da će nam se ili Francuzi ili Italijani pridružiti u Avdžili — odgovori Megan.

— Pitam se šta će nam sve oni saopštiti... — izjavi Akira naglas svačiju misao i ostavi je da visi u vazduhu. Nije ih napuštala čak ni kada su nastavili put i legli da spavaju.

Za Brajana i Hala počela je da poprima oblik udaljenog lešinara koji strpljivo vreba na svoj plen da izgubi volju za životom. Međusobno okrenuti leđima, osećali su je kroz blagu drhtavicu. Ili se možda radilo o hladnoći, truckanju autobusa...

Čemu god je pripadala, Brajana je „grabljivica” proganjala razmišljanjem o izazovu koji je svojeglavo prihvatio. Koliko toga je stavio na kocku? Od Sare sa porodicom i karijere, pa sve do sopstvenog ubeđenja da je sposoban za velike stvari. Zbog toga je prvi put u životu osetio dozu zebnje koja ga je podjednako zahvatila kao roditelja, novinara i ljudsko biće. Jer, u slučaju da se cela ova misija završi neslavno, mogao je izgubiti sve od navedenog. „Možda ovako izgleda onaj čuveni strah kad si nadomak cilja”, mislio je. Ništa mu drugo nije preostalo nego da celu stvar hrabro izgura. Na kraju krajeva, imao je pored sebe onoga koji ga je tako daleko od kuće čuvao od osećaja usamljenosti i mentalnog gubljenja. Svog Hala.

Sa druge strane, osećaj da mu nešto gmiže po kičmenom stubu Hal nije pripisivao gladnom jeziku hladnoće, već parazitskoj larvi straha od onostranog, a koju bi utvarna tišina oko njega oživljavala. Ispružila bi se celom dužinom i pela naviše ka potiljku. Pršljen po pršljen, oživljavala mu je izobličene slike pred očima. Um bi mu se pretvorio u objektiv kamere, te bi posmatrao samog sebe kako se razliva i nestaje u ništavilo.

Hal nikada Brajana nije sprečavao u njegovim strastvenim namerama. Uvek je bio tu, deleći i loše i dobro s njim. Ali ovog puta dao bi sve na svetu kada bi mu prijatelj sutradan rekao da prekidaju zadatak i vraćaju se nazad za Baltimor. „Možda bi i Megan pošla sa nama…”

Noći su se u ovim predelima kao i temperature relativno brzo spuštale. Oni nenaviknuti na okruženje složili bi se kako u tome nije postojalo nikakve najave, opomene… Izbora.

Ništa od toga nije bilo ni kada su pre godinu dana starija braća Sergeja i Ilje morala da odu u nimalo naivan rat sa avganistanskim mudžahedinima. Ništa od toga nije bilo ni kada su iz redakcije mlade novinare iz Krasnodara „oterali” na službeni put. Ne bi li sačuvao dvadesetogodišnje mladiće od vojnog poziva i krvoprolića, urednik koji im je ujedno bio i stric, nije imao izbora nego da ih pošalje daleko od prožimajuće histerije u zemlji.

Ove noći su obojica imali problem sa spavanjem, obuzeti brigama da li su im starija braća živa i zdrava, jesu li možda zarobljena i podvrgnuta užasnim mučenjima ili su im puste goleti ukrale duše, a tela zarobile kao još jedne tužne ukrase pored kamenja. Naviknuti na skroman način života kod kuće, podelili su pokrivač i slutnje. Odbacili su drhtavicu kao odsustvo toplote i prihvatili je kao eho bojazni da ne završe u pustarama na isti način kao njihova braća u najcrnjim mislima.

Slabašna svetlost dopirala je sa sedišta iza plavokosih momaka, a nazirala se ispod ćebeta kojim se Akira prekrio. Pomno je posmatrao crteže i fotografije koje je čuvao u svesci od koje se nije razdvajao. Dve trećine nisu pripadale njemu, već njegovoj voljenoj supruzi i koleginici, Hinati. Prošla je cela godina, a ni glasa i lika od nje nije bilo. Tragove njenog nestanka sakrio je pesak Libije, baš kao i njenu dokumentarnu reportažu o nomadskim plemenima koja nikada nije stigla u novinsku agenciju.

Polaroid iz Šizuokena u kojem je drži nasmejanu u naručju, sakrio je poslednji Hinatin crtež El-Džafa u peščanoj oluji. Kad god su morali da se razdvoje, koristila je priliku da mu putem slika prenese utiske mesta koje je obilazila. A ovde ju je, činilo se, svako plašilo, bar na osnovu onoga kako je crtala. Pomeranjem lampice nehotice je oživljavao proždrljive dine, čija su gladna usta gutala usamljene nomade. Mreškale su se vode oaza, stvorene od plača i suza ucveljenih. Uzdizali su se vetrovi i pustošili naselja, a sa njima odnosili i duše umrlih sa užasnutim izrazima lica.

Pa ipak, ono što ga je posebno plašilo u vezi sa ovim bizarnim doživljajem saharske Afrike bili su nakaradni prikazi fatamorgana. Jer u svim tim beznađima nad kojima su vladale stajala je skrivena i mračna silueta humanoidnog bića.

Kada je začuo jecanje i koprcanje preko puta, ugasio je svetlo i primirio se. Poslednje što je ugledao bilo je Hinatino lice na polaroidu čiji je osmeh nestao u tami.

To što je Megan ružno sanjala nije previše interesovalo Alberta da bi je probudio. Zbližio se dovoljno sa njom da bi mu poverovala da je stvarno kamerman i da radi za njenu novinsku agenciju. Štaviše, i ostali su kupili priču, a za nešto prijateljskije od toga nije imao ni volje ni vremena. A ono je ujedno bilo najvažniji faktor za njegovu misiju, kao i za ljude koji su ga poslali da se infiltrira među novinare i s njihovom grupom se domogne Auzu pojasa.

Naravno da je kravatašima polagao račune. Ipak je previše sredstava uloženo u njegovu obuku da bi se vratio povijenog repa. Ipak je previše krvi i znoja prolio boreći se za ovu šansu da bi se vratio praznih šaka. Ne samo što bi na narednu priliku morali da čekaju još celu godinu, već što bi eventualno poslali drugog umesto njega. A to nije smeo da dozvoli. Dugovao je svom mrtvom ocu osvetu za ono što ga je snašlo u pustošima Jordana. Dugovao mu je mir, koji on sam decenijama nije imao bez njega. Zakleo mu se pred praznim grobom u rodnom Herefordu da ga neće ni bog ni đavo odvratiti od tog nauma.

Potmuli zvuk repetiranja pištolja ispod pokrivača izrekao je svoje amin.

Megan se istog momenta naglo probudila, zatekavši se u tihom i mračnom autobusu koji se truckao u nesagledivom crnilu. Još uvek nije mogla da odredi da li su se drmusali u mestu, zarobljeni u dimenziji izvan svake logike ili su stvarno grabili ka njihovoj narednoj destinaciji. Želela je da veruje kako su svi oko nje spavali čvrstim snom, s obzirom na to da joj je jezivi košmar i dalje titrao pred očima, čineći joj kolege naizgled nepomičnim leševima, bićima bez lica koja su se odavno prestala smatrati ljudima, otkako su pobijeni i ostavljeni da trule u zgarištu peska.

Izmasirala je glavu i okrepila se vodom iz flašice. Pomisao o mogućem masakru nad civilima opterećivala ju je više nego što je mislila. Um joj je nevoljno stvarao sećanja i traume koje nikada ranije nije imala. Mislila je da se bar sa Albertom, svojim zemljakom i kolegom, neće osećati usamljeno u ovakvom poduhvatu koji je postepeno počeo da pokazuje svoje prave obrise. Pa ipak, nešto se promenilo u njemu otkako su dotakli tlo Libije. Svaki njen pokušaj da otkrije razlog tog udaljenog stava umirao je na njegovom hladnom licu što su se više približavali svom odredištu. A jedva da su prešli petinu puta. „Nadam se da je bar Hal drugačiji...”

Zato se sklupčala na sedištu, pokrila i zažmurila. Pokušavala je na taj način ne samo da brže dozove zoru i zaštiti samu sebe od loših pomisli, već i da ne razmišlja o tome kako starice u crnom, na prednjem sedištu, više nema.

Široko

Sutradan,
Mersa Brega

— ... *kompleks manjih gradskih naselja koje uglavnom naseljavaju domaći i inostrani radnici iz obližnjih luka i naftnih pogona...*

— ... *industrijskih zona je u izobilju. Najviše ih je smešteno upravo ovde, na samom zalivu Sidre. Podeljene su u Zonu 1 i 2, koje u sebi sadrže...*

— ... *najvažniji rafinerijski centar zemlje je u potpunosti u vlasništvu državne naftne kompanije „Sirta". Godišnja zarada je ogromna i procenjuje se da je...*

— ... *kako navode, u budućnosti se planira izgradnja „Nove Brege", s obzirom na investicije i porast radnih mesta...*

— ... *poprište žestokih ratnih sukoba u Drugom svetskom ratu. Tada je Nemački afrički korpus tokom Romelove ofanzive potisnuo britanske snage sve do Tobruka u Egiptu...*

— ... *Brega je relativno malo i otvoreno mesto, jedva i da ima zgrada većih od nekoliko spratova...*

Izveštavajući iz primorskog grada, trudili su se na sve načine da se izbore sa zvucima prolaska teških mašina i kamiona, kao i sa zamarajućom bukom silnih postrojenja. Uslovi za rad vremenom su postajali neizdrživi zbog vrućine i jarkog sunca, stoga su izveštači bili prinuđeni da se pomire sa prikupljenim materijalom i izdvoje se u neko izolovanije i mirnije mesto, ujedno i jedino gde su najviše imali šanse da se sretnu sa jugoslovenskim novinarima — restoran.

Celu grupu restoran je više podsećao na radničku kantinu, imajući u vidu da ga je građevinska firma smestila u prostranu metalnu baraku. Ni u jednom trenutku nije bio sasvim ispunjen niti sasvim prazan. Kada bi jedna grupa radnika završila pauzu za ručak i otišla, naišla bi nova koja bi se uželela kratkog predaha i okrepljenja.

Može se reći da dvojici konobara štreberskog izgleda taj tempo nimalo nije odgovarao. Svaki put kada bi zvonce na ulaznim vratima zazvonilo, oni bi prigušeno gunđali što moraju da ustanu sa stolice i usluže narod. Da se oni pitaju, najradije bi napravili lom u inat svom strogom bucmastom šefu i pobegli što dalje.

Ekipa novinara se smestila za sto, kada je jedan od te dvojice, crnokosi mladić sa naočarima za vid prišao i sa uzdahom ih na engleskom upitao za porudžbinu. Pošto im je dosta vremena trebalo da se dogovore, Hal, kojem je bilo sasvim svejedno šta će naposletku izabrati dokle god je jestivo, ugledao je tipa u libijskoj nošnji kako ulazi u restoran i smešta se na suprotnu stranu od njih. Ništa tu ne bi bilo čudno da se posle porudžbine kod kovrdžavog i riđokosog kolege, takođe sa naočarima, Libijac nije pridigao i otišao do toaleta, a konobar, nakon što ga je pomno zagledao, pošao za njim.

Hal je ćušnuo laktom Brajana i ispričao mu šta je zapazio, a kako to nije prošlo nezapaženo i kod njihovih kolega, morao je i njih da upozna sa sumnjivim dešavanjem. Kolektivno zagleđivanje i izvijanje glava privuklo je naposletku i sumnjičavi pogled crnokosog konobara.

Vreme je prolazilo, a od jugoslovenskih novinara kraj Gvozdene zavese[5] ni traga ni glasa. Negde na polovini ručka, Sergej i Ilja su izašli

---

5 Zapadnjački izraz koji je popularizovao Vinston Čerčil, misleći na granicu koja je simbolično, ideološki i fizički podelila Evropu na dva odvojena dela, u periodu od kraja Drugog svetskog rata do pada Berlinskog zida; za razliku od Jugoslavije, zemlje iza Gvozdene zavese bile su pod snažnim uticajem komunizma i spadale u interesnu sferu SSSR-a.

napolje i probali da se raspitaju o njima među meštanima i radnicima. No, kako su se vratili sami, namršteni, dehidrirani i usijani od sunca, niko nije hteo da ih pita jesu li imali nekog uspeha. Na drugoj strani, ni Libijac se nije pojavljivao, iako je para sa njegove sveže skuvane i postavljene hrane odavno isparila.

Urođeni istraživački duh pridigao je Brajana sa stolice i naterao ga da diskretno pođe ka toaletu. Ali već nakon pređena dva koraka, isprečio mu se crnokosi konobar.

— Izvoli? — upitao ga je mladić umornim glasom, obrisavši naočare kako bi ga bolje osmotrio. Iako se to na prvi pogled nije primećivalo zbog radne uniforme, delovalo je da je u zavidnoj fizičkoj formi.

— Ništa što bi tebe trebalo da interesuje — uzvrati mu Brajan. — Moj šlic je moja stvar.

U tom momentu je ustao i Hal. Ne toliko kao fizička podrška prijatelju, koliko da umiri situaciju u slučaju da eskalira. A uvidevši šansu da se neprimetno provuče kroz frku i ostvari zamisao umesto njih, pridigla se i Megan.

— Kuda, blondi? — bacio je verbalni laso kojim ju je iznenadio i zaustavio u mestu. Činilo se da je konobar posedovao par očiju i na potiljku.

— Izvinjavam se, ali pošla sam da popravim frizuru — izjavila je suptilno, zazveckavši šarenim ukrasima u kosi.

— Žalim, ali toalet je van funkcije. Bojim se da ćete sve vaše potrebe morati da obavite na drugom mestu — odgovorio je mladić i pokazao im svima rukom da se vrate na mesto.

S obzirom na to da se razgovor vodio u neposrednoj blizini uveliko iznerviranih i znojavih Sovjeta, tresnuli su šakom o sto kao znak da im je prekipelo i ušli u verbalni obračun sa konobarom, kojem nije moglo da bude više od dvadeset i kusur godina. Jedino je Albert ostao da sedi. Ćutke je posmatrao situaciju sa čašom piva u jednoj ruci i pištoljem ispod stola u drugoj.

— A zašto ne bismo pitali tvog kolegu šta misli o tome? Još pre sat vremena je otišao tamo sa onim Libijcem i nisu se vratili? — oštro ga je upitao Brajan, lupnuvši ga izazivački rukom po grudima.

Konobar se za trenutak nagnuo ka svima i blago spustio naočare, pre nego što im je sa đavolskim smeškom na licu saopštio:

— Zbog toga je i van funkcije...

Potpuna zbunjenost među novinarima bila je naglo prekinuta snažnom lupnjavom vratima, kao i mahnitom galamom iz pravca toaleta, odakle je izjurio riđokosi konobar. Umalo proklizavši, zavitlao je uniformu ka šanku i unezverenom šefu i doviknuo svom kolegi:

— Imam ga! Tu je! Beži! Beži! Beži!

Malo je reći kakav je metež nastao usred hola, kada je i crnokosi momak zbacio sa sebe radnu uniformu i poterao okupljene novinare napolje. O čemu god da se radilo, ni najmanje nije delovalo naivno, pogotovo kada je šef dograbio oružje ispod stola i uz urlanje na arapskom zapucao u njihovom pravcu. Izleteli su napolje poput ispaljenog čepa iz boce šampanjca. Jedni su se pretumbali preko omanjeg stepeništa i završili na zemlji, drugi su ih podizali, dok bi treći svoje prethodnike gurali u stranu i dobacivali im da ne zaostaju.

— Šta se, jebeno, dešava ovde!? — urlao je Brajan ka dvojici sada već bivših konobara.

— Ćuti, bre, i beži! Pratite nas! — odgovorio mu je crnokosi momak, kojem je metak prozviždao pored glave.

Unezverena potera je trajala punih pet minuta, s obzirom na to da su se šefu pridružili i kuvari, naoružani kuhinjskim priborom. Manevrišući među gomilom baraka i industrijskih postrojenja, katkad se pritajivši iza improvizovanih zaklona, uspeli su da se domognu kombija sa šarenim reklamnim natpisom *Putujuće pozorište*.

Zadihani Hal, kojem je ovakav vid aktivnosti bio samo misaona imenica, doteturao se nekako do vrata vozila i zadržao se rukom da ne padne.

— Za ime sveta... Ko ste vi? Kakva su ovo kola i... Gde idemo uopšte? Strefiće me...

Nije stigao ni da završi misao, a riđokosi ga je uveliko gurao unutra zajedno sa ostalima, zalupio vrata i zazviždao svom prijatelju. To je bio znak da ovaj upali vozilo, sačeka ga da se smesti na suvozačevo mesto i učini da što pre nestanu iz Mersa Brege. Pa ipak, na bekstvo je moralo da se pričeka.

— Ukoliko ne planiramo da se više vraćamo natrag, onda je ovo pravi trenutak da vam kažem da ste zaboravili opremu... — oglasio se Akira, koji za razliku od ostalih nije pokazivao preteranu uzbuđenost zbog celokupne situacije.

Salva psovki prolomila se kombijem sa raštrkanim pozorišnim rekvizitima i glumačkom garderobom.

— Jebote, bre! Kakvi ste vi to novinari kad ne nosite opremu sa sobom!? — dreknuo je riđokosi suvozač na njih i od besa pljunuo po komandnoj tabli.

— Hej! — trgnuo se Brajan uvređeno. — Imali bismo je, da ste nam bar unapred javili da ćemo usred ručka imati novi obračun kod O.K. korala[6], do đavola!

— Prokleti Ameri... — promumlao je za sebe suvozač.

— Brajan je u pravu! — dobacio je Ilja i prišao napred do njega. — Serjoža i ja smo izginuli po onom užarenom pesku i suncu tragajući za vama dvojicom! *Mudak!* — brecnuo mu se za vrat.

— Polako, Iljuha... Čemu sam te kao stariji brat učio? — povukao ga je Sergej unazad, a onda opalio šakom obojicu Jugoslovena po glavama.

— Prokleti Sovjeti... — bio je red na vozača da promumla. — Vraćamo se po stvari. Držite se! — izjavio je nakon desetak sekundi razmišljanja i naglo okrenuo volan.

Kombi je skrenuo sa prašnjavog puta i zaputio se nazad ka Bregi. Diverzantski plan je bio da se iskoristi pometnja u radničkom kompleksu i neometano stigne do civilnih naseobina. Prolazeći ulicu za ulicom i

---

6 Najpoznatiji revolveraški sukob u istoriji Divljeg Zapada.

ostavljajući markete na otvorenom, stigli su nadomak nastambe koju su internacionalni izveštači iznajmili na dan. Okruženje je delovalo mirno, bar onoliko koliko je i moglo, s obzirom na obližnju omanju pijacu tokom radnog dana.

— Vidim, poprilično dobro se snalazite po Bregi? — sumnjičavo je upitao Albert dvojicu momaka, nakon što su ovi zastali i pomno ispitivali okolinu.

— Nema šta mnogo ni da se nauči — uzvratio mu je vozač, čekajući da se još malo raščisti staza do nastambe. „Za svaki slučaj", mislio je. — Ovde smo već mesec dana.

— Momci, hoćete li nam uopšte reći šta se dešava ovde i, pre svega, kako se vas dvojica uopšte zovete? — upitala ih je Megan, smeštena na zadnjoj strani vozila.

— Imamo vremena samo za ovo drugo. Ja sam Denis Pirmajer, a kolega do mene David Galić — predstavio im se tiho ni ne pogledavši ih. — Slobodno je sad. Dvoje neka izađu i donesu stvari. Ne pričajte ni sa kim. Požurite!

Albert i Hal izabrani su za „dobrovoljce" od strane upućenih pogleda. Nisu imali mnogo vremena ni da se pobune, jer je vreme isticalo, kao i šansa da se neprimećeni izvuku iz Brege.

Fiksiranih očiju za retrovizor, David je čuvao stražu Albertu i Halu koji su deo po deo opreme unosili u kombi i predavali ih svojim prijateljima. Istovremeno, Denis je nervozno lupkao po volanu i veštački se osmehivao starijim meštanima koji su povicima dozivali lokalnu dečurliju da ponovo vide „atrakciju" u svom kraju.

— Mogli ste da nabavite manje upadljiv kombi — bocnuo ih je Brajan nervozno.

— Što ga ti nisi nabavio? — odgovorio mu je przničavi David i oterao mališana koji mu se okačio na vrata.

— Koji je tvoj problem? — upitao ga je Brajan, uveliko spreman za tuču.

— Ovaj smo jedini mogli da drpimo na aerodromu u Tripoliju, a da ga ne obijemo — obrazložio je Denis.

— Poslednji put kad sam proveravao, mi smo novinari, ne obijači automobila i nasilnici u toaletima — odgovorio mu je Amerikanac koji se i dalje osećao isprovocirano.

— Oprosti Davidu — reče Denis, nastojeći da spusti tenziju. — Imali smo neviđeni broj poteškoća da se domognemo Libije, a kamoli Brege, stoga smo bili prinuđeni da se snalazimo kako znamo i umemo. Tip kojeg je Da... — krenuo je da im objasni pređašnju situaciju, kada ga je Megan upozorila.

— Momče, ne bih da dižem paniku, ali mislim da trojica policajaca trče niz ulicu prema nama — poručila mu je i pomogla Halu da utovari i poslednji deo opreme.

— Ne samo oni, već i celo prokleto osoblje! — zalupao je David rukom po vratima, terajući druga da što pre pobegne od pobesnelih bivših kolega. — Govorio sam ti da mi svi oni smrde! Govorio sam ti!

— Sklanjajte se, bre! Pomerite se! — vikao je crnokosi momak za volanom, dodatno raščišćavajući okupljenu svitu bučnom sirenom.

Kada su prvi meci zaprštali prema kombiju i propustili sunčeve zrake unutra, nastao je opšti haos i kakofonija od uspaničenosti. Iskoristivši nastalu rupu u masi, Denis je nagazio papučicu za gas i pojurio u jedinom mogućem slobodnom pravcu. Od stotine sugestija kako bi trebalo da vozi, koga da ne pregazi, a šta da zaobiđe, poslušao je onu što se ticala rušenja montažnih pijačnih skela i tezgi, ne bi li dodatno napravio pometnju. Napetost je trajala nešto više od minuta, sve dok konačno nisu uspeli da se iskobeljaju iz gradića i dočepaju otvorenog puta prema Adždabiji.

— Jesu li svi dobro? — upitao ih je Denis tek nakon što se slika Mersa Brege u retrovizoru toliko smanjila da je predstavljala ništa drugo do loše uspomene progutane u prašini.

— Nečija oprema je sigurno uništena... — odgovori Hal, izvukavši raspukle uređaje ispod sebe.

— *Blja! Čort poberi! Eto piz'dets!* — poletele su psovke Sergeja i Ilje.

— Sovjetska, izgleda — dopunio se Amerikanac i predao im patrljak od objektiva.

— I moja... Aaarrrgh!!! Mater im... Njihovu... — zarežao je Albert odjednom, ali ne toliko zbog opreme, koliko zbog krvarenja na boku. Megan je prva poletela da mu pruži prvu pomoć, a za njom i ostali.

— Polako, Alberte. Miruj... Huh, nije strašno, ali te je metak bogami dobro okrznuo... — brižno ga je brisala od krvi, ne bi li mu improvizovano parče tkanine obmotala i zategla oko stomaka.

Nije marila što je izgledala kao hirurg nakon višesatne operacije, te mu je dodala flašu džina za kojom je zavapio da mu bude zamena za morfijum. Najednom, negde pri kraju saniranja povrede, ugledala je pištolj koji mu je izdajnički provirio iz džepa pantalona. Albertov strogi pogled saterao joj je šokiranost u ćošak i stegao grlo. Mučnih nekoliko sekundi pretilo je da oboje razotkrije, pogotovo nakupljene suze u Meganinim očima, a to njenom zemljaku nikako nije išlo u prilog. Odgurnuo ju je od sebe i zatražio da ga svi ostave na miru.

— Meg, je li sve u redu? — upitao ju je brižno Hal i zagrlio, pošto se skrhano smestila kraj njega.

Iako Alberta više nije smela da pogleda, mogla se zakleti da je osećala cev njegovog pištolja na slepoočnici.

— Nisam se za ovo prijavila... Zašto su me uopšte i poslali... — odgovorila je neodređeno, pokrivši lice jedva sasušenim rukama od krvi.

— Ko te je poslao? — upitao je Denis znatiželjno, posmatrajući je u ogledalu.

— Ne znam... Neki matori tip je došao... Predložio direktoru, a šefica insistirala... — započela je, ali kako ju je obuzela drhtavica od oslobađanja adrenalina, nije se usuđivala da nastavi.

— Hej!? Kuda uopšte idemo? — upitao je Sergej sve prisutne, digavši naposletku ruke od popravljanja skalamerije.

— Duž mora do Adždabije, a odatle na jug, ka Avdžili i dubokoj pustinji — prozborio je tiho Akira, zagledan u svoju svesku.

— U pravu je kosooki — uzvrati David, otvorivši mapu Libije da proveri još jednom. Nakon što ga je Denis nekoliko puta prekorno udario po nozi, nevoljno se osvrnuo prema Japancu. — Izvini, Akira... Ali činjenica je da imate kos...

— U redu je, mladiću, zaista — odgovorio mu je novinar smireno i time ga zaustavio u antropološkom obrazlaganju.

— S obzirom da se sa tvojim prijateljem ne može normalno razgovarati, hoćeš li nam bar ti konačno reći šta se, jebeno, desilo u restoranu? — upitao je Brajan vozača.

Pripalivši sebi cigaretu, a samim tim i premotavši tok dešavanja na početak, Denis je ispričao priču koju su svi pažljivo slušali.

Jugosloveni su studenti Matematičkog fakulteta, na katedri za astronomiju. U slobodno vreme vodili su i uređivali studentski časopis posvećen nauci i naučnoj fantastici. Sve se naizgled činilo normalnim za njih dvojicu do pre mesec i po dana, kada je u Beogradu na njih naleteo tamnoputi muškarac sa arapskim narečjem. Stiskajući kofer i preznojavajući se, očajnički je tražio pomoć oko slanja pošiljke, za šta je bio spreman izdašno da ih nagradi. Vodeći se mišlju da bi svoj časopis mogli da dignu na daleko viši nivo, odlučili su da pomognu strancu koji im je pomenuo da će odsesti u hotelu „Moskva" i da ga sutradan potraže tamo.

Narednog dana dočekao ih je u uspaničenom stanju, u apartmanu koji se nalazio u potpunom haosu. Neprestano ističući važnost pisma koje je trebalo predati libijskoj ambasadi, poverio im se da mu je život u velikoj opasnosti i da budućnost mnogih zavisi isključivo od tog pisma. To što im nije rekao šta se nalazi u njemu sačuvalo im je glave na ramenima nakon što su pismo predali ljudima na kapiji ambasade.

Naime, nije prošlo ni pola sata, a vozila Službe državne bezbednosti su se zaustavila pored njih i odvela ih u pritvor. Puna tri dana su bili surovo ispitivani o sadržaju pisma i njihovom razgovoru sa strancem, ali jedino što su pripadnici Službe uspeli da otkriju bilo je da im masnice na licu brže izlaze nego kod drugih pritvorenika. Četvrtog dana su ih ostavili na miru, ali petog ih je posetio čovek iz samog vrha Centralnog komiteta SKJ, blizak članovima predsedništva SFRJ i obavio sa njima najvažniji razgovor u njihovom životu.

Naime, nakon urgiranja libijskog diplomatskog kora da se mladići puste na slobodu, ali i tajnog zasedanja državnih funkcionera, odlučeno je da se njih dvojica pripreme i smesta pošalju na novinarsku misiju, istovetnu onoj zbog koje su i svi pristigli u ovu afričku zemlju. Priprema je podrazumevala ubrzani kurs arapskog jezika, kao i pružanje određenih saznanja i instrukcija po sletanju u Tripoli. Napomenuto im je da sve što zabeleže ili prikupe tokom puta smatraju trajnim vlasništvom države i da materijal tretiraju važnošću od nacionalne bezbednosti.

Stranac koji je tada naleteo na njih dvojicu bio je čadski pobunjenički obaveštajac po imenu Mondesir Abaja, ujedno i prva osoba koja je pre libijskih trupa boravila na lokaciji nomadskog kampa. Kada se vratio u Čad i izvestio svoje nadređene o onome što je zatekao, postalo mu je jasno da neće deliti njegove stavove o onome što je on zaista otkrio, već da će zločin iskoristiti kao propagandno sredstvo u ratu sa Libijom. Tada je odlučio da prebegne na libijsku stranu i tako pokuša da apeluje na zdrav razum kod svojih dojučerašnjih protivnika. Ali nije išlo sve tako glatko. Navodno, imajući u vidu osetljivu prirodu tog zločina, Libija je obećala pružanje azila Mondesiru i garantovala podršku njegovim otkrićima samo ukoliko uspe da ubedi države koje su politički najviše napadale Libiju u sukobu sa Čadom.

Mondesir je napustio Tripoli i redom obilazio zemlje odakle su novinari naposletku i poslati, s tim da je boravio u Francuskoj i Italiji pre nego što se naposletku nehotice obreo na Balkanu. Nepoznati progonitelji pratili su ga širom sveta, ali tek na prostoru SFRJ počeo je da strahuje za svoju bezbednost. Samo od Ljubljane do Beograda izbegao je tri pokušaja otmice i četiri atentata. Tada je uvideo da su mu dani odbrojani i da živ neće dočekati zaštitu u Libiji.

Sve to je privuklo pažnju SDB, pod čijom se prismotrom nalazio od trenutka ulaska u zemlju. Odmah po Denisovom i Davidovom hapšenju služba je upala u Mondesirov apartman i zatekla ga mrtvog u kadi sa prerezanim venama, pored spaljenih dokumenata. Hitna istraga dokazala je da se radilo o samoubistvu. Jedina stvar koja je, slučajno ili ne, preživela uništenje bio je njegov dnevnik u kojem nigde nije pominjao svoje otkriće, već isključivo sve dosad pomenute informacije.

Prijateljski odnosi dveju zemalja, pomoć oko predaje pisma, obrazovni profili momaka i sklonost prema novinarstvu uticali su na snažno urgiranje Libijaca da se studenti puste na slobodu i smesta upute za Tripoli, a odatle ka Mersa Bregi gde će se pridružiti ostalim novinarima.

Dani su prolazili, a internacionalni izveštači se još uvek nisu pojavljivali. Mladići koji su preko noći gurnuti u vatru ozbiljnih političkih agendi morali su da se snalaze u tuđini kako umeju, te su se zaposlili kao konobari u lokalnom restoranu. Pronicljivost i blago poznavanje arapskog dosta im je značilo kada su se pojavila dvojica sumnjivih tipova i zasela na najudaljenije mesto. Lukavim prisluškivanjem ispostavilo se da je infiltrirani čadski pobunjenik primao instrukcije od strane libijskog korumpiranog obaveštajca o predstojećem atentatu na grupu stranih novinara. Spremno oružje čekalo bi ga u toaletu. Ubica je trebalo da bude isti onaj tip zbog kojeg je prethodno i nastao haos.

— Prema tome, može se reći da smo vam spasavali guzice — dodao je naposletku David.

Nastupila je grčevita tišina u kombiju.

— Blagi bože... — užasnuto je reagovala Megan.

— Jesi li uspeo da izvučeš nešto iz njega? — upitao ga je Brajan.

— Samo ovo... — reče Jugosloven i izvuče pred svima diktafon koji je premotao na početak i pustio.

— *... Znam, znam, preterao sam malo sa arkadom. Zarašće ti, ne brini. Hajdemo ispočetka. Zašto si pokušao da nas ubiješ?*

— *Ne gurajte nos... Gde mu nije mesto.*

— Naš posao je da ga guramo i u vražje dupe ukoliko ćemo odatle izvući istinu. Želim da čujem i čadsku stranu priče. Vašu.

— Hal 'anta majnūn!? Šta god da su vam rekli, slagali su vas. Poslali su vas ovde da umrete...

— Nisu se mnogo pretrgli ni da nam kažu... Budi ljubazan i reci šta se dogodilo? Ko je odgovoran za zlodelo nad nomadima? Gledaj na ovo kao na intervju.

— Onda ste i stvarno budale, one kojima ne treba mnogo da se kaže da bi skončale u ovoj zabiti... Reći ću ti samo ovo: nije ga počinila nijedna strana i što se manje zna o njemu, to bolje, za sve vas budale, gladne smrti!

— Neko je morao da ih ubije.

— Nije u pitanju ko, nego šta... Ovo je moje poslednje upozorenje. Ne idite ka Pojasu.

— Doći ćemo i do tog dela... Nego, reci mi, jesi li ti jedini koji je imao zadatak da nas likvidira i zaustavi u našoj misiji?

— Odete li dole, žalićete što vas nisam ubio...

Ako se tišina maločas našla u grču, onda je kolektivni muk nakon odslušanog snimljenog razgovora zahvatila mrtvačka ukočenost. Ničiji pogledi nisu se susretali. Lutali su i bušili limariju kombija u potrazi za bekstvom i sopstvenim izbavljenjem. Nesnosna vrućina dodatno ih je stiskala u grudima nalik nevidljivom, sužavajućem kavezu u kojem bi se prinela prva žrtva. Kakve god pobude su ih naterale da se odluče na put, povlačile su se pred strahom i užasom od nepoznatog. Preko njihovih nada da će sve izaći na dobro taložio se pesak nošen uznemirenim vetrovima od spolja i ostavljao ih poput svarenih i sasušenih lešina kraj puta.

Pa ipak, nešto u njima je zabranjivalo da u potpunosti klonu, pokupe stvari i vrate se nazad odakle su došli. Nešto protivno racionalnom razmišljanju i nagonu za preživljavanjem. Ono što su svi ljudi na svetu spremni da stave na kocku i odigraju ples sa đavolom — osećaj dužnosti prema drugima, kao i moralna i emotivna odgovornost prema samima sebi. Ukratko, ulog najtanje membrane obmotane oko našeg bića.

Koliko god težak teret prošlosti nosio u sebi, Akiri je sve postalo jasno onog časa kada je ponovo izvukao fotografiju svoje izgubljene supruge. „Da li si i ti sledila isti trag, mila Hinata", zapitao se posmatrajući njene tamne oči koje su gledale u pravcu nadolazeće pustinjske oluje. Akira je dobro znao koliko su joj suvi, jednolični i odbačeni predeli bili strani. Ni za šta na svetu ne bi menjala pogled na trešnjino drveće u cvatu ili šume podno planine Fudžijame, kada bi se jesen sa zakašnjenjem zaljubila u leto i prevarila ga sa nadobudnom zimom. Toliko bi se emocija probudilo u njoj, da bi ceo dan provela u šetnji i pozdravljala svako drvo u tišini. Na jeziku samo njoj znanom. „Kakvi su te to nomadski duhovi naterali da odeš u ovu tuđinu? Kakva te je pustinjska ruža ubola i odvela zauvek od mene? Da li ću te ponovo sresti kada ostavimo El-Džaf?"

Pogledi između Hala i Brajana bili su nalik na dva nebeska tela koja bi se okretala između zajedničkog baricentra, straha od nepojmljivog i natprirodnog, odnosno sramote, priznavanja poraza i izdaje najvoljenijih. Obojica su predstavljala dve sile, dovoljnih energija da jedna drugu ne ispuste iz tog začaranog kruženja. Prva, centrifugalna, tragala je za najmanjom mogućom nadom da obustave sve i pobegnu što dalje, na bezbedno. Druga, centripetalna, nastojala je da ih odvuče ka samom centru i presudnom značaju za ono što su bili i ono što bi mogli postati kad jednom pređu tačku bez povratka. Brajanova ruka na Halovim grudima, taj utešni i ohrabrujući gest, pronašla je rupu u zakonu i gurnula ih obojicu u kolizioni kurs ka središtu.

Ništa od ovoga nije važilo za mlade Sovjete i braću, Sergeja i Ilju. Musketarskih ideala i duša velikih poput svoje domovine, prepoznali su poziv sudbine. Možda se nisu nalazili u ratu kao njihova braća u Avganistanu, ali ovaj trenutak su doživeli na približan način. Kao dužnost da ih učine ponosnim. Vodili su sukob na sličnom terenu kao i oni, protiv nevidljivog neprijatelja koji je odbijao da pokaže svoje pravo lice. Slovenski mentalitet, poznat po dugom trpljenju nedaća i življenju u skromnim uslovima kao da je prekinuo ćutanje i odlučio da stvari preuzme u svoje ruke. Ruski medved se probudio i izlomio rešetke kaveza straha, istog onog što ga je dosad i držao u bojazni od usuda njegovih srodnika. „Ovo je za vas i naše porodice kod kuće", odlučili su prećutno i međusobno klimnuli glavama.

Pa ipak, nijednog momenta nisu zastali da pomisle o „Čuvaru" njihovog pređašnjeg zatvora.

Za Alberta i Megan minula dešavanja pretvarala su se u zmijolike puzavice koje su se podmuklo obmotavale oko njihovih članaka. Ili je Megan bar tako doživela svoju ukočenost i onu u Albertovom pogledu.

Celog života trudila se da pomogne onima kojima je pomoć neophodna. Pogotovo na krupnom planu, kada su u pitanju masovne tragedije ili prirodne katastrofe. Tada bi je empatija ošinula kao bič, urezala ožiljak i gonila da se pridruži humanitarnim organizacijama. Taj isti „mazohistički" poriv sada je poprimio svojstva živog peska. Što bi se više opirala evidentnim opasnostima oko ovog slučaja, uveravajući se da čini plemenito delo, to ju je pomisao na potencijalni užas koji bi mogao da ih sačeka na njegovom kraju povlačio dublje u sebe. Snaga volje za pravdom za bespomoćne i stradale pomogla joj je da se u poslednji čas uhvati za čvrst oslonac i spasi od potpunog davljenja. Bar dok ne stignu do Pojasa. Jedini problem sa kojim će neizostavno morati da se suoči biće onaj kada ponestane mesta za ožiljke i ruke izbavljenja.

Albert, sa druge strane, nije ni o čemu želeo da razmišlja. Ni o tome što su novinari počeli sve dublje da otkrivaju stvari o kojima je unapred bio obavešten, ni o pokušaju atentata na njih od strane čadskih pobunjenika. Sve to je postalo nevažno osim jedne tačke — bušotine od metka u sopstvenoj mesnatoj karoseriji. Kao da je ranjavanjem Meganinog kamermana metak ispustio sav vazduh i dušu iz njega, licemerno mu prepustivši samo vakuum. Utrnuli um. Postao je odraz otupelosti ranjenog mesa. Ili se tako samo činilo.

Možda je zrno poslužilo kao katalizator za sve ono što se nalazilo u Englezu od trenutka kada je krenuo na put. Neiskrenost prema drugima, osvetoljubivost, sebičnost i skriveni identitet oteli su se kontroli i prebrzo provreli u emotivnom vrenju, ostavivši za sobom u mentalnom i duševnom loncu samo odurni talog nečega što je ranije nekako i moglo da se kontroliše. Dok je postojalo kakve-takve ljudskosti. Prohujalo zrno nije uspelo da ga ubije, ali je postiglo da smrtno rani ono što mu je delom i održavalo moral u životu. A odatle više nije bilo povratka.

Zapravo, kada su ostavili Adždabiju i uključili se na deonicu puta koja je vodila prema provinciji Kufra, ni za koga više nije bilo povratka, jer prvo čime pustinja zagospodari jeste um i duša onoga ko odluči da joj se približi. Nezasita kakva jeste, ukoliko je još i izgladnela, zariće očnjake u žrtvu bez upozorenja i milosti. Ali ukoliko se nedavno hranila, pustiće plen da lazi po njenoj peščanoj mreži. Igraće se sa njim i opčinjavati ga, sve dok ga u potpunosti ne učini svojim taocem i glavnim jelom kada joj utroba ponovo proradi.

Na mlade i nadahnute jugoslovenske studente vožnja po pustom i prljavonarandžastom pejzažu je poprilično sedativno delovala. Osvrnuvši se na trenutak i ugledavši melanholičnu atmosferu iza sebe, David je ubacio muzičku kasetu u kasetofon automobila i pustio prvu pesmu po redu. Umilna i zarazna melodija, *Kumbaja*, pronela se kroz unutrašnjost vozila.

Niko se nije bunio na izvođenje Pita Sigera, ponajmanje Brajan i Hal koje je pesma na momenat vratila u njihov rodni Baltimor i kancelariju. „Ne moramo baš ceo put da provedemo kao da smo na groblju", pomislio je riđokosi David i nesvesno se priključio Denisu u zamišljenom posmatranju tanane, ali jasne mrlje na horizontu.

Svojim amorfnim obličjem podsetila ih je na skice u sveskama tokom predavanja, gde su se takmičili ko će bolje predstaviti vanzemaljski entitet, jednom kada ljudska noga kroči na Mars. Posle bi se, naravno, obojica složila da su u mislima sve vreme imali stvorenje iz novele

Džona Kembela *Ko ide tamo?*, njihove najomiljenije naučnofantastične i horor priče. To ne bi trebalo da čudi, ako se zna da su obojica u sobama držala postere njene ekranizacije iz 1951. godine. Astronomija im je bila istinska ljubav koju su dodatno iskazivali u studentskim novinama i kolumnama o znanom i neznanom svemiru. Ovo drugo predstavljalo im je opsesiju.

U dubini čovekove duše, smatrali su, krije se potreba za odgonetanjem svih nepoznanica. Pogotovo onih egzistencijalno važnih — kosmičkih. Mnogo je toga što ljudska vrsta još uvek ne razume o svemiru, a proći će vekovi dok se ne sazna dovoljno da bi se otkrili drugi svetovi. Pa ipak, da bi se kolevka naše planete ikada napustila, potrebno ju je prvo istražiti. Sve ono što nam namerno otkriva ili prikriva.

Sahara, kraljevstvo peska, predstavljala im je jednu od tih tajni. Ne zna se da li ih je više nudila ili čuvala sada, ogoljena do poslednjeg kamenčića ili nekada davno, za vreme Ledenog doba i pre pomeranja zemljine ose. O čemu god da se radilo, činjenica je da je važila za neistraženu oblast veličine Sjedinjenih Država. Led na polovima je služio kao večiti zamrzivač za primordijalnu istoriju Zemlje, ali Sahara? Smrzavana i pečena, ko zna koliko puta u svojoj istoriji? Da li su se baš tamo krili odgovori na mnoga čovekova pitanja?

Bilo im je neizmerno žao zbog gnusnog zločina koji se desio među zavađenim narodima severne Afrike. I da ih niko nije ucenio, preplašio ili im išta naredio onomad u Beogradu, ono ljudsko u njima, ako bi se već našlo u situaciji, tragalo bi za odgovorima i počiniocima koji bi bili isterani pred lice pravde. Pa ipak, budući akademski građani nisu sasvim mogli da pobegnu od sopstvene znatiželje da zavire ispod kamenčića u nepoznato. „Nekada je samo to i dovoljno", mislili su.

Bez obzira što bi eventualno odbijanje zadatka značilo odlazak u zatvor zbog „podrivanja državne bezbednosti" i „kolaboracije sa stranom agenturom", trebalo je da im bude drago zbog toga što su dobili priliku da otputuju u predele koje su maštali da istraže. Ali svaki put kada bi na to pomislili, čudna jeza bi im prošla kroz grudi.

Iako bi razlog odmah pronalazili u potencijalno morbidnim scenama masakra nad civilima, kao i strahu od mogućeg zatvora pri povratku u domovinu, prirodni skepticizam im nije dozvoljavao da se zadovolje tako očiglednim rešenjima. Nagonio ih je da se zabrinu. Da li je i sam zločin više skrivao ili otkrivao sopstvene tajne? Ljudske, prirodne ili nečije treće? Koliko mračne bi one bile na skali svih boja znanih čoveku?

Vreme je odnosilo sate kao vetar peščano zrnevlje preko hamada[7], stvarajući tako slabašnu izmaglicu po drumu i okolini. Problem kod dugačkih vožnji i monotonih predela jeste u njenim efektima na čoveka i njegovu pažnju. Svesno ili nesvesno, misli odlutaju, a u ovim predelima to postane nekako prirodno. Da nije brundajućeg zvuka motora, vožnje po ispucalom putu i muzike sa kasete, Denisu bi se činilo kako beskonačno dugo plove kroz jedan te isti san, gde je sunce odbijalo da se spusti sa svog zenita. „Pri prvom nagoveštaju zalaska", sve ređe je podsećao sebe, „prepustiću volan Davidu." To što je horizont postajao prljaviji značilo je samo da se približavaju obroncima planina.

— Kada stižemo u El-Džaf? — upitao je Brajan koji se bezuspešno rashlađivao improvizovanom lepezom. — Osećam se kao u mikrotalasnoj pećnici...

— I suviše je daleko da bih te rashladio odgovorom, kauboju — uzvratio mu je David nakon konsultacija sa kartom Libije. Pretpostavljajući da će se Amerikanac revanširati i da će ga to opasno zamoriti, odlučio je da sebe poštedi nove rasprave. — Ali pošto je danas tvoj srećan dan, obradovaću te informacijom da ćemo za pola sata stići u Avdžilu, naselje u oazi gde bi trebalo da se okrepimo s našom novinarskom familijom. Odatle, pa preko susednog Džalua, nastavljamo sa spuštanjem ka El-Džafu i dalje ka pojasu Auzu.

— Koliko putujemo, mogao bih da se zakunem da smo nadomak granice sa Čadom — ubacio se Hal u razgovor i nežno izvukao utrnulu ruku koja je sve vreme bila ispod usnule Meganine glave.

____

7 Vrsta kamenite pustinje.

— Sve se plašim da si o tome razmišljao, Don Žuane... — osmehnuo mu se David u ogledalu iznad glave, na šta je ovaj postiđeno oborio pogled. — De, de, samo se šalim. Volim da kvarim tuđe raspoloženje, često čak i svoje. Stoga ću ti plastično reći i obojicu nas razočarati: pre sat vremena smo napustili primorsku zonu — poručio mu je i pripalio cigaretu. — Ukoliko ne pravimo duge pauze na putu i ne zadržimo se mnogo u Avdžili, odnosno El-Džafu, koliko prekosutra stižemo do granice.

— Zamišljao sam Libiju ravnu i prekrivenu dinama... — izjavi Sergej i približi glavu do Denisovog prozora. — A ono, planinčina koliko ti duša želi... — dovrši misao uz njihovo pokazivanje Ilji.

— Ne, ne, zapravo i jeste u principu ravna, kamenita i peskovita. Planina ima uglavnom u centru i skroz dole na juž... Čekaj... Ovde nema planina. Kakve planine? Odakle ti planine? — prenuo se David naglo iz objašnjavanja.

— Slepcu... — uzvratio mu je Sergej. — Pogledaj kolike su! — reče i pokaza mu kroz šoferšajbnu.

Od nagle jeze je razrogačio oči i snaga u rukama kojima je držao kartu je nestala.

— Ovo... Nije planina... Jebem mu mater! Denise! Denise!? — povikao je ka svom drugu i cimnuo ga za košulju.

— A? Šta? Tu sam, tu sam! — reagovao je kao probuđen iz hibernacije. — Auuuuuuuhhh! Ne, ne, ne, ovo ne može biti... — dodao je kada je shvatio kakav košmar im grabi u susret.

Iz opšteg meteža pitanja koji je čak i pritajenog Alberta naterao da se okrene prema njima, protegao se glasni Brajanov povik:

— Šta je to, koji moj!?

— Široko... — progovorio je Akira, iskoristivši momenat nagle tišine. — Smrt u obličju uraganske oluje.

— Imamo dovoljno vremena, zar ne? — upitao je Ilja vozača.

Sitne peščane granule koje su zasule oplatu vozila prerasle su u krupne krhotine, nalik delićima stakla, stvorivši naglo zaglušujuću buku unutar kombija. Megan se probudila, samo da bi odmah prebledela od teskobne senke koja se navukla na pejzaž.

— Dovoljno za šta!? — uzvratio mu je Denis, rvući se sa jakim vazdušnim udarima i neposlušnim volanom. — Hajde, hajde, prokletinjo jedna!

— Ali... Bio je daleko!? — Brajan je zavapio za odgovorom od njegovog prijatelja.

— Nije! — brecnuo se David i ljutito odalamio komandnu tablu. — Prokleta pustinjska iluzija! Denise, zaustavi!

— TRUDIM SE! NE VIDIM NIŠTA OKO SEBE!

Gusti, kolosalni zid prašine i peska progutao je jarko sunce i obavio ih tamom. Isprva nisu ni osetili krivudanje i proklizavanje točkova, a samim tim i opasno naginjanje kombija u stranu. Imali su svega nekoliko sekundi da shvate kako su se pri žestokom prevrtanju i silovitim udarcima od zemlju našli u pravom problemu. Prvom, od mnogih i gorih koji su ih vrebali.

Horusovo oko

Nekoliko sati kasnije,
Avdžila

— Hej! Je l' me čuješ?

Poljuljane slike prevnutog ambijenta krivile su i rastezale nečije dozivanje. Osoba čija je glava naopačke virila pružala je ruke što je više mogla ka unutra, ali beskraj nikada nije bio tako lako dostižan.

Odjednom je nestala i obratila se nekom drugom.

— Ne može ovde... Polako sa njim, *ragazzi! Andiamo!*

U vozilu se osećao težak miris peska i prašine, a podgrejana limarija samo je otežavala dotok kiseonika. Oštar zvuk lomljave i kidanja vrata probudio je nekolicinu zarobljenih. Jaki bolovi usled raznoraznih povreda tokom tumbanja i sudaranja sa ostalim putnicima provirili su napolje poput prvih škorpiona po zalasku sunca. Za njima su sledile nepoznate ruke koje su izvlačile isprepletena tela. Neka od njih su bolno zaječala.

— Pažljivo. Jednog po jednog. Dezorijentisani su... Smrkava se... Pređite sa one strane, pobogu. *Si, tutti! Non abbiamo molto tempo a disposizione.*

Hal je načas došao sebi i shvatio da je u nekakvom kamionetu, pokraj onesvešćenog Brajana. Njegova glava u zavojima je bilo prvo šta je ugledao pod svetlošću zakačenih baklji, a potom i nekolicinu ljudi koja je špartala od olupine prekrivene peskom do drugih kamioneta u blizini. Sa sobom su na improvizovanim nosilima odnosili povređene i spremali ih za transport.

Vrtoglavica mu nije dozvoljavala da ostane budan, te je sve duže sklapao oči i puštao žamor glasova da ga uspava. Možda mu se baš u tim retkim trenucima, kada bi uspeo da osmotri okolinu, negde blizu plamenova ukazala nepomična i mračna humanoidna silueta. Pokraj nje je proletela pustinjska sova i sletela na obližnju stenu. Nije mogao da odredi da li je zurila samo u njega ili u sve njih.

Hal je otprilike mogao da pretpostavi šta se dešava i u kakvom su se problemu našli. No spoznaja o automobilskoj nesreći ga nije toliko prestravila koliko crna postojana silueta i prodorni pogled sove na susednoj steni od koje su se udaljavali.

— Neko... stoji... onde... — oglasio se dezorijentisani Denis iz drugih kola. Činilo se da je upirao rukama u pravcu istog obličja koje je i Hal bio primetio. — Tamo... Ono tamo... Šta je ono... Avet... Sova... — nadao se da će ga neko čuti i primetiti.

Pre nego što je student klonuo, nešto toplo i nežno ga je uhvatilo za dlan.

— Ne brini... Znam ko ste... Vozimo vas na sigurno. Biću tu kada se probudite... *Va bene?* — reče i prisloni mu ruku na grudi ne bi li ga umirila.

Poslednje što je Jugosloven uspeo da vidi u noći gde su plamenovi sa pobodenih baklji pirovali u svom demonskom plesu bile su egzotično zelene ženske oči, vešto pritajene iza marame. O kome god da se radilo, smestila se pokraj njega i signalizirala nekome da pođu. Svetlucanje priveska dok se ljuljao oko njenog vrata hipnotički ga je odgurnuo od jave.

* * *

Sutradan

Jutro je probuđeni Hal dočekao na širokom kauču i u suncem osvetljenoj sobi, ispunjenoj mnogim domaćim i evropskim folklornim detaljima. Nije se radilo o prostoriji nekakvog bogatog činovnika, već više o preuređenom istorijskom zdanju, o kojem se brinulo lokalno stanovništvo. Kada se pridigao i pogledao kroz prozor odakle su se zavese lelujale na blagom povetarcu, ugledao je deo jezerceta i nekoliko kućica tik uz njega.

Bio je sam u sobi, u kojoj se nalazilo još nekoliko praznih kaučeva. Nešto snage mu se vratilo, te se bez žurbe pridigao, obukao čistu odeću i odšetao do hodnika sa nekoliko afričkih kipova, a odatle ka glavnom holu, ne većim od prosečnog dnevnog boravka u kućama. Čistina i svežina se osećala u vazduhu. Imao je utisak kao da se probudio iz odvratnog košmara, ostavio teret suludih snova na jastucima i vratio u divnu, blistavu realnost. Negde nadomak izlaza, ka dvorištu, susreo se sa dvema sobaricama, koje su mu se osmehnule i naklonile. Nije razumeo arapski, pogotovo ne ovako čudnjikav, ali jeste njihovu srdačnu ljubaznost, sasvim dovoljnu da mu ublaži bolove u rebrima i krstima. „Znam šta se desilo i zašto me tako bolite, ali odbijam da razmišljam o vama. Bar na još neko vreme", izdahnuo je eho loših uspomena i uzvratio osmeh domaćinima uz nespretni naklon.

— Na svu sreću, nismo u Japanu, inače bi napravio totalnu zbrku i postideo Akiru... — začuo je poznati glas iza sebe. — Mada, koliko ga poznajem, ne bih primetio razliku na njegovom licu...

Hal se osvrnuo i ugledao Denisa kako zakopčava laganu košulju italijanske vojske iz Drugog svetskog rata i uparuje je sa vojnim bermudama. Pre nego što je i stigao da ga upita odakle mu ta odeća, spazio je nekoliko modrica na njegovom licu i bandaže na rukama. To ga je uplašilo i podsetilo da sebe uopšte nije pregledao kada se probudio, te je dotrčao do najbližeg ogledala i potražio znake povreda. Ali nije ih bilo, bar ne vidljivih. Nisu prošle ni tri sekunde, a kraj njega se u ogledalu pojavio i blago nasmejani Denisovov lik.

— Hm, možda bi trebalo da pustiš bradicu... — poručio mu je mladić i uvukao košulju u bermude. — To je neka nova moda, kažu.

— Gde smo uopšte? — upitao ga je tiho, kao da se bojao da će ga neko čuti. — Gde je Brajan? Megan? Jesu li dobro?

— Druže, budan sam deset minuta duže od tebe, s tim što sam pola tog vremena proveo u krevetu, a drugu polovinu u kupatilu — odgovori mu Denis. — Radnice koje si maločas sreo su me izvestile da su svi dobro. Kako se ko budio, tako je izašao napolje da malo prošeta na miru. Nas dvojica smo poslednji koji su se razboravili... — najednom glas mu je uminuo.

Halov um nije bio spreman da se izbori sa iznenadnim naletom izgužvanih scena dosadašnjih traumatičnih iskustava. Uprkos toplom ambijentu, hladna jeza počela je da ga prožima od vrata naniže, pokrećući mu novu seriju bolova u krstima. Tada ga je nespremnog ponovo sustigla vrtoglavica, i da nije bilo Denisa da ga prihvati, srušio bi se na pod kao da ponovno izbegava metke i tumba se po putu. Da stvar postane još bizarnija, u ogledalu više nije video njihove odraze nego izobličenu kreaturu dvojice ljudi koji proždiru jedan drugog. Kada se naposletku stopila u tamnu, bezličnu masu humanoidnog bića koje je uočio minule noći tokom udesa, počeo je da se otima i da viče prestravljeno.

— Hale? Hale!? Šta ti je, čoveče? — ponovo je začuo Denisov glas koji ga je uveliko drmusao ne bi li došao sebi.

Sve se naglo smirilo i unormalilo, sem Halovog srca koje je nastavilo da dobuje u grudima. Slika u ogledalu je jasno prikazivala njih dvojicu, doduše izbezumljenih onim što se upravo desilo. „Kako da mu objasnim, a da ne pomisli da sam sišao s uma", prestrojavao je Hal zabrinute misli. „Šta se ovo dešava i zašto meni? Bože, molim te, spasi me ovog ludila..."

— Izvini, Denise — odgovorio mu je napokon, tiho i oborenog pogleda kako ovaj ne bi primetio da sakriva pravu istinu. — Mislim da me sustiže stres od ovog putovanja... Kao da sam ponovo proživljavao saobraćajku, eto to je... Prvi put sam je iskusio. Izvini još jednom... Molim te, nemoj nikome reći, važi?

— Jebote, umalo me infarkt nije strefio! — uzvratio mu je Denis, mada kako ga je posmatrao kada mu je to rekao, nije delovalo da je sasvim poverovao u obrazloženje. — Ostaje među nama, ne brini. Idi u kupatilo i osveži se. Čekaću te ovde — reče i izvuče paklicu cigareta kako bi se i sam smirio.

Petnaestak minuta kasnije osetio se konačno spremno da izađe napolje na svetlost dana. „Možda je stvarno u pitanju samo stres", uspeo je dovoljno da se uteši nakon dvadesetog umivanja i pljuskanja po licu.

Prvo što ih je dočekalo po prolasku kroz lučna vrata bilo je umilno svetlucanje sunčevih zraka kroz obližnje palme i prašnjavo žutilo zemljišta u daljini. Stajali su na blagoj uzvišici i pokušavali da sagledaju pejzaž veličine tri ragbi stadiona. Oko izdužene oaze u podnožju prostirale su se skromne kućice. Ponegde između njih smestile su se niske stambene zgrade sa nekoliko uličica. Svaka od njih vodila je do impozantne i neobične peščane građevine sa brojnim visokim tornjevima nalik cevima na orguljama. Delovala im je toliko nezemaljska da su ostali još neko vreme zagledani u nju, razmišljajući o razlogu njenog postojanja.

— El-Kebir džamija... Najstarija od svih u saharskom predelu — začuo se ženski glas iza njih i sa neobičnim akcentom im odgovorio na neizrečeno pitanje. — Dragulj Avdžile, star preko pet hiljada godina. Neverovatna je, zar ne?

Kada su se okrenuli, ugledali su neobično harizmatičnu devojku, kose mahagoni boje, razbarušene i duge do ramena, koja je u tom momentu spustila šemag sa lica i rasprostrla ga duž lagane pustinjske nošnje. Špicaste naočare za vid nosila je oko vrata kao ogrlicu, dok je u ruci držala tašnu od štavljene kože sa povezom. Pomakla je pramenove sa čela i blago im se osmehnula.

Da nije specifične boje njene kose, naočara i načina govora, Hal je mogao bez problema da se zakune kako je ispred sebe imao pravcatu nomadsku mešanku. Držanje joj je bilo nedokučivo, odeća jednostavna, a put prava peščana.

Za razliku od njega koji je ćutao dvoumeći se da li da je svrsta u Evropljanku ili Arabljanku, Denisov muk je bio daleko višeslojan. Pre svega ga je opčinjavala njena mistična energija, koja je zračila svom lepotom jedne, čoveku nedodirljive prirode. Tek potom su se, bez ikakvog redosleda, pojavljivali razlozi njegovog privremenog gubitka govora. Od očiju koje su ga podsetile na neistražene oaze, preko znatiželjnog i pronicljivog lica, okupanog silnim avanturama pod suncem pa sve do odmerenog i prijateljski nastrojenog ženstvenog stava.

Pa ipak, nije uspeo dugo da uživa u svim tim znacima zaljubljenosti. Nekoliko munjevitih flešbekova vratilo ga je natrag do minule noći, a tada su mu modrice na licu zapulsirale pod naporom da se priseti pojedinih detalja, urušavajući se pod sopstvenom težinom do te mere da je osetio kako se lančano pretvaraju u crne rupe. A tamo, na samom dnu, gde se gospodarilo nad zakonima prirode, zatekao je pustinjsku oluju, silovito prevrtanje, vrištanje kolega i, najednom, tišinu koju je obgrlila tama.

Iz podmukle mirnoće i otupelosti svih čula izrodio se eho glasova. Najjasniji od njih pripadao je dami koja se naginjala nad njim i umirivala ga stavivši dlan na njegove grudi. Hitro je izdavala naređenja lokalcima i pod svetlošću baklji izvlačila stradale novinare iz polupanog kombija. Poslednji delić sećanja ni za deset života ne bi mogao da dozove natrag. A smeo je da se opkladi da je osetio njegov samrtno ledeni dah po vratu.

— Hej... Sećam se tebe... — progovorio je nakon izvesnog vremena. Čudio se samom sebi na samokontroli i racionalnom povezivanju proživljene traume sa onom koja se maločas manifestovala kod Hala.

— Prošle noći... Imala si pune ruke posla oko našeg spasavanja, zar ne? — upitao ju je i približio joj se za korak.

— Uh, dobro je... — povila je glavu blago napred kao gest olakšanja.

— Poštedeo si me mnogih pitanja u vezi sa tvojim mentalnim zdravljem, s obzirom na to da si silno buncao — odgovorila mu je. — Delimično si pogodio. Spasilo vas je ovdašnje pleme Berbera, koje se s vremena na vreme oseti skučeno u Avdžili. Spazili su vas pri povratku i zahvaljujući brzim konjima dojahali do naselja da nas izveste o nesreći. I, da, nije bilo prošle noći, već pretprošle.

— Pretprošle?! — zapanjio se Hal kome je kroz svest protutnjala pomisao o izgubljenom danu. — Izgleda da svima vama dugujemo ogromnu zahvalnost za ono što ste učinili... Kada smo već kod toga, gde su nam prijatelji i kolege? — upitao ju je zabrinuto, osećajući se najednom usamljeno.

— Bila je to ljudska i moralna dužnost. U ovakvim surovim predelima ona je kod svih obavezna — uzvratila je skromno. Sledećom rečenicom dala je nagoveštaj u vezi sa njegovim pitanjem. — Denise, Hale, pođimo prema drugoj strani rezidencije — usmerila ih je rukom i povela napred.

Taj gest dobrodošlice otkrio joj je na grudima ručno izrađenu ogrlicu, ukrašenu niskom pozlaćenih i folklornih rondela, na čijem se kraju nalazio mesingani privezak, ne veći od oraha. Na njemu, staroegipatski simbol suznog oka.

Nesvestan da mu ono i dalje privlači pažnju, Denis ju je upitao:

— Vidim da si već upoznata sa našim imenima, ali mi još uvek nismo čuli tvoje, a voleli bismo. Čime se baviš? Otkud ti ovde?

— Pitanja uvek rađaju nova pitanja — izjavila je, sa čime se Denis u potpunosti složio. — Paola Santafjore — predstavila se šarmantno, uz suptilan i radoznali osmeh. — Istorijom fascinirana novinarka i dopisnica iz Afrike za italijanski dnevni list *„La Repubblica Aquilana"*. Ovde sam jako dugo. Vest o tome da ću se priključiti internacionalnoj grupi novinara u Libiji dočekala sam u Saudijskoj Arabiji, prilikom reportaže o stenovitim „kapijama", nadomak vulkanske regije Harat Kajbar...

— Dakle, ti si poslednja iz novinarske ekipe koja bi trebalo da nam se pridruži? — upitao ju je Hal, prisetivši se Meganinih reči.

— Tako izgleda, sem ako vi ne znate za još nekog? — odgovorila mu je, na šta je on odmahnuo glavom.

— Čekaj... Kakve kapije? — ponovio je Denis zainteresovano.

— Hmm, „dvorišne ograde" bi bio bolji izraz. Tako bar izgledaju kada se raštrkane strukture od kamenja osmotre iz aviona — odgovorila mu je, izrazivši zadovoljstvo što ju je to pitao. — Nisu naročito visoke, ali variraju u dužini. Od nekoliko metara do, maltene, pola kilometra. U saradnji sa profesorom Abdulahom El-Saidom i arheologom Dejvidom Kenedijem, zabeležila sam preko dvesta grupa. Smatra se da su zaostavština drevnih beduinskih plemena koja su tu boravila. Pratila sam njihov smer prema Siriji kada mi je kurir iz italijanske ambasade dostavio poverljivo pismo...

— O stravičnom masakru nad civilima u pograničnom, Auzu pojasu? — nadovezao se Hal jer je pretpostavljao šta će reći.

— Ne... To su me isto i tvoje kolege upitale i moram priznati da sam se sablaznula kada sam to čula. Radilo se, naime, o nalogu italijanske ambasade da se ispitaju libijski Arkenu krateri, 70 km zapadno od planine Džebel Arkenu, u basenu El-Kufra i da se sa tim saznanjima pridružim inostranoj grupi novinara u Avdžili. Da li je neko namerno ili slučajno pogrešno stavio datum, ali prošlo je mesec dana otkako sam napustila kratere i stigla u ovu varoš. Od vas nije bilo ni nagoveštaja da ćete uopšte doći — odgovorila je, pozdravivši se sa lokalcima na tečnom arapskom jeziku.

— Koliko sam razumeo od ostalih kolega, svako od nas je posedovao po delić informacije vezane za ovu misiju. Priznajem da me kao astronoma podjednako privlače i misterije drevnog sveta, ali ne vidim kako se ti Arkenu krateri uklapaju u celu ovu priču... — rekao je i posvedočio blagoj senci koja se nadvila nad njenim licem.

— Interesantno zapažanje. Kada sam sa Berberima otišla do tog mesta, ispričali su mi mračne legende vezane za neobični lokalitet. Kao da nije bilo dovoljno što sam se sličnih naslušala i u Saudijskoj Arabiji oko kamenih ograda. Naime, i u berberskim i u saudijskim predanjima, uz neznatne razlike, pominju se brojna imena užasnih „džinija", ekstremno zlih duhova koji naseljavaju ove puste krajeve.

Kod prvih se govori o jarkoj zvezdi padalici što je sa sobom donela smrt i uništenje, čak i vekovima nakon udara u tlo. Kod drugih se priča o crnom i tumarajućem „šejtanu" — đavolu, kojeg je prastara vulkanska erupcija u saudijskoj regiji izbacila na površinu i osudila na višemilenijumsko proganjanje nomadskih naroda i hranjenje njihovim strahovima... — ispričala je Paola, zakuckavši lagano noktima po tašni od koje se nije odvajala, kao znak aktivnog tumačenja misli.

— Ne želiš valjda da kažeš kako imamo posla sa onostranim, odnosno, mitovima i legendama? — pomalo nepoverljivo ju je upitao Hal i zaustavio je u šetnji. Nalazili su se nadomak jezerceta, pokraj čijeg su se uređenog oboda, u kampove smestile njihove kolege. — U Atlasu bih najverovatnije popio otkaz kad bih to samo i pomenuo. Naravno, ukoliko ga već nisam i zaradio zbog načina na koji sam otišao sa Brajanom.

Paola je uhvatila medaljon oko vrata i pomazila ga kao svojevrsni talisman nekoliko puta.

— Ako odgovore ne budemo dobili na samom mestu zločina, možda hoćemo u El-Džafu. Sovjeti su me obavestili da nas tamo očekuje Pukovnik — odgovorila mu je neodređeno, pre nego što im je obojici skrenula pažnju: — Ah, tačno ovakve sam ih i ostavila... — bili su na pedesetak metara od oaze kada su nedaleko od šatorskih krila spazili njihove kolege i saputnike kako marljivo rade.

Akira, koji se izolovao malo od grupe, smestio se na blagu uzvišicu i u japanskom sedu zapisivao nešto u dnevnik. Sudeći prema povremenom fotografisanju i osmatranju grandiozne i peščane El-Kebir džamije, bilo je jasno šta mu je obuzimalo misli.

Kada su ugledali plavokosi dvojac u kaki uniformama kako prave reportažu o zdanju gde su se probudili, Paola im je ispričala da su Sovjeti izrazili želju da naprave prilog o nekadašnjoj rezidenciji italijanskog oblasnog guvernera, sada istorijskog muzeja. Ne samo da su i nju, kao guvernerovu zemljakinju intervjuisali, već se činilo da im je primarni interes bio stav Italije povodom sukoba između Libije i Čada.

Nešto dalje od njih, Megan je uz Brajanovu podršku intervjuisala lokalce, povremeno prekidajući snimanje kako bi im nesebično pomogla oko svakodnevnih stvari. Nenaviknut na takav način rada u ulozi kamermana, ali i na parče zavoja koje mu je landaralo na glavi, moglo se razumeti zašto je sve to Amerikancu vidno išlo na živce. No svojski se trudio da iznese celu stvar do kraja, ako ni zbog čega drugog onda zbog svog prijatelja.

A osećaj sreće kada ih je Hal video žive i zdrave bio je nemerljiv, uprkos upadljivom profesionalnom neslaganju i Brajanovoj povredi. Još kada mu je Paola ispričala da su ga oboje posećivali dok je bio u nesvesti, osetio je takav nalet zahvalnosti da je morao skrenuti pogled u stranu kako mu Italijanka ne bi primetila suzne oči. Sve što je sada želeo bilo je da ih snažno zagrli, a potom se ponada kako ga život neće više razdvajati od njih.

Nekoliko desetina metara od njih, Denis je uočio svog druga Davida sa stručnom opremom na drumu. Malo je reći da je odahnuo što ga je video nepovređenog i u svom elementu. Poput geodete, povremeno bi snimao i beležio nešto u njihov zajednički notes.

— Ispituje atmosferske optičke iluzije — odgovorio je znatiželjnoj Paoli, koja se začudila takvoj posvećenosti prema sasvim normalnim i prirodnim fenomenima.

Kao što je to bio slučaj i kod Hala, i njega je ortak sa fakulteta posećivao, ali više da bi ga zadirkivao tako nepomičnog i nesvesnog, crtao mu brkove ili ga fotografisao, ne bi li po povratku u domovinu pokazivao slike njihovim drugarima. To što je zbijao šale na njegov račun u trenucima kada situacija nimalo nije izgledala naivno, pripisivao je njihovom mentalitetu i podneblju sa kojeg su dolazili. Bilo mu je drago zbog toga, jer je to samo značilo da mu ova pustoš još uvek nije ubila duh, za razliku od njega, koga su okrznule „kandže" ludila.

Čim su ih ostali novinari uočili, istog časa su napustili šta su radili i ushićeno ih dočekali. Među poslednjima se pridružio i Albert, sa znatno manje entuzijazma i podosta unetog alkohola. Nije im pridavao mnogo pažnje. Kurtoazno klimanje glavom, koje se lako moglo pripisati pijanom stanju i netremično gledanje u njih bilo je sve čime ih je engleski kamerman udostojio. Za razliku od Akire, koji je svoju „odsutnost" dugovao introvertnosti, Albertovo asocijalno ponašanje i sve mračniju pojavu niko nije mogao da shvati. A kako je granica između nemogućnosti i nevoljnosti da se razume takvo stanje obično podvlačena u rastresitom pesku, tako je i većina novinara prestala da se oseća prijatno u njegovoj blizini. Ponajviše Megan koja se trudila da ga se kloni u što širem luku.

Nakon izvesnog vremena, svi su odlučili da se okupe u hladu oaze i tamo nazdrave preživljavanju udesa. Posebna zdravica je održana u čast njihove spasiteljke, a ujedno i nove članice grupe, Paole. Iako joj je sve to bilo posve neobično, s obzirom na to da je još jednom skromno napomenula da je to samo bila njena dužnost, zahvalila se na ukazanoj časti i podelila im biskvite koje je sama napravila po receptu lokalaca.

Odmah posle njenog govora, kada im je naglasila važnost zajedništva u surovim predelima, usledila je kratka rekapitulacija događaja koji su neminovno doveli do toga da im saopšti informaciju od velike važnosti. Naime, od Džalua pa sve do Auzu pojasa, grupa novinara će se kretati pod specijalnom vojnom pratnjom sastavljenom isključivo od stranaca. Nekoliko prekaljenih i naoružanih vojnika koji su se nedavno pojavili u Avdžili, stupilo je u kontakt sa Italijankom i obznanili joj podatak da su joj kolege u putu i da bi valjalo da ih dočeka. Takođe, poručili su joj da će se dvojica njihovih pripadnika pobrinuti oko prevoza do Džalua kada se svi novinari nađu na okupu.

— Jesi li im možda zapamtila insignije na uniformama? — pronicljivo ju je upitao Brajan, ali je prvi morao da odgovori, jer su se sve glave okrenule ka njemu. — Sumnjam da bi Gadafi pristao na zvaničnu vojnu misiju UN, a još manje dopustio najamnicima ili kojekakvim odmetnicima da služe kao bezbednosna pratnja internacionalnim novinarima. Čudi me što nije poslao svoje ljude...

Brajanovo vreme obrazlaganja Paola je iskoristila da se priseti svega tri detalja koja bi Brajanu pomogla pri određivanju zagonetnih vojnika.

— Nosili su pustinjsku nošnju ispod koje se nazirala vojna oprema. Razgovarala sam isključivo sa njihovim kapetanom, koji mi se predstavio kao Hanibal Dankan. Imao je tetovažu granate sa sedam vatrenih repova na ruci i nekakav natpis...

— *Legia Patria Nostra*... Auh, jebote! — otelo se Brajanu kada mu se pogled susreo sa Halovim. Njihova ozbiljnost zahvatila je celu grupu u iščekivanju da im otkriju o kome se radi.

— Legija stranaca — saopštio im je Hal, nakon što je video svog prijatelja kako započinje hitno pretraživanje po sopstvenim mislima.

— Legionari? Ovde? — upitao je zbunjeni Sergej. — Zar Francuska ne podržava Čad u ovom sukobu?

— Društvo... — Megan se tiho umešala u razgovor, ne bi li svima skrenula pažnju na konvoj od desetak naoružanih kamioneta marke tojota[8]. Prolazili su žurno glavnom ulicom, sa suprotne strane oaze i iza sebe ostavljali divlju prašinu. — Hajde da se sklonimo malo odavde... Za svaki slučaj.

Svi su je poslušali i diskretno se vratili do svojih šatora gde su obazrivo nastavili sa razgovorom. Ilja je prvi preuzeo dužnost stražara.

— To i mene čudi... — odgovorio je Brajan nakon određenog vremena. — Francuzi jesu uspostavili nekoliko vojnih baza duboko unutar čadske teritorije, mada se još uvek ne upuštaju u glavne bitke, ali... Ko zna kada će se i to desiti.

— Tajm aut, vojni stručnjaci, tajm aut — oglasila se Megan i zaustavila ih u razgovoru. — Meni neke stvari nisu sasvim jasne, a kamoli većini Engleza koji jedva i da znaju da ovaj rat postoji. Oko

---

8 „Tojota rat" postao je nezvanični naziv za poslednju fazu čadsko-libijskog sukoba koji se protegao do 1987. godine; radi dodatne vatrene moći, mobilnosti i dostupnosti na terenu, obe strane su modifikovale na hiljade tojotinih pikapova i džipova u borbene svrhe — na njihove platforme montirani su teški mitraljezi i laka artiljerija.

čega se zaista vodi? Kako je uopšte i započeo? — upitala ih je, na čemu joj je polovina grupe bila zahvalna.

Sergej je uzdahnuo i potrudio se da joj objasni, bar sa političkog aspekta.

— Vidi ovako, Megi. Gadafijeva namera je odvajkada bila pripajanje Auzu pojasa. Smatrao ga je delom Libije, na osnovu neratifikovanog sporazuma za vreme kolonijalnog perioda. 1972. godine njegovi ciljevi prerasli su u stvaranje vazalne države ispod libijskog mekog trbuha... Svojevrsne islamske republike, oblikovane prema njegovoj Džamahiriji. Ciljevi su, takođe, uključivali izbacivanje Francuske iz regiona i uticanje na Čad da služi kao baza za širenje Gadafijevog uticaja na Centralnu Afriku — dovršio je plavokosi Rus izlaganje i prepustio reč svom bratu Ilji.

— U Čadu su, 1965. godine, nedugo po sticanju nezavisnosti, izbili nemiri između autokratske vlasti Tombalbajea i pobunjeničkih snaga, dovodeći državu u stanje građanskog rata. Profrancuski orijentisani Tombalbaje je pre pet godina svrgnut i ubijen, ali su se nemiri nastavili sve do pada glavnog grada N'Džamene, kada su brojne naoružane frakcije zavladale zemljom, zavađene međusobno u borbi za prevlast. Jedna od najjačih je bila GUNT[9], favorizovana i potpomagana od strane Libije jer je proterivala francuski uticaj iz Čada. Ubrzo je libijska vojska prešla državne granice kako bi joj pomogla pri ustoličavanju na vlast, a političar Hisen Habre digao je glas protiv toga. Okupio je nekoliko grupa istomišljenika, apelovao na Francusku za pomoć i krenuo u obračun. Doduše, čuo sam da je proteran u Sudan, ali njegova vojska se i dalje bori protiv marionetske vlasti — ispričao je Ilja. Na kraju je dodao: — U suštini, skroz dole na jugu, ispod pojasa Auzu, odvija se pravi pravcati haos u kojem ne postoje sveci, samo interesi stranih sila.

---

9 *Gouvernement d'Union Nationale de Transition*, odnosno „Prelazna vlada nacionalnog jedinstva".

— Huuuuhh... — sneveselila se Megan. — Imajući u vidu rastuće tenzije koje imamo sa Argentinom[10], čudi me da je Tačerovoj Afrika u nekom političkom ili medijskom fokusu. Kada su nas poslali na zadatak da uradimo intervju sa tim zaštićenim svedokom, a za kojeg sam i dalje ubeđena da je u pitanju neki libijski disident, mislila sam da kolege na poslu samo preuveličavaju ratnu situaciju kako bi me zaplašili... — izjavila je tiho da bi naposletku dodala, onako za sebe: — Ne volim sukobe... Previše je razaranja i unesrećenih, a premalo samilosti...

— Možda su te zbog toga i izabrali — Halove brižne reči spontano su potekle. Nečujno za sve ostale, spretno su se prikrale njenom uhu i prepustile se slobodnom padu u središte duše. — Da bar neko svojim primerom podstakne ostale na milosrđe.

Samo toliko je bilo dovoljno Megan da ga pomiluje pogledom, uhvati čvrsto za ruku i stisne se uz njega kao ispod kišobrana za vreme jakog pljuska. Uostalom, Hal je možda bio i jedini koji je iz grupe najbolje saosećao sa njom. Ni on nije želeo da bude tu, ali kako je bilo teško reći „ne" onome što ga je pratilo celog života, tako je dopustio da mu povratnu kartu prekrije pesak Libije. Stoga ju je utešno zagrlio i dopustio njenoj toplini da bar malo umiri i njegove strahove.

— Meni i dalje nije jasna ova stvar sa legionarima... — dobacio je Ilja i zamenio mesta sa Akirom kraj ulaza.

— Možda Francuska igra dvostruku igru — izneo je Brajan svoje viđenje, preduhitrivši Davida u istoj nameri.

— Nije nemoguće — odgovorio je Sergej. — Poznato je da je Miteran jedan od glasnogovornika očuvanja tesnijih veza sa nekadašnjim kolonijama u Africi.

---

10 U aprilu 1982. godine izbio je žestoki desetonedeljni rat između Ujedinjenog Kraljevstva i Argentine oko Foklandskih, odnosno Malvinskih ostrva koje su obe strane smatrale svojim posedom; tadašnjoj predsednici vlade UK, Margaret Tačer, trijumf u Foklandskom ratu povećao je rejting među građanima i ustoličio je na funkciji još dugi niz godina.

— A možda su legionari pobili nedužne ljude i odlučili da smeste Gadafiju? Da svale krivicu na njega, koju će ceo svet videti nakon što mi odradimo svoje... — dovršio je David misao tako što se zapiljio u Amerikanca, kao da je taj predlog za razliku od njegovog vredeo više. — Ako me neko nije razumeo, želim da kažem kako su Legionari Trojanski konj.

— Možda se na to odnosilo upozorenje onog manijaka u Mersa Bregi? — uključio se i Hal u razgovor. — Svi smo čuli šta je poručio Davidu u toaletu, da zločin nije počinila nijedna zaraćena strana. Legionari i te kako umeju često da „marširaju" pod Lažnim zastavama[11]. A kako su neretko sastavljeni od pripadnika sa ozloglašenim dosijeima, pri čemu nakon odsluženja ugovora završe kao plaćenici... — ostavio je rečenicu da visi u vazduhu.

Denis je do određenog trenutka pratio ideje svojih kolega, sve vreme zadržavajući za sebe očitu činjenicu da će prave odgovore svakako dobiti kada ih pripadnici „ugledne" borbene jedinice pokupe. Stoga i ne čudi što mu je pažnja popustila i preusmerila se na čuturicu sa vodom. Uzimajući gutljaj vode, pogled mu se zaustavio na lepu Italijanku u ćošku šatora koja je, za razliku od njega, znatiželjno slušala diskusiju sedeći na podu. Zlatni medaljon na grudima nekako je reflektovao ono malo sunčevih zraka što se probijalo kroz procepe na starim šatorskim krilima i usmerio snopove na drugu stranu, prema senovitim mrljama na platnu. To ga je nagnalo da se protiv svoje volje priseti onoga što mu je ispričala o drevnim arapskim mitovima i legendama.

---

11 „Lažne zastave" ili „Crne operacije" jesu naziv za sve tajne operacije i slične aktivnosti, kao što su oružani i teroristički napadi, atentati ili sabotaže koje preduzima neka država ili organizacija, na način da je pripiše nekoj drugoj, najčešće suparničkoj državi ili organizaciji, u propagandne svrhe; cilj takvih aktivnosti je da na svoju stranu stave domaću ili međunarodnu javnost u nekom sporu, odnosno da stvore izgovor koji ispunjava ustavne i političke uslove za rat, vanredno stanje ili eskalaciju nekog sukoba.

Lelujanje palmi podmuklo je činilo da senke ožive kao u lošem bioskopu i naprasno vrate sećanje na siluetu koju je ugledao tokom zlosretne noći. Mračna i bez lica, stajala je poput Smrti kraj udaljenih stena, tačno dokle je svetlost baklji dopirala. „Mora da sam jako udario glavu tokom udesa", branio se protiv okasnelog naleta straha. Pa ipak, koliko god se kroz život rukovodio logikom, ovde je ona bila bespomoćna da objasni ne samo hladnu jezu koja ga je podmuklo uhvatila za ramena, već i samu siluetu, satkanu od Paoline priče o duhovima koji tumaraju pustinjom, hraneći se čovekovim užasima.

Iz ukipljenosti, tačnije osećaja nemoći, prenulo ga je komešanje među novinarima i Akirine upozoravajuće reči:

— Neko dolazi.

Amorfna i krupna senka iza cirade u koju je Denis do maločas bio zagledan postepeno se uvećavala i naposletku „izlegla" u troje ljudi. Ako se dotad teško disalo zbog velike vrućine i nedostatka vetra, sada je praktično postalo neizdrživo usled silnih bojazni da ne budu otkriveni i maltretirani. Platno pred ulazom bilo je naglo strgnuto u stranu, a odatle je provirila glava mršavog tamnoputog muškarca sa majicom preko usta. Rezak zvuk bezobzirnog kidanja i cepanja platna začuo se otpozadi. Odatle su ušla još dvojica muškaraca, dosta krupnija od prvog, naoružani mačetama i u dotrajaloj odeći.

— Mi smo internacionalni izveštači! — viknuo je Brajan kada im je prepoznao gerilske uniforme, zauzevši stav za celu grupu. — Imamo legitimacije i uredno popunjene isprave! Ne zastupamo nijednu od zaraćenih strana i ne tražimo nikakvu nevolju!

Uvidevši da ne razumeju engleski, Paola se približila do Brajana i spretno uzela da prevede sve što je rekao na arapski jezik. Trojac nije progovarao, bar do trenutka kada su se uverili da su ih dobro okružili i prostrelili pogledom, a Amerikanci istovremeno razmenili par rečenica.

— Vidiš li im simbole na vratu? — prošaputao je Brajan, prikovanog pogleda za tetovažu jarca i lava koji su držali štit iza kojeg je izranjalo sunce.

— Čađani... — odgovorio mu je Hal još tiše, žaleći što tu informaciju ne može da prenese svima. Suptilno se pomakao za pola koraka napred i zaklonio Megan iz vidnog polja nezvanih gostiju.

Paola je nanovo reagovala i još jednom pokušala da prevede Brajanove reči, ovog puta na francuskom. Nije stigla ni da završi, a čadski gerilac je premestio mačetu u drugu ruku i opalio joj brutalnu šamarčinu, raskrvarivši joj usnu, od čega se ona zateturala unazad. Usledilo je opšte komešanje praćeno brojnim povicima. Jugosloveni, a za njima i Sovjeti bili su odveć spremni da se fizički obračunaju sa njima, ali kako su ovi izvukli pištolje, za trenutak su ustuknuli, ali ne i pokolebali u svojim namerama.

— *Préparez-vous à mourir...* — poručio im je smrknuto mršavi tip sa prekrivenim ustima na čudnom francuskom dijalektu.

— To isto važi i za tebe, gnjido! — začuo se potmuli Albertov glas, a odmah potom i nekakvo batrganje.

Svi su se okrenuli prema Englezu i zatekli ga kako u čvrstom zahvatu drži trećeg Čađanina i prislanja mu pištolj pod vrat. Smrt se nadvila nad novinarski šator nalik pregladnelom lešinaru koji samo što se nije ustremio na svoju prvu žrtvu. Sada je bio red na Čađane da upute razne povike i psovke prema grupi, uveliko iznenađenoj kako potezom svog kolege, tako i potpunom odsustvu moralnosti u njegovim očima. U novonastaloj pometnji gde je Albert uz dva hica presudio žrtvi, drugi gerilac je otkočio pušku i uperio je prema novinarima, spreman da ih sve skupa izrešeta. Jedva da je stigao da stavi prst na okidač i time izvrši pretnju, a oko njegove glave su se spojile gorostasne ruke i slomile mu vrat. Oklembešeno telo gurnule su unutra da se stropošta. Iznenađenje na licu prvog Čađanina i pokušaj da isprazni šaržer iz pištolja zaustavio je drugi par ruku. U trenu su ga razoružale i zarile mu vojnički nož u vilicu, sve do balčaka. Truplo je tresnulo na pod šatora i utopilo se u sopstvenoj krvi.

— E, vala, jesi prljav, Pacovčino... — progovorio je prvi tip teškim glasom kada je spustio maramu sa lica. Krupna, tamnoputa i ćelava glava brzo je prebrojala novinare.

— Tvoja mama se nije žalila, Mesečino — uzvratio je drugi, kompletno umotan u crnu berbersku kefiju.

Kada se prebledelost kod novinara usled bliskog susreta sa smrću razvila u užas nakon Smrti koja je „pojela” onu prethodnu, ništa im nije preostalo nego da se zbiju jedan do drugog i stave ruke na potiljke. Čak je i Albert spustio pištolj na zemlju i hladnokrvno stao uz ostale. Odmah do njega nalazio se Denis koji je prigrlio Paolu i pokušao da je umiri, jer se cela tresla. Mnogima na pamet nije padalo da ispuste ijedan drugi zvuk sem drhtanja i teškog disanja. Nepisano pravilo jedino je kršila Megan svojim potmulim ridanjem. Ponajviše jer ju je, uprkos žmurenju, prizor trzanja noge mrtvaca nemilosrdno progonio.

Nakon što su robusni tipovi svakog novinara ponaosob osmotrili i uverili se da su to oni, zbacili su sa sebe dugačke halje kojima su se odenuli i otkrili maskirne uniforme preko kojih su prikrivali automatske puške.

— Da ne želite možda i šampanjac da vam sipamo kad ste se tako postrojili kao na gala večeri? Dižite se! Idemo! — naredio im je tamnoputi vojnik i brzo ih izveo napolje.

Sa još uvek isukanim i krvavim nožem, „Pacov”, koji se smestio na začelje, usput je odsekao onu trzajuću nogu, maltene iz čistog hira i na taj način im poželeo dobrodošlicu u surovi teatar rata.

Svedok

Negde na putu Avdžila-Kufra

Dina u ovim predelima po kojima su se vozili nije bilo u izobilju, za razliku od hamada, ogoljenih kamenjara sa kojih je pustinjski vetar odavno oduvao pesak. Nezajažljiv, večito gladan, okrenuo se „glodanju kostiju". Strugao je očajnički po ispucalim stenama i nadao se da će za nekoliko decenija ili vekova uspeti i njih da zdrobi i pojede. Pa ipak, kada je džip u brišućoj vožnji zabrundao kraj njega, pridigao je glavu i zanemario svoj ručak...

Avdžila, Džalu i susedna Džahara predstavljali su klaster od tri usamljene, ali nastanjene oaze u baladiji[12] Ajdabije, nekadašnjim Bengazi guvernatom. Od primorja do ovih oaza, a pogotovo na prostoru između njih i El-Džafa, na samom jugoistoku Libije, ne postoji nijedno drugo iole značajnije naseljeno mesto. Priča se među nomadima da je Bog onde namerno sakrio svoje najdragocenije blago, kako ga nedostojni ljudi ne bi „zagadili" svojim prisustvom.

No kako se svet sve više „smanjivao", tako je i čovekova pohlepa proporcionalno narastala, dok se nije osilila i proglasila da je ne dotiču nebeska pravila, onog časa kada je nanjušila naftu. Ispostavilo se da voda i plodno zemljište nisu bili jedini dragulji u božjoj riznici. Iako postrojenja nalik onima u Mersa Bregi nisu bila uspostavljena, bilo

12 Početkom osamdesetih godina dotadašnje upravne i administrativne oblasti, „guvernati", zamenjene su „baladijama", a one su sredinom devedesetih promenjene u „distrikte".

je samo pitanje vremena kada će se silne kompanije sliti u ove tihe predele, rascepati zemlju i izliti njenu vrednu crnu krv.

Grupa novinara, načičkana kraj prozora u vozilu bila je među poslednjim svedocima čovekove užasne zavere prema prirodi. Samo jedna pomisao ostala je neizvesno da im kruži pred očima nalik usamljenom, tumarajućem kovitlacu — ima li ona čime da se odbrani?

Ako nekome od njih još uvek nije bilo jasno sa kime su bili u vozilu, svakako je shvatio kada su legionari uspostavili radio-komunikaciju sa ostalima koji su ih čekali u obližnjoj varoši Džalu. Delovalo je kao da su više nego prekaljeni i opremljeni, bar u očima putnika koji, iako nisu mogli da svare ono što su njih dvojica maločas uradili, nisu imali drugog izbora sem da stisnu zube i progutaju svu gorčinu. Uostalom, nalazili su se otprilike na polovini svog putovanja. Ko zna šta ih je sve tek očekivalo na njihovoj misiji ka pograničnoj zoni.

Novinari od vojnika nisu dobili mnogo informacija o tajnom svedoku ili samoj misiji. Delom zbog njihovog čas strogog, čas neozbiljnog stava, a delom i zbog subjektivnog osećaja da ni oni sami nisu znali previše, morali su se zadovoljiti mrvicama.

Gorostasni, tamnoputi vojnik i vozač očito je imao nadimak Mesečina. Na taj naziv ih je suvozač sa šiljatom vilicom, uređenom bradicom i brkovima upozorio da ga ne koriste, ukoliko im je stalo do sopstvenog života. Alternativu im je ponudio u vidu imena Džeremaja. Što se samog Pacova tiče, nadimak mu nije smetao. Akira je pretpostavio da ga je pre zadobio zbog diskretnog mišićnog tika na nosu negoli zbog fizionomije i estetike lica. „Uživalac kokaina ili psihijatrijski poremećaj", mislio je. Kada se latinoamerikanac predstavio kao Ortega i sasvim slučajno izazvao prigušeno domunđavanje među grupom, repetiranjem pištolja svima je pokazao šta bi moglo opasno da ga nervira — šaputanje.

Još troje legionara čekalo ih je u Džaluu, odakle će se svi skupa zaputiti ka El-Džafu. Od ovog trenutka, za sve što budu hteli da urade, moraće da dobiju odobrenje od vojnika. Preciznije, kapetana

Dankana. Bezbednost, kao i plan puta i povratka zavisiće isključivo od vojnog odeljenja Legije stranaca. Za novinare je ovo predstavljalo podjednako i kaznu i blagoslov. Kaznu, jer su im profesionalne žudnje dobile okove. Blagoslov, jer pustinja više nije vrebala njihove duše.

Nije prošlo ni pola sata u vožnji, kada su ih na unapred dogovorenom mestu okupljanja i samoj periferiji oaze Džalu, sačekala još tri mercedesova džipa, delimično oklopljena i maskirana. Iz njih je potom izašlo isto toliko ljudi, u polukamuflažnim uniformama i pratećom opremom za pustinjske uslove. Među njima je bila i jedna žena. Sem Brajana i Hala, koji su dobro znali da je francuska armija koristila pežoove džipove, kao i to da Legija ne regrutuje žene, niko od ostalih nije primetio ništa čudno u tome.

Najstameniji i najstariji među njima, sa strogo podšišanom vojničkom frizurom istupio je napred. Pre nego što se predstavio novinarima, prvo se pozdravio sa Italijankom.

— Gospođice Santafjore, drago mi je da se ponovo srećemo — izjavio je prilikom rukovanja. — Čuo sam za incident u Avdžili. Žao mi je zbog toga.

— Takođe, kapetane — uzvratila je ljubazno i potom obgrlila svoju rustičnu tašnu. — Sve je u redu. Zahvalna sam što uvek postoji veća riba u moru — dodala je i pustila ga da se obrati njenim kolegama.

— Dame i gospodo, dobro došli u Džalu. Ja sam kapetan Hanibal Dankan i biću vaš „turistički vodič". Kroz Libiju ili do Čistilišta, na vama je da odlučite. Pridržavajte se pravila i eto vas na aerodromu u Tripoliju. Oglušite li se o naređenja ili ugrozite celu misiju, lično ću se pobrinuti da vas i Sahara zaboravi. Jesam li bio jasan? — obratio im se disciplinovano, poručivši im nemo da će sva njihova pitanja doći na red kada završi. Nakon što su svi zaklimali glavama, sem Alberta, kapetan Dankan je nastavio. — Vidi se da ste razumni ljudi. Pred nama je dug i nimalo lak put. Opasnosti vrebaju na svakom koraku, a ja i ovi ljudi pored mene istrenirani smo i zaduženi da se uhvatimo u koštac sa njima — reče i otpoče sa predstavljanjem svakog od njih.

— Oficire Džeremaju Džounsa i Hozea Ortegu ste upoznali tokom vožnje. Prvi je inženjer i stručnjak za minsko-eksplozivna sredstva, dok je drugi vezista. Sa mnom su vas dočekali i oficiri Eva Lejn, lekar... — pokazao je na smrknutu tridesetogodišnju devojku, kratke plave kose i iznurenog lica. Iako na uniformi nije posedovala obeležja Legije stranaca, činilo se kao da je već duže vreme u sastavu ove grupe. — ... i Feliks Horton, izviđač i snajperista — izjavio je kapetan i pokazao na suvonjavog tipa dečačkog izgleda, koji im se dvosmisleno osmehnuo.

Brajan i Hal su ih dobro zagledali, ali ti pogledi sezali su dublje od nekih njihovih kolega. Legija stranaca bila je globalno poznata kao elitna, profesionalna borbena jedinica u sastavu Francuske vojske, koju su činili dobrovoljci svih narodnosti, rasa i veroispovesti. Pa ipak, ono što se guralo pod tepih jesu njihove biografije. Dobrim delom govorile su o okorelim kriminalcima, raznoraznim disidentima i osobama sa sumnjivom prošlošću, koji bi nakon iscrpne obuke i pristupanju jedinici dobijali kompletno nove identitete.

Da li je Legija predstavljala utočište za takvu sortu ljudi, predmet je mnogih rasprava. Oni koji bi zastupali takvu tezu pominjali bi silne slučajeve gde su se legionari, nakon odrađivanja ugovora vraćali svojim kriminalnim porivima. Neki bi nudili svoje usluge surovim kartelima ili bi se zapošljavali kao najamnici u privatnim vojnim kompanijama sa sumnjivim agendama.

Oni drugi branili bi ih argumentom „druge šanse". Sahraniti demone prošlosti i početi život ispočetka primamljiva je ideja za mnoge na svetu.

Kako god stajale stvari, zvanično, oni su bili otuđenici od sveta, izgnani i ispljuvani, ali među sobom lojalni do krajnjih granica. Dankanov pomen Čistilišta još jednom je zazvonio u Brajanovoj glavi kao jedino pravo mesto u kojem bi se legionari zaista mogli osetiti kao kod svoje kuće. Izgubljeni i na ničijoj zemlji, tu bi se rađali, živeli, borili, umirali i međusobno sahranjivali.

Kapetan je sačekao nekoliko momenata pre nego što je izazvao višestruko iznenađenje kod novinara. Iako je pokazao da poznaje svačije ime i prezime, te i mnoge druge pojedinosti u vezi sa njima, naredio je da se izvrši detaljan pretres njihovih stvari i provere isprave — „radi njihove bezbednosti". Istovremeno je iskoristio priliku da pomene samo neka od pravila koja će stupiti na snagu tokom ove misije. Pre svega, na terenu će se kretati sa svojim parovima i zemljacima. Razgovor sa lokalcima bez prisustva nekog od legionara, odvajanje od grupe, para ili zadate lokacije za izveštavanje, takođe bez prisustva legionara, prekoračenje vremenskog okvira za reportažu, kao i neposlušnost prema zapovedniku kažnjavaće se surovo. Kako je namerno izostavio da objasni kazne, svako od novinara je to protumačio na svoj način, što je bilo gore od toga da ih je kapetan ipak pobrojao.

Naposletku, nije im dao nimalo lak izbor. Svako ko to bude želeo, dobiće pištolj za potrebe samoodbrane, ali moraće da prihvati činjenicu da od tog momenta njega prestaje da štiti Ženevska konvencija, koja između ostalog garantuje novinarsku posebnost i neutralnost. Ukoliko okolnosti postanu ozbiljne, može računati na silne komplikacije, od zarobljavanja i mučenja pa sve do smrtnog ishoda.

Kada je Albert prvi i bez ikakvih konsultacija sa ostalima prišao da uzme svoj pištolj natrag, svi su se istog časa setili onoga šta je uradio u šatoru. No čak ni sada niko nije izustio ni reč povodom toga. Svima je postalo jasno da Englez više nije isti čovek sa početka puta. Sa takvim hladnokrvnim stavom i bodljikavom žicom oko sebe, mnogi su se pitali da li je uopšte i bio kamerman. Baš kao i Hanibal, koji ga je za trenutak odvojio u stranu.

— Džeremaja mi je ispričao da si tim pištoljem likvidirao jednog od čadskih gerilaca. S obzirom na to da si se vratio po svoje oružje, pitaću te samo jednom: da li imaš išta da mi kažeš što bi trebalo da znam? — obratio mu se kao na poligrafu.

— Ti radi tvoj posao, a ja ću svoj... Kapetane — odgovorio mu je enigmatično i otišao natrag do svoje grupe.

— Englesko pseto mi je veoma sumnjivo... Toliko da zaudara — prišao je Ortega do svog nadređenog i obratio mu se poverljivo. — Ja bih ga ostavio ovde da crkne, ako mene pitate.

— Poslušao bih te, da je drugačija situacija. Ali imamo naređenja sa vrha kojih moramo zasad da se pridržavamo. Drži ga na oku... — uzvrati mu Hanibal, osmotrivši Alberta još jedared.

— Ništa ne brinite, imam ga ja već u nosu — poruči mu oficir uz blagu masažu nozdrva.

Nakon pažljivog razmišljanja, jalovog pokušaja da se predvidi budućnost i protesta druge polovine grupe, za pištolje su se odlučili Sergej, Ilja, Brajan i David. Jedino Akiru nisu preterano interesovali ni izbori ni protivljenje. Svestan da se nalazio na istom mestu kao nekada njegova Hinata, tragao je za njom u ambijentom nadraženim čulima, zamišljajući obližnje naselje Džalua pod peščanim pokrovom. Da li zbog laganih vetrova koji su duvali ka jugu ili nečeg drugog, osećao je da joj se približava.

Zabranivši im da išta od ovog razgovora snime, kapetan Hanibal se u narednih petnaest minuta prepustio pravoj pravcatoj rafalnoj paljbi novinarskih pitanja. Pa ipak, nije prošlo mnogo kada je postalo jasno da će mnoga od njih promašiti metu, jer na prvu trećinu nije znao odgovor, dok je na drugu, naprosto, ostao nem. Oglušivši se o zabrane, Denis je ispod jakne uključio diktafon i snimio veći deo razgovora. Da je znao da u tom postupku neće biti usamljen, ko zna da li bi se izložio riziku već na prvu.

Naime, nastupilo je privremeno zatišje u sukobu između dveju zaraćenih afričkih zemalja. Niko nije znao do kada će trajati, ali su svi znali da neće još dugo. Odeljenje Legije, stacionirano na jugu Čada, dobilo je naređenje direktno od francuskog državnog vrha da učestvuje u specijalnoj misiji u Libiji. Ona je uključivala pružanje pomoći, bezbednosti i transport inostranoj grupi novinara, koji su za cilj imali da istraže pravu istinu o masakru nad nedužnim nomadima na libijsko-čadskoj granici.

Inicijalna ideja, a zatim i podrška na političkom nivou, došla je od vodećih sila sveta, a pre svih od same Libije. Iako nisu svi blagonaklono gledali na Gadafijevu vojnu intervenciju u Čadu, i mada ni njemu naročito nije stalo do njihovog mišljenja povodom toga, ipak se ovde radilo o ukaljanom obrazu i pitanju časti, što se u arapskom svetu ozbiljno doživljavalo. To što su legionari mahom sačinjeni od stranaca, kao i dobrovoljno, ali privremeno ograđivanje Francuske od ikakvih ingerencija nad njima, dodatno je umilostivilo lukavog Pukovnika da prihvati ovu misiju na izvesno vreme. Za uzvrat, kao gest dobre volje i saradnje libijski vođa ponudio im je jedinog preživelog svedoka tog zločina, o kojem su se njegovi vojnici starali u Džaluu, s tim što je zahtevao intervju sa celokupnom novinarskom ekipom u El-Džafu, pre odlaska u pogranični region.

Da će misija postati vrlo rizična pokazalo se atentatima koji nisu bili organizovani samo na novinare, već i na legionare. Nekoliko izbegnutih protivoklopnih mina i oružani napadi na kolonu džipova u Čadu, odnosno privremena skrovišta u Libiji, samo idu u prilog tome da je neko treći odlučan u nameri da pusti da pesak vremena zatrpa celu ovu priču.

Taman kada je Brajan istupio i pomenuo da bi svi oni voleli konačno da upoznaju tog svedoka i saznaju šta se zapravo zbilo na Pojasu, Hanibal je dao znak i iz poslednjeg džipa je izveden crnokosi dečačić u nomadskoj nošnji, ne stariji od dvanaest godina.

— Možda je najbolje da vam on lično ispriča — poručio im je kapetan i dozvolio kamerama da zabeleže njegovu ispovest. „Ako zaista veruju da će video-zapisi netaknuti napustiti libijsku granicu, onda su stvarno naivci.”

Pomalo zbunjen i stegnut, išao je tik uz Evu i čvrsto je držao za ruku. Da nije sav strah ostavio tamo negde daleko iza dina pokazalo je izvesno vreme koje je bilo potrebno da progovori, nakon što mu je kapetan na arapskom objasnio ko su novi ljudi i zbog čega su ovde.

Bilo je primetno da su do sada već nekoliko puta prolazili kroz tu proceduru.

— Zove se Abdul ibn Sarab — preuzela je Paola na sebe ulogu prevodioca. — Pripada nomadskom narodu Tebu. Njegovo pleme se vraćalo iz severnog Čada, kada je zbog pustinjske oluje i smiraja dana moralo da se ulogori jugoistočno od Ma'tan as Sare, u pograničnoj zoni.

Dečak je zastao na trenutak sa pričom. Činilo se kao da su se traumatične uspomene nanovo probudile u njemu i nakupile se u ždrelu. Stisnuo je Evu jače za ruku i zagledao se u pravcu ogoljenog horizonta koji se poput uznemirenog jezera mreškao pod suvim i zagrejanim tlom. Toliko zagrejanim, da je Meganina suza isparila još u svom padu.

— Noć koja se spustila zatekla je nekoliko porodica uveliko pod šatorima — nastavila je Paola, odmah nakon dečaka koji je postajao uznemireniji. Trudila se da što verodostojnije prenese njegove reči.

— Oluja je i dalje napolju tutnjala kada se mališan, kao jedino dete u grupi, iskrao kako bi posmatrao sene u olujnoj noći... Najednom, nešto je tu oživelo. Nešto od čega je i sam mrak pretrnuo. Silovit vetar nije uspevao da priguši krike iz udaljenih šatora. Jedan za drugim bivali su proždirani nevidljivim, halapljivim čeljustima. Tada je njegova porodica usplahireno istrčala napolje da vidi šta se dešava, samo da bi i sama posvedočila stravičnom pokolju utvare iz tame. „Đavo"... „Đavo" iz pustinje ih je pobio — dovršila je, duboko zanesena tim poslednjim rečima.

Muk koji je ovladao grupom činio se težim od same vreline vazduha. Kada je prošao izvestan trenutak i strah prohujao kroz umove i duše, racionalnost je bojažljivo dopuzala natrag. Brajan je istupio korak napred, ali je njegovo pitanje postavio Akira:

— Kako je uspeo da preživi tu kobnu noć? — obratio se Paoli i uputio suženi, ispitivački pogled ka dečaku.

— Ne zna — usledio je Paolin prevod sa zakašnjenjem. — Otac ga je postavio na konja i oterao ga odatle. Misli da utvara nije mogla da ih sustigne. Sutradan ga je iznemoglog i malaksalog pronašao odred libijskih vojnika. Njega su poslali za El-Džaf i zbrinuli ga, dok su ostali uputili predlog vojnom vrhu da se obiđe mesto zločina.

— Politička igranka... Uveren sam — načuo je Brajan Sergejeve reči, koje su naišle na puno odobravanje kod Ilje, a prećutno, delimično i kod njega.

— Čopor zveri... — dodao je još neko od pozadi.

Hal je na drugoj strani pristao da snimljeni materijal podeli sa Megan, koja je zbog svog problematičnog kolege ostala bez kamermana. U nekom momentu, tokom švenkovanja[13] slučajno je opazio Alberta kako petlja po svojoj snimateljskoj opremi i to baš gde su se nalazila podešavanja za ton. „Možda mu se pokvario tokom prevrtanja", sinuo mu je alibi koji se ubrzo izgubio u debati njegovih kolega.

Dok su oni pokušavali da opovrgnu postojanje paranormalnog, imajući u vidu da se radilo o detetu, Hal je pažljivo menjao kadrove, trudeći se da napravi što bolji prilog i otrese strah od aveti što tumara pustinjom i kasapi ljude. Pa ipak, kada su boje na viziru zaigrale u pravcu doktorke, dečaka, kapetana, a potom i na sve ostale, telom mu je prostrujao užasan elektricitet i jezivo sećanje na događaj u Tripoliju i Avdžili. Krupne kapi znoja skliznule su mu niz čelo i obraze.

Šta god pokušao da uradi sa opremom nije pomoglo da se odagnaju halucinogene boje aura oko tela. Pulsirale su i dodirivale se, kao da su samopletuće mreže. Probao je da dozove najbližeg sebi, ali mu je reči zauzdao živi pesak u grlu. Šare su razlivale obrise do neprepoznatljivosti, a u samom njihovom središtu rađala se tmina kakvu nikada u svojoj profesiji i životu nije video. Kolena su mu zaklecala. Spremao se za ono što će ga napasti iz tog ponora. Sporadični statički šum postajao je sve gušći, ali...

Na tome je ostalo. Čak i nakon što mu se srce smirilo posle kritičnog dobovanja, a utrnulost isparila kroz obilje znoja, čak i nakon molbe da mu Sovjeti provere kameru, pri čemu su ustanovili da je sem blagog

---

13 Filmski i televizijski izraz za lagano pomeranje kamere iz jednog ugla u drugi.

šuma sve u redu. Čak i nakon što je otišao do džipa kojim su došli i zagnjurio potišteno glavu u ruke, samo da bi potom nevešto odglumio umor kada je zabrinuta Megan došla da ga obiđe i on joj se ispovedio...

Prošlo je nekih pola sata otkako su završili snimanje, a kapetan Hanibal je dao znak da se spakuje oprema, ukrcaju se u vozila i krenu na 602 kilometra dug put ka El-Džafu. Svaki od Legionara će biti za volanom jednog od džipova, dok će se ostali rasporediti po svom nahođenju. Gusti dim se uskovitlao oko njih, ali nedovoljno brzo da bi ih cele obavio i zadržao od sunovrata ka jugu...

Većina novinara je pretpostavljala da, ili obe zaraćene strane žele da operu krvlju umazane ruke, ili da dokažu svoju nevinost pred velikim silama. No odgovori na pitanja zašto je taj zločin privukao toliku pažnju i zašto se držao u tajnosti i dalje su ležali sakriveni u prašini. Dugačka senka koju je na njih bacio Abdul nikako nije pomagala da odgovori izađu na svetlost dana.

Za Sovjete je to bila samo još jedna politička spletka moćnih i igranje sa užarenim komadom uglja, pri čemu je gubitnik onaj kod koga se pri isteku vremena grumen zatekne u rukama. Bipolarni svet se nalazio na izdisaju. Čekalo se da se vidi za kim će pogrebna povorka krenuti u unipolarni svetski poredak.

Amerikancima nisu bili strani slučajevi operacija Lažnih zastava, kako bi se javnost odobrovoljila za vojno intervenisanje ili spremili tereni za državne prevrate: Operacija Nortvuds, incident u Tonkinškom zalivu, potapanje Luzitanije, Prepad na Glajvic, Projekat TP-Ajaks jesu samo neki od mnogih isceniranih i perfidnih slučajeva koji su mlade novinare iz Baltimora sve više gurali ka tome da poveruju da se radilo o još jednoj pobodenoj „zastavi". Ili se samo Brajan razmišljanjem kretao u tom smeru.

Nije ni primetio da je iza sebe ostavio Hala koji je sve više verovao da je nešto onostrano uhodilo ove predele. Dovoljno podmuklo da primora čoveka da izgubi samog sebe, dovoljno zastrašujuće da Arapi o njemu stvore mitove i legende. Osetio se napuklo u onoj meri u kojoj čak ni Meganine usne nisu mogle da ga obodre i zalepe, zaglavljen na polovini puta između razuma i kompletnog ludila.

Jugosloveni su javno iskazali stav da im je potrebno još dokaza kako bi doneli konačni sud. Po inicijalnom verovanju i objektivnim okolnostima ovog slučaja, naginjali su ka još jednom Rozvelu[14] koji će utonuti u teorije zavere, ukoliko se ne pronađu krucijalni tragovi. Kako god da ispadne, verovali su da su imali sasvim dovoljno materijala da se bez ikakvih briga vrate natrag u Jugoslaviju i namire čelne ljude koji su ih ucenili da pođu za Libiju.

Za Alberta i Megan putovanje ka El-Džafu bio je nastavak puta kroz nesagledivo veliku i mračnu raspuklinu, nastalu usled moralnog zemljotresa koji je razdelio zemlju među njima i odvukao ih sa sobom. Čak i po takvoj tmini, ono empatično i ženstveno u njoj izgaralo je od želje da sazna šta se to promenilo u njemu, zbog čega nisu ni reč razmenili otkako su ostavili Mersa Bregu. Pa ipak, um ju je opominjao da ga se kloni.

Nešto neobjašnjivo ju je uznemirivalo u tom distanciranom stavu, nešto što nikada u proteklih pola godine, koliko ga je poznavala, nije videla kod njega. U retkim slučajevima kada bi je osmotrio, uočila bi mu pogled bolesnog psa koji ne želi da mu se iko približava. Taj par zagasitih očiju bio je nalik armiranim prozorima privatne tamnice, čiji su vlasnici ili mučitelji odavno bacili ključeve.

El-Džaf je bio poslednja stanica i šansa koja joj se nudila da proba da ispravi stvari sa njim. Jer nakon Auzu-pojasa i samog mesta zločina više ništa neće ostati isto. Sam zločin ju je pritiskao više nego što je očekivala, a nakon Abdulove ispovesti bila je potresena do najdubljih granica sopstvenog bića. Ako je postojalo ikakvo zrno nade da je ceo

---

14 „Rozvelski NLO incident" je naziv za događaj koji se desio 1947. godine kada se, navodno, u blizini američkog grada Rozvela srušio nepoznati leteći objekat; iako oružane snage SAD-a tvrde da se radilo o srušenom vojno-izviđačkom balonu, mnogi su uvereni da je reč o objektu vanzemaljskog porekla.

ovaj put, naprosto, doživela previše emotivno, onda se ono nalazilo u Halovim rukama, koje su je čvrsto štitile od potpunog klonuća.

Sa druge strane, čuvara za Alberta nije bilo. Čak je i osveta odavno poprimila peščani ukus, a sećanje na oca postalo mračnije od bića koje ga je ubilo. Jedino sećanje koje se uspešno održavalo u životu ticalo se zamrznutog, izvitoperenog kadra utvare na projekcionom platnu u prostorijama Službe u Londonu. Upravo zahvaljujući njegovom ocu, vojnom kamermanu, čija je mrtva ruka i dalje stezala opremu i snimala, mogao je zapamtiti obrise stvora koje je postojano i sablasno stajalo u središtu pokolja nad britanskom izviđačkom četom. Taj prizor ništa nije moglo dovoljno da zamrači. Na kraju krajeva, „lik bez lica se najduže pamti".

Jedino na šta je morao da pazi bila je ispoljena Hanibalova, a ponajviše Ortegina sumnjičavost prema njemu. Od tog pacovskog pogleda u retrovizoru nije mogao da se sakrije, a od disanja za vratom prilikom pravljenja pauza ni da pobegne. Mogao je, da je hteo, ali bi to značilo zbacivanje maske i potpunu propast njegove misije. A ako bi se time i otkrilo za koga je radio, čak i da preživi susret sa inkarnacijom košmara, progonio bi ga drugi. Tu mu ne bi pomogao nikakav azil, novac ili štek na bilo kojoj tački zemaljske kugle. „Možda jedino samoubistvo..."

Ako je neko znao šta znači podizanje ruke na sebe, onda je to bio Akira koji je već duže vreme sedeo na ivici litice i netremice zurio u ambis. Kada čovek tri puta pokuša sebi da oduzme život i svaki put preživi, naposletku uvidi pravi smisao Ničeovog nihilizma. Tek tada nazre suštinu uzvraćenog pogleda bezdana. Za njega nije postojao gori, bolniji i mučniji osećaj od odsustva konačne istine o svojoj Hinati. Paradoksalno, bio je to poslednji deo koji mu je nedostajao da konačno proglasi ovaj svet ništavnim i zasluži da ga provalija prihvati kao svog.

Stoga i ne čudi što je u svemu ovome počeo polako da uviđa određenu, uzvišenu sudbinu, prepuštajući joj se u dovoljnoj meri kako bi mu izmenila svest i dosadašnja ubeđenja. Šta god da je „utvara" iz pustinje predstavljala, postajao je sve uvereniji da mu je ona, iz nekog važnog razloga, uzela ljubav njegovog života. Rupe u srcu i duši, nekada ispunjene tugom prema nestaloj Hinati, postojano su bivale zatrpane peskom opsesije prema nepoznatom i „božanskom" biću. „Ako je 'ono' predstavljalo među koja nas je razdvajala i sprečavala da budemo ponovo zajedno, draga moja, onda ću je i ja preći. Baš kao što si i ti."

Ponovio je to obećanje duhu svoje supruge po drugi put. Prethodno je to uradio u Džaluu, dok je stajala iza dečaka i netremice ga posmatrala.

Kako su se mnogi već navikli na njegovu neobičnu odsutnost i indiferentnost, retko koga je interesovalo da čuje Japančevo mišljenje povodom Abdulove ispovesti. Možda bi Paolu zanimalo, s obzirom na to da ga je nedavno upoznala i sedela pored njega. Pa ipak, kako je sunce sve više zalazilo, tako je sve dublje zaranjala u sopstvene misli i postajala odveć preokupirana dečakovom ispovešću da bi se bavila tišinom svog kolege.

Ne znajući o čemu ono drugo razmišlja, a koristeći se pri tom različitim misaonim stazama, kretali su se ka zajedničkom cilju uviđanja i prihvatanja sila van ovog sveta.

Poslednji sunčevi zraci toga dana prelamali su se preko staroegipatske ogrlice sa Horusovim okom koju je Paola nosila. Nesvesna da je njenim dodirivanjem zapravo osvetljavala prašnjavi kartuš[15] istine u mislima, pribojavala se spoznaje da mitovi možda i nisu samo drevne priče. Odzvanjanje dečakovih reči jedva da je minulo tokom celog puta, jedva da su bledele slike i imena demona iz arapske kulture...

Gul, Ifrit, Šejtan, Marid... Svi su pripadali redu džinija, moćnim duhovima koji su se istakli po neviđenom zlu i teroru nad ljudima. Iako su se međusobno razlikovali i odstupali od uske povezanosti sa utvarom koju je dečak Abdul opisao, bilo je tu i dosta sličnosti. Prognani od strane Tvorca i osuđeni da lutaju dinama i pustošima, ne bi li u

---

15 Obično uspravni staroegipatski spomenici koji sadrže brojne hijeroglife i imena faraona; prisustvo ovala oko imena služilo je kao simbolična zaštita od zlih duhova, kako u ovozemaljskom, tako i u zagrobnom životu; stari Egipćani su verovali da oni čije je ime zapisano na kartušu ne nestaju nakon smrti.

sopstvenoj neutoljivoj gladi konačno proždrali i sami sebe. Menjali su obličja po volji i u skladu sa užasom sopstvene prirode. „Da li postoji neka skrivena veza između Arkenu kratera, saudijskih, enigmatičnih ograda i mesta stradanja nomada?...", pitala se i brinula Paola.

Najednom, negde za vreme misaonog lutanja, prisetila se kako Denisu i Halu nije pomenula sličnu tragediju beduina od pre deset godina unutar „kapija" u Saudijskoj Arabiji, kao i otkrivene tragove o masovnoj grobnici podno Džebel Arkenua, starih više od tri milenijuma.

Ludi pas

— Jebote, jedva čekam da završimo sa ovom vukojebinom i da se odmorim kući kô čovek... — uzdahnu tamnoputi grmalj Džeremaja, kojem je znoj na koži svetlucao pod vedrim noćnim nebom. Glas mu je zvučao kao daleka, vrebajuća grmljavina.

Uloga bejbisitera dvojici Sovjeta koja su na ruskom dovršavala prilog o pojačanom vojnom prisustvu u skromnom naselju žuljala ga je više od Feliksovih prepona. Ime prijatelja ga je podsetilo i donekle mu olakšalo spoznaju kako u mestu žive pretežno stariji ljudi, te da neće morati da brine i o Sladoledžiji.

— Kaže čovek, a misli na vola — dobaci mu Ortega podrugljivo i osvrnu se da proveri smrknute Engleze. Zaostajali su za njim jer su pakovali opremu, mada se više činilo da su oboje odugovlačili ne bi li neko od njih dvoje prvo krenulo napred. „Ili mu je plavušica užasno pušila, ili joj je ovaj tražio bulju, pa zato sada neće ni da se pogledaju”, pomislio je i uz podsmeh štrcnuo pljuvačku napolje.

— Kažem pacovčina, a mislim na debelu kravetinu od majke koja te rodila — odbrusio mu je lenjo Džeremaja, ali sa skrivenom zahvalnošću u glasu što može sa nekim „normalnim” da razgovara. Svirnuo je Sergeju i Ilji i „zarezao” sebi vrat kao znak da je vreme za reportažu isteklo. Bolje je reći, njegovom strpljenju je došao kraj.

— Da znaš da jeste bila krava... — prisećao se polako Ortega i dodao: — Bila je bela, kao da se sunčala na mesečini...

— Sunčaćeš se ti u kapeli — upozorio ga je glasom kao iz ambisa.

— Jebote! Da li je moguće da te posle toliko godina taj nadimak i dalje živcira? — čudio se Ortega. — Okej, mogu da razumem da su te kao klinca šikanirali tim nazivom, kao i to da si ih mnogo godina kasnije, kada ti je dokurčilo, raščerečio u ambaru i pobio, pa i da si zbog toga ležao u buvari, ali da te to i dalje izluđuje, sada kada si matora konji...

— Nemaš ti pojma... — nadglasao ga je Džeremaja, prišavši mu tek toliko da mu zakloni pun mesec iz vidika i pokaže mu njegovu drugu, tamniju stranu. Fiksirao ga je pogledom. — Niti si sposoban da imaš kada si toliko uloga izmenjao za obaveštajce da ni sam više ne znaš ko si.

Ortega je poželeo da uzmakne jedan korak, ali su ga teški kranovi legionarevih ruku zadržali za ramena.

— Dobro je, druže, preteruješ sad... To je bio samo pos...

— Posao? Biznis? Zadovoljstvo? — nastavio je umesto njega i nešto čvršće ga stegao, nalik nadolazećoj plimi od koje ne postoji izbavljenje. — Koliko njih si zbog lažnih dojava onomad poslao u smrt, samo zato što ti je druga strana platila više? Šestoricu? Sedmoricu? Jesu li glasovi koje si potom slušao u zatvoru dolazili od savesti? Jesi li se zato pridružio Legiji? Da bi pobegao od njih? — upita ga, a potom nagnu glavu kraj njegove i kroz šapat mu poruči: — Ja sam se večno sprijateljio sa svojim demonima. A ti?

Znoj na Orteginom licu, ohladio se skoro pa do tačke smrzavanja. Pokušao je nekako da odreaguje, da odgovori svom kolegi iz vojske, ali nije znao kako. Žamor uznemirenih duhova prošlosti pretvorio mu je tlo pod nogama u živi pesak. Ništa mu drugo nije preostalo nego da nemo isprati potmuli Džeremajin smeh koji se polako udaljavao.

— Budi pažljiv, Pacove, druže moj. Pustinja je i suviše tiho mesto za naše misli... — dobacio mu je grmalj sarkastično preko ramena, ali je za Ortegu to zvučalo podmuklo predskazivački.

— Šta je, bre, bilo!? Šta!? Hoćete li sad obojicu da vas isprangijam, majku li vam komunjarsku!? — brecnuo se naglo Latinoamerikanac na Sovjete, koji su po svemu sudeći čuli njihov razgovor i prigušeno komentarisali na ruskom jeziku.

Na neurotični povik i repetiranje pištolja momentalno su zaćutali.

— Psiho ne voli domunđavanje — ozbiljno im se obratio Džeremaja koji se vratio po njih i gurnuo ih snažno ispred sebe da pođu.

Neugodna situacija za dvojicu novinara nije potrajala dugo, jer im je iz daljine kapetan Hanibal, u prisustvu nekolicine libijskih vojnika, pokazao da se svi okupe.

— Je l' počinje? Nismo li zakasnili? — upitao je Sergej Džeremaju.

— Da jeste, verovatno bi se Kapetan nahranio vama — uzvratio mu je ni ne pogledavši ga.

U međuvremenu, na sasvim drugoj strani mesnog trga nalazili su se Amerikanci i Paola, pod budnim okom doktorke Eve. Njena mrzovoljna senka ih je pratila taman koliko je trebalo da ne budu u mogućnosti da nasamo porazgovaraju o bilo čemu. Stoga su tajnim signalima odlučili da komentarišu El-Džaf, nadajući se da će joj time dosaditi dovoljno da ode i pridruži se Feliksu koji je ugodno čavrljao sa Jugoslovenima.

Evu je umor svakako pristizao, bez obzira na Paolino izlaganje o „osmom svetskom čudu", Gadafijevom neverovatnom projektu vodosnabdevanja cele Libije. Znala je vrlo dobro odakle je dolazio — od lošeg spavanja i uzimanja antidepresiva. Kada je ugledala pristigli bolnički kamion sa libijskim ranjenicima, među kojima su se nalazili i mrtvi, uznemirio joj se ožiljak na duši i podsetio je na razlog zašto je uopšte i došla u Afriku.

— Doktorko Moro! — ponovljeni Feliksov uzvik preneo ju je iz umne utrnulosti.

— Šta hoćeš?... — odgovorila mu je rezignirano preko ramena, sa svega nekoliko sekundi namernog zakašnjenja. — Jebeni Sladoledžija...

Sjaši više s mene! — progunđala je iza kefije. Kako je to uradila nedovoljno tiho, privukla je na sebe Paolinu pažnju.

Kada je postala svesna njenog pogleda, osmotrila ju je na brzinu i uvidela joj na licu prvo zbunjenost, a potom, očekivano, i svojevrsnu zebnju zbog svog nadimka, a zbog toga se dodatno rasrdila na mladog legionara.

— Uh, izvini. Omaklo mi se, jebiga. Šta ćeš, navika — pravdao se Feliks, ne trudeći se previše da prikrije licemerje na licu. — Kapetan je pozvao na okupljanje. Vreme je — poručio je svima, usput diskretno okrznuvši doktorkino rame.

Kako je Paola i taj detalj uočila, još jednom je ponovila u mislima njen nadimak[16] koji ju je zabrinuo. Istovremeno, ispustivši dubok uzdah Eva je pozvala grupu da krenu. Već nakon nekoliko pređenih metara, Italijanka je zadržala doktorku za ruku i sačekala ostale da ih mimoiđu.

— Nisi jedina koja ga doživljava kao ljigavca — ohrabrila ju je kada su ostale same.

Da li se radilo o prirodnoj, ženskoj solidarnosti ili je napuklina u samostvorenoj i kamenoj samici doktorke nastala zbog upućenog saosećanja, ali olakšanje na Evinom licu nije dugo čekalo na beg iz zatočeništva.

— Zastrašujuće naporan idiot — uzvratila joj je tananim osmehom koji je nekako uspeo da joj se iskrade iz nevidljivog stiska.

— Savršeno te razumem. Šutnula sam sličnog u Italiji, pre polaska. Ukoliko se na vreme ne odstrane, prerastu u prave pijavice — nadovezala se novinarka i tako pozdravila izmamljeni osmeh. — Pa ipak, nije sve tako crno. Evo, dobila sam i poklon za rastanak... — dodala je i pomazila se po trbuhu.

---

16 *Ostrvo doktora Moroa*, novela Orsona Velsa iz 1896. godine; radnja je smeštena na ostrvo bizarnog doktora Moroa, koje je pretvoreno u pravu pravcatu košmarnu laboratoriju za istraživanje nad živim bićima.

— Ooh... — otelo se Evi koja je nesvesno pošla rukom prema njenoj. Kada je uvidela šta je uradila, poželela je da joj se izvini što je nije pitala za dopuštenje, ali kako je to bio divan gest i prijatan početak upoznavanja sa onima sa kojima će provesti dug put, Italijanka je klimnula glavom i prepustila se njenim stručnim pokretima. — Poklonima se u zube ne gleda. Pogotovo ne ovakvim — progovorila je naposletku Eva, i sama osetivši čežnju u svom glasu. — Čestitam od srca, Paola. Deluje mi da si blizu trećeg meseca, je l' da? — upitala ju je.

— *Ben fatto!* — reagovala je novinarka i klimnula glavom. — Tačno toliko. Još uvek se ne primećuje mnogo. Na svu sreću, inače sumnjam da bi mi iko dopustio da se priključim ovom putešestviju — reče obazrivo se osvrnuvši oko sebe.

— Ne brini, plodu još uvek neće smetati malo avanture — odgovorila je Eva i u poverenju dodala: — I da, tvoja tajna je bezbedna sa mnom.

— *Grazie mille!* — zahvalila joj se Paola iskreno i povela je u šetnju laganim korakom. — A ti? Imaš li nekog kod kuće da te čeka dok se ne vratiš iz misije?

Eva je spustila pogled i olabavila vojnički glas.

— Nažalost, neću nikada imati nekoga da me čeka — odgovorila je kroz setni uzdah. — Imala sam tešku operaciju na materici zbog koje ne mogu ostati u drugom stanju...

— Izvini što sam... — prekrila je Italijanka rukom usta. — Žao mi je... Zaista...

— Ne brini, prošlo je dosta godina od tada. Iako se i dalje privikavam na tu činjenicu, osećam da ću uskoro doći do stadijuma kada će mi biti svejedno... — uzvrati Eva, da bi je potom ispitivački pogledala, ali ne na prekoran način. — Vidi ti se na licu da bi nešto želela da me pitaš...

— Ovaj, pa da... — zbunila se zbog promene teme. — Oprosti mi ako guram nos tamo gde mu nije mesto, ali Amerikanci su mi ispričali da legionari ne primaju žene u službu... Otkud onda ti ovde, sa nama?

Mogla ju je slagati, ali nešto je u plavokosoj lekarki zavapilo za privremenim olakšanjem kakvo donosi samo istina. Ničeg lažnog nije bilo u gestu lepe Italijanke, ničega od onog na šta se navikla za sve ovo vreme provedeno u vojsci. Obe su se nalazile prilično daleko od civilizacija kojima su pripadale, a kada se ljudi nađu u ovakvim pustošima, bliskost postaje varnica od značaja.

— Moglo bi se reći da sam na odsluženju kazne — progovori naposletku Eva gorko i uspori korak.

Već pri kraju studija, pokazivala je sjajne predispozicije da postane vrsni lekar. No kako sve u životu ima svoju cenu, dobre ocene dugovala je vešto prikrivenoj zavisnosti od morfijuma. Mračnu tajnu nastavila je da prikriva i kada je započela specijalistički staž. Sve je kulminiralo jednog dana kada je na jedvite jade „preživela" tridesetšestočasovnu smenu na odeljenju za hitne slučajeve. Po njenom okončanju, celokupno lekarsko osoblje je otišlo do bolničkog restorana da predahne, osim Eve koja je izduvni ventil pronašla u morfijumu. Od velikog umora smetnula je s uma da je tog dana uzela poveću dozu.

Negde u toku noći pojavio se roj sanitetskih vozila. Desila se strahovita eksplozija u obližnjoj toplani, pri čemu je svo pređašnje osoblje pozvano natrag. Usled narušenog psihofizičkog stanja, prepisala je povređenima pogrešnu terapiju jakih analgetika, što je dovelo do smrti njih jedanaestoro, od četrdeset, koliko ih je primljeno te kobne noći.

Osuđena je na deset godina zatvora za nemar i ubistvo iz nehata.

Odslužila je veći deo kazne kada je puštena na slobodu, zahvaljujući nepoznatom starijem tipu sa šeširom i štapom, koji ju je posetio u zatvoru i ponudio drugačiji vid „okajanja grehova". Sve što je znala o njemu jeste da je radio za Nacionalnu bezbednost SAD-a. Prihvatila je ponudu i ubrzo su je prekomandovali na privremeni rad u Legiji stranaca, da bi godinu dana kasnije pošla u ovu misiju, bez prava na izbor.

— Gospode... — ote se Paoli saosećanje. — Divim ti se kako uspevaš da nosiš sav taj teret u sebi...

— Da... Ako ništa drugo, bar sam se u zatvoru odvikla od morfijuma i nekako navikla na bitange — dovršila je Eva pošto su se primakle zbornom mestu. Doktorka je ponovo zauzela svoje kameno držanje, ali ne pre nego što je novinarki uputila skromni smešak kroz pukotinu na licu.

Kroz jednu drugu pukotinu, senovitu, iskoračila je silueta Akire koja se nečujno kretala za njima i naposletku stopila sa okupljenima. No traumatična i zatvorska prošlost doktorke nije ostavila toliki utisak na njega koliko nečija druga.

Uočivši Feliksov pogled prema mališanu Abdulu koji se držao kapetanovog boka, mnogo toga iz legionarevog razgovora sa Jugoslovenima postalo mu je najednom jasnije. Znatiželjno ispitivanje dvojice novinara o tome da li imaju mlađu braću ili sestre, kao i njegova životna ispovest da je svojevremeno, pre vojske, radio kao ulični prodavac sladoleda, nagnalo je Japanca da se zamisli još u startu. Crv sumnje nastavio je da ga grize dok je slušao ijednu od njegovih potresnih ratnih priča.

Pre samo dve i po godine, kao legionarski izviđač u Operaciji Lamonten[17] i za vreme najžešćih vojnih operacija u Zapadnoj Sahari, ostao je „zarobljen" iza neprijateljskih linija u jednom od razrušenih sela. Pritajivši se, trudio se da redovno menja položaj po napuštenim kućercima dok ne stigne pomoć oko izvlačenja, kada je u jednoj od njih zatekao dvoje usamljene dece. Skrivali su se od separatista koji su napredovali prema marokanskim isturenim položajima. Radilo se o devojčici i dečaku čiji su roditelji nastradali od zalutale artiljerijske granate. Feliks se stresao od tuge kada je pomenuo kako ih je nahranio svojim preostalim slatkišima i starao se o njima tokom narednih dana dok se svi zajedno naposletku nisu izbavili.

Po završetku priče, Akira ga je sumnjičavo upitao zašto se obreo u Legiji. Pa ipak, pre nego što je i stigao da mu odgovori, kapetan je

---

17 Operacija „Morska krava" (prev.) bila je intervencija francuske vojske u periodu od decembra 1977. do jula 1978. godine, koja se na strani mauritanske vlade borila protiv „sahravi" gerilaca iz redova Polisarija, u pograničnoj zoni između Mauritanije, Zapadne Sahare i Maroka.

upao u razgovor između njih i naredio mu da pozove Evu. Pukovnik je stigao u El-Džaf.

Pustinjska sova sletela je na jedan od obližnjih krovova. Prodorni pogled proricao im je da će ova noć biti ona u kojoj neće pronaći mir. Naprotiv.

* * *

Stvar je bila vrlo jednostavna, bar u teoriji. Novinari će imati tri sata da urade zvanični intervju sa libijskim vođom, Muamerom el Gadafijem, inače u zapadnim medijima ozloglašenim i poznatim po Reganovom malicioznom nadimku, „Ludi pas”.

Koliko su bili obavešteni, a u tome su prednjačili legionari i Sovjeti, čuveni Pukovnik je ove godine podneo ostavku na mesto najvišeg državnika Libije. Pa ipak, cela zemlja je nastavila da u njemu vidi neprikosnovenog vođu koji se zdušno zalagao za istu, obezbedivši joj životni standard o kakvom su druge zemlje mogle samo da maštaju. Sebe je doživljavao kao poniznog i skromnog slugu Islama. Njegova reč je bila najteža, najiskrenija, najmoralnija i najopasnija.

Zapad je zazirao od lukavog, u određenoj meri egocentričnog i ekscentričnog čoveka poput Gadafija, čiji su snovi sezali do osnivanja Afričke Ekonomske Zajednice, na stubovima klimave OAJ[18] i ujedinjenja celog arapskog sveta. Koketiranje sa bipolarnim svetom zarad sopstvenih i nacionalnih interesa, rat sa Čadom, kao i proterivanje Jevreja i Italijana kojima je imovina konfiskovana mrštilo je ne samo starog američkog predsednika Kartera i novoizabranog Regana, već i britansku „Gvozdenu damu”, premijerku Margaret Tačer, italijanskog predsednika Sandra Pertinija, odnosno u Franuckoj predsednika Giskara i sve popularnijeg Miterana. Ipak, novcem i naftom Gadafi je čvrsto čuvao svoje figure na svetskoj šahovskoj tabli.

---

18 Organizacija afričkog jedinstva, preteča Afričke Unije iz 2002. godine.

Novinare je stoga ujedno brinulo i interesovalo da čuju zašto su njihove države zaista insistirale na ovoj ekspediciji, kao i zbog čega je Gadafi lično tražio da se održi ovaj intervju.

Kada se u daljini najednom začulo brundanje vozila, libijski vojnici su se užurbano razišli i grupisali u počasni stroj, ostavivši strance da uoče nekoliko farova koji su se probijali kroz prašinu druma. Limuzina je posebno prednjačila u odnosu na prateća vozila uz bokove. Kada se zaustavila, iz nje je prvo izašla svita sačinjena od ženskih gardista, da bi se potom samouvereno pojavio i Gadafi u maslinastoj košulji i pantalonama.

— Ženska vojna pratnja? — prošaputao je Denis iznenađeno.

Sem Paole, svi su bili zatečeni prizorom mladih devojaka, čiji je miks seksepila i strogog držanja sekao dublje od noža u tami. Nosile su crvene beretke i ceremonijalne uniforme bež boje. Strpljivo su sačekale libijskog vođu da obavi kratak razgovor sa jednim od svojih oficira, da bi potom produžile sa njim u pravcu kasarne.

— Hm, da... Amazonska garda — odgovori Paola i time načas privuče pažnju svoje grupe. — Tako smo ih prvobitno nazvali kada su se pojavile početkom ove godine. U narodu su znane kao „Revolucionarne sestre”. Radi se o elitnom timu telohraniteljki, formiranom da po svaku cenu zaštiti Pukovnika.

— Seko... Zašto baš ženska garda? — upitao ju je David koji nije skidao pogled sa njih.

— Nisam sigurna, ali mislim da je zbog Gadafijevog ubeđenja da bi napadači mogli da imaju moralnih problema da pucaju u žene — odgovorila mu je Italijanka i krenula napred na poziv kapetana Hanibala.

— A možda samo preferira jebežljivo mlado meso... — začuo se sarkastični Džeremaja od pozadi, potapšavši Feliksa po leđima koji je među poslednjima predao oružje pre ulaska u kasarnu.

* * *

Dvadesetominutni intervju koji se sve vreme bavio geopolitičkim i personalnim temama, legionarima se činio poprilično dosadan. Mada su taj osećaj prikrivali disciplinovanim stavom, bilo je evidentno po njihovim međusobnim pogledima da bi radije da su negde u baru nego u vojnoj baraci, izmešani sa libijskim vojnicima, novinarima, Gadafijem i njegovim Amazonkama.

Onoliko koliko im je koncentracija dozvoljavala, a posebno je prednjačila kod kapetana Hanibala, mogli su u uvodu razgovora da slušaju o Pukovnikovom divljenju zapadnoj kulturi i načinu života. Zatim o njegovoj iskrenoj težnji ka ujedinjavanju Arapa i stvaranju takozvanog arapskog bloka zemalja čiji bi se glas uvažavao u svetu. Sa druge strane, mogli su da čuju o tome kako su Alah, pravda i istina na strani Libijaca. Da Zapadne sile nemaju šta da traže u sukobu gde se ljudska prava prolibijskih pobunjenika u Čadu gaze na sve načine, kao i to da je Gadafijeva aneksija Auzua opravdana, kako moralno, tako i istorijski.

Državni vođa je odavao utisak smirenog čoveka, čija je svaka reč bila odmerena. Samopouzdanje, obrazovanost, uljudnost i neosporna harizmatičnost pronalazili su rupe u inicijalnim branama kod novinara i predočavali im jasnu sliku o tome zašto je Gadafi toliko voljen među svojim narodom.

Kamere su snimale, pitanja su se ređala, atmosfera je sve više dobijala na najopuštenijim orijentalnim dražima, sve do trenutka kada je Akira pitanjem prekinuo sopstvenu tišinu i sveopštu hipnotičku bajku:

— Ko je odgovoran za zločin nad Tebu nomadima? — upitao je i istog časa osvestio i podsetio novinare zbog čega su, zapravo, došli.

Gadafijeva smirenost je blago uzmakla i prepustila mesto ozbiljnosti koja mu se razvila preko očiju poput zalazećeg sunca na horizontu. Nagnuo se napred u fotelji u kojoj je sedeo i podbradio rukom, a istog časa je i mali Abdul pustio Evu i došetao do Pukovnikovog krila i tu se smestio. Taj potez je iznenadio prisutne novinare, dok su legionari sada daleko pomnije posmatrali šta se zbiva.

„Nije ga počinila nijedna strana", prisetili su se Jugosloveni, ali se ta misao brzo izgubila sa Gadafijevim rečima:

— Šejtani ponovo tumaraju pustinjom — progovorio je nakon nekoliko trenutaka tišine i opominjućim pogledom prešao preko svakog od njih. Paolina strepnja zbog natprirodnog uminula je po njegovoj narednoj rečenici, ali ne i nestala. — Pojedinci su toliko ogrezli u zlu da je i ono malo ljudskosti u njima zauvek progutalo ždrelo živog peska nečoveštva.

— Mislite na Čađane? — upitao je Sergej, nazrevši opreznost u njegovom glasu.

— Da — odgovori Gadafi. — Za njihova zverstva odgovoran je niko drugi do Hisen Habre, u čije ime se bore. Političar bez morala. Gazio bi preko leševa da ispuni ambicije i ustoliči se kao predsednik Čada. A u tome uživa veliku podršku od strane pojedinih vaših zemalja... — reče sa blagom uvređenošću u glasu, stvorivši recipročnu nelagodu, prvenstveno kod Amerikanaca i Britanaca, a potom i kod Italijanke. Ali ne i kod legionara. Apolitičnost im je bila hirurški usađena.

— Kakve dokaze imate protiv njega, gospodine? — upitao ga je Denis.

Gadafi nije ni morao da dâ znak, a jedan od vojnika se okrenuo i odnekud izneo tašnu na videlo. Iz nje je podelio svim novinarima po nekoliko crno-belih fotografija, koje su nosile oznaku čadske pobunjeničke obaveštajne službe. Na njima su se nalazili naoružani vojnici FAN[19] u vozilima i u neposrednoj blizini mesta zločina. Ne samo da se činilo kako privremeno kontrolišu područje, već da ni sama pustinja još uvek nije stigla da svari užase razorenog logora, s obzirom na to da je sve izgledalo kao nakon prolaska tornada. To što

---

19 *Forces Armées du Nord* — „Oružane snage Severa", jeste pročadska pobunjenička armija koja je bila aktivna tokom čadsko-libijskog sukoba i borila se protiv libijske vojske; 1983. godine činila je jezgro formirane Nacionalne armije.

tela nomada fotografi nisu zabeležili, za razliku od njihovih poderanih odeždi i polupanih stvari, posebno je zabrinulo Megan, Akiru i Paolu.

Pretpostavljajući da su razlog za to izgladnele divlje zveri koje su leševe raznele svaka na svoju stranu, Engleskinja je žalila što njihovo matično pleme neće moći da ih sahrani u skladu sa njihovim običajima niti će ikakva obdukcija moći da ponudi više odgovora.

Nasuprot njoj, Akira je sklapao primirje sa pomišlju kako telo svoje supruge nikada neće zaista pronaći. U tome je možda i ležao još jedan deo konačnog otkrovenja. Put do Hinate nije se nalazio na fizičkoj stazi, već na umnoj i duševnoj. Da bi postao ništavilo, kakvim se smatrao nakon gubitka voljene osobe, ništa nije ni trebalo da ostane iza njega. Nikakav trag. Ni materijalna uspomena niti opipljivo sećanje.

Mada je lepa Italijanka nesvesno mazila svoj medaljon oko vrata, misli joj nisu postajale ništa nežnije. Nekada sebe nije mogla da zamisli kao sujevernu ženu, ali nepuna decenija provedena u Africi i na Bliskom istoku, kao i istraživački novinarski radovi o mitološkom i okultnom stvorili su od nje bojažljivu vernicu u natprirodno. Razmišljala je: „Narod Tebu naseljava područje nekoliko saharskih zemalja. Nikome nomadi nisu smetali, politički ili etnički. Štaviše, da su meta, onda bi bilo zabeleženo još slučajeva napada na njih... A šta ako..."

Zaustavila je najednom svoj unutrašnji monolog. Sećanja su joj iskrsla pred očima i rasanila uznemirenost slikama iz njene prošlosti.

Naime, pre desetak godina, kada je kao mlada devojka, zajedno sa svojim roditeljima, turistički prvi put obilazila enigmatične kapije u Saudijskoj Arabiji, lokalni vodič ih je doveo do jednog podnožja gde im je poručio da dalje ne bi valjalo ići. Navodno, pribojavao se lutajućeg đavola iz vulkanske regije Harat Kajbar koji je harao predelima i otimao svakoga ko bi se nameračio da prođe tuda. Prema njegovoj priči, šestočlana grupa beduina sa decom nestala je bez traga i glasa svega nekoliko nedelja pre njihove posete. Kada su ostali iz plemena odlučili da ih potraže, pronašli su poharani logor sa unaokolo razbacanim ličnim stvarima. Kako su se tada pojavile glasine o senovitom demonu, odlučeno je da se prekine sa traganjem. Nekoliko godina kasnije, kada se kao novinarka vratila sa arheolozima povodom istraživanja o zagonetnim kapijama, sasvim slučajno je duboko pod zemljom, u nekakvoj prastaroj pećini, nedaleko od onog istog podnožja naišla na delove ljudskih ostataka na gomili neobičnog izgleda. Naknadnim ispitivanjem ustanovljeno je da su delovi pripadali nestalim beduinima. Tragova dečjih ostataka nije bilo.

Na drugoj strani, u drevnim pećinama podno kratera Arkenu u Libiji, otkrila je znakove prisustva maltene cele jedne generacije ljudi — od piktograma i simbola, preko pojedinih reči i cifara, tragova loženja vatre, kamenog pribora za jelo i oružja pa do nekolicine koštanih ostataka. Uzimajući u obzir da je većinu pomenutog progutalo vreme, da je nedostajala finansijska i logistička podrška za dalje istraživanje, kao i to da se tehnologija za ispitivanje još uvek razvijala, sve što je uspela da otkrije bile su sledeće stvari:

Na osnovu njene konačne procene pred odlazak za Avdžilu, u razgranatoj mreži podzemnih pećina boravilo je oko trideset ljudi, uglavnom porodice sa svojim potomstvom. Kako je njihovo prisustvo bilo mahom koncentrisano u prostraniju dvoranu, preuređenu za dug boravak, imala je razloga da pretpostavi da su se tu nalazili svojevoljno i zbog određene namene. To su potvrđivali primitivni oltari koji su se nalazili u omanjim susednim „ćelijama". Gravirane od poda do tavanice raznoraznim simbolima, ostavljale su utisak morbidnih svetilišta nekakvog tajnog kulta.

S obzirom na to da se ovaj narod služio neobičnom mešavinom drevnog kušitskog klinastog pisma i staroegipatskih logograma iz Trećeg prelaznog perioda, zaključak je da su ti ljudi pripadali dobu 3. veka pre nove ere. Takođe, zbog takvog jedinstvenog pisma smatrala je da su se tu u početku nalazile dve grupe naroda koje su se tokom dugog boravka pomešale među sobom. Pa ipak, ono što joj je dugo nakon toga uhodilo misli bila je jedna jedina rečenica koju je uspela da prevede i prepiše u svoj dnevnik: *Mi smo bili, jesmo i ostaćemo Deca pustinje. Naše kosti leže ovde i čekaju na vaše.*

Gde god da su im se kosti pre nalazile, nesumnjivo je da su bile gomilane na takvoj dubini ispod zemlje da se čak i pomisao na sam pristup tim nivoima graničio sa ludošću. Paola je dobro znala da su ludima nazivani i oni koji su širili priču i predanja o demonu palom sa neba, a prokletom da tumara pustošima dok ga glad ne umori. U nekim davnim vremenima pojedini su mu često prinosili decu kao žrtve kako bi ih ostavio na miru.

— ... za njihovog kralja Moloha, idola i užasa Amonovih sinova... — izgovorila je tiho paragraf iz drevnih jevrejskih knjiga i zadrhtala od ljudske opsesije darivanja smrti takvom jednom biću.

Izronivši pogledom iz fotografija natrag u realnost, Paola je ponovo usmerila pažnju na novinare i libijskog vođu.

— Fotografije su dobijene zahvaljujući ljubaznosti ljudi koji još uvek nisu oslepeli pred zlom, ogluveli od laži i zanemeli pred pravdom... — pohvalno se izrazio Gadafi o nekome.

— Hm, šta misliš? Izviđački odredi? — začuo je Ortega Brajanovo došaptavanje sa Halom, proprativši razgovor nervoznim krckanjem svojih vratnih pršljenova.

— Da, ali uporedi dubinu tragova njihovih guma i peščanog nanosa na logoru. Prebrzo su stigli da bi izgledalo kao da su slučajno naišli... — ostao je nedorečen njegov prijatelj.

— Zasad znamo da su Abdula prvi pronašli libijski vojnici, a da su Čađani prvi boravili na mestu zločina... Dok Pukovnik smatra da su pobunjenici FAN-a odgovorni za pogibiju nomada, ovi drugi, bar neki među njima, pokušavaju da nas ubede kako ih nije pobila nijedna strana... — Brajan je zamišljeno ređao činjenice pred očima kao vidovnjak svoje tarot karte. Na njegovu žalost, nijedna nije pružala pravi odgovor. — Po cenu naših i njihovih života, izgleda... — dodao je zloslutno.

— A tu je i Abdulova ispovest o senovitoj utvari... — kazao je Hal sebi u bradu, ne nadajući se da bi ta njegova izjava mogla predstavljati probni balon za prijateljev stav povodom toga. Da je mogao da vrati vreme, ne bi je ni izrekao nakon što je čuo Brajanov odgovor, već bi nastavio kamerom da snima fotografije.

— U strahu su velike oči, druže... — reče nezainteresovano. — Dečak ima bujnu maštu.

Nešto dalje od njih, blizu Džeremaje, Sovjeti su tumačili prizore na dokumentima na svom maternjem jeziku. Naposletku su se opkladili u nešto i pozvali japanskog kolegu.

— Akira? — obratio mu se Sergej. — Pošto nam deluješ kao da si se rodio sa svojim fotoaparatom, reci nam, molim te, da li ti ove fotke deluju kao montirane?

Mada mu instinkt nije slao takve signale, Akira se ipak odlučio da još jednom proveri. Doduše, prividno zarad sebe, a svesrdno zbog Hinate koja mu se nadvila iznad ramena, zagrlila ga i predložila mu da ih oboje zagledaju, kao nekada u njegovom kućnom fotostudiju.

Pomno posmatrajući senke vojnika, ekspoziciju, rezoluciju i tip slike, kao i sitne detalje koji bi možda promakli neveštom oku, već posle tridesetak sekundi je ustanovio da se radilo o originalima i da sa njima nije manipulisano. Štaviše, isprativši Hinatin pokret prsta po glatkoj površini, ugledao joj je siluetu kako mirno šeta kroz uništeni nomadski kamp, zaleđen u vremenu. Propuštala je nakupljeni pesak sa dlanova, baš kao nekada zemlju u šumi Aokigahara, podno Fudžijame.

Iako je već tada mogao da im odgovori i potvrdi sumnju, odlučio je da posluša sirenin glas Hinate i ostane još malo u bezbojnim predelima na slikama.

Otvorio je dnevnik i odatle izvukao poslednje pismo sa crtežom svoje supruge, koje je čuvao za sam kraj ovog puta. Poštanski pečat i kôd na pismu pripadali su El-Džafu, varoši u kojoj su se nalazili, ali upis lokacije ispod Hinatinog umetničkog potpisa po koordinatama je odgovarao Auzu pojasu i predelu svega nekoliko stotina metara udaljenom od mesta pogibije nomada. Prislonio je poverljive snimke uz Hinatin crtež išaran ugljenim štapićima i osmotrio pejzaž.

Sve se podudaralo. Od same udoline pa sve do bočnih talasastih dina koje su izgledom podsećale na kičmene pršljenove nekakvog drevnog stvora, pokopanog još u vremenu kada je svet bio mlad. Na jednoj od tih dina je stajala pogrbljena ženska silueta sa povijenim rukama ka zemlji. Činilo se da je ili vrhovima prstiju ili dugačkim pramenovima kose rasejavala zrnevlje peska. Nedaleko odatle, iza nje, uzdizalo se omanje brdo koje ga je podsetilo na izgled njihove omiljene planine i utočišta. Dok su se na fotografijama tamo nalazili čadski vojnici sa pobodenim zastavicama za obeležavanje teritorije, na crtežu se uočavala nadolazeća oluja i nejasno ljudsko obličje koje je utvarno motrilo na Hinatu.

Ispisani datum u samotnom ćošku slike poručivao je da ju je naslikala na svoj rođendan. Najinteresantnije od svega bile su izvrnute i sićušne rečenice na japanskom, dopisane ispod datuma. Kada je Akira okrenuo hartiju i usmerio prema sijalici, uspeo je da ih pročita bez problema: *Dan kada umremo biće bolji od dana kada smo se rodili.* U tom momentu je osetio neznatno jači zagrljaj svoje supruge i čežnjivi poljubac na vratu.

„Šta god da te je uzelo, učinilo te je srećnom i dopušta mi da te vidim. Čekaj me, mila...", poručio joj je telepatski i pomazio joj uvojak na svom ramenu. Nežne vlasi razmrvile su se u tanane peščane granule, a nije prošlo mnogo kada se mrvljenje preko ruku prenelo do njenog lica. Odatle se raširilo po celom telu, dok naposletku od nje nije ostao samo prah, razvejan od prolaska libijskih vojnika kroz kasarnu.

Akira je smireno presavio crtež i vratio ga u kovertu. Pružio je Sovjetima natrag fotografije i odgovorio im:

— Ovo su prave slike.

Iako su očekivali tu reakciju s njegove strane, ipak nisu mogli sasvim da se odupru utisku zbunjenosti povodom takvog hronično letargičnog stava. Pogledali su se kao da zaključuju da Japanac nikada nije ni bio čist u glavi i na ruskom nastavili diskusiju koju su maločas prekinuli. U jednom trenutku je Džeremaju to slovensko blebetanje toliko iziritiralo da je pozvao Ortegu da mu prevede. Ili da ga dodatno maltretira, poznavajući njegovu profesionalnu deformaciju.

— Pacovčino... Ti si beše prisluškivao KGB-ovce pre nego što su te deportovali u Legiju. Šta seru ova dvojica? — upitao ga je diskretno.

— Smrade jedan, naoblačilo se napolju, ha? — Ortega se uveliko suzdržavao da ne pukne od sveopšteg šuškanja, ali i da ne pretera u češanju potiljka i tikova na nosu. — Huhh... Mlate o tome kako im ovo liči na američku podvalu, ne bi li usisali SSSR u još jedan proksi rat... Zatim, nešto u vezi sa predsednikom Brežnjevim koji blagonaklono gleda na Libiju, ali da neće još dugo, bar ne nakon ovog... Sada lambadaju o nekakvom atomskom ratovanju ili ispitivanju... Dosta ti je! I zajebi me više! — odbrusi mu naposletku i počeša usne.

Kada im je rečeno da mogu zadržati fotografije, Jugosloveni su uzeli olovke i lenjire i šarali određene dijagrame po njima. Onoliko koliko je Feliksovo snajperski oštro oko moglo da vidi i prepozna, mladići su zapravo ispitivali topografiju terena. Izrazi na njihovim licima govorili su mu da su se čudili zbog nečega u vezi sa predelom.

Navodno, razmatrali su neobičnu koincidenciju kako su okolne dine formirale nekoliko blagih udolina koje se ukrštaju, čiji je celokupan izgled sa avio-izviđačkih fotografija podsećao na sazvežđe Bika[20]. Poslušivši se trinaest godina starim fizičkim kartama libijskih vojnika i među njima izabravši onu pravu za upoređivanje, uočili su vidljivo drugačiji izgled krajolika, sa neznatnim obrisima formiranja onoga što će ih kasnije podsetiti na sazvežđe. Da cela stvar postane još interesantnija, lokacija mesta zločina se nalazila na približno istom mestu gde bi se u razmeštaju zvezda nalazila i ona najsjajnija u sazvežđu — Aldebaran.

Na sam pomen tog imena reagovao je i mali Abdul. Izvio je glavu prema njima i kazao:

____

20

— *Nā'ir al Dabarān...*

Inicijalna zbunjenost kod studenata nije dugo potrajala. Ubrzani kurs arapskog jezika koji su dobili pred polazak iz Beograda pomogao im je da reči prevedu kao „Svetli pratilac", što ih je podsetilo na prvobitno poreklo imena zvezde. Na njihovu žalost, Abdul ne samo da ništa nije znao o neobičnom izgledu dolina, već ni o astronomiji. Ispostavilo se da je tu reč čuo samo od starijih, a oni bi je pominjali isključivo prilikom orijentacije tokom noćnih putovanja.

Da se ne završi na tome postaralo se i prisustvo određene osobe na slikama. „Mondesir Abaja... Mondesir Abaja...", začuo ih je Feliks kako se došaptavaju. Kada je Denis prišao Gadafiju i upitao ga za čoveka sa slike, ovaj se pažljivo zagledao u naznačenu osobu i potom odmahnuo glavom da ga nikada ranije nije video. Čak mu ni ime ni prezime nije ništa značilo. Ili se bar vešto pravio da mu ne znači pred objektivom kamere. Uporni Denis je ipak nastavio i ispričao mu kako su se Jugosloveni našli u Libiji, sa posebnim naglaskom na osetljivu kovertu koju su predali libijskoj ambasadi u Beogradu.

U tom trenutku, jedan od vojnika sa očito višim činom od ostalih, u pratnji jedne od „Amazonki" primakao se skoro nečujno do dvojice mladića i diskretno im pokazao da se udalje od Pukovnika. Tom prilikom im je, tako da samo oni to mogu da čuju, na lošem engleskom poručio kako je tema o Mondesiru Abaji zabranjena za razgovor iz „bezbednosno-obaveštajnih" razloga. Uviđajući da će, ako se prepuste svojoj buntovnoj prirodi, istog časa biti deportovani i tako osramotiti svoju državu, Jugosloveni su progutali gorku pljuvačku politike i prihvatili pravila ponašanja, takva kakva jesu.

Hanibal i Eva bili su najbliži Englezima koji su nastavili nesuglasice od ranije, što je naposletku rezultiralo Albertovim navrtanjem pljoske i ljutitim izlaskom iz prostorije. Činilo se da engleskom snimatelju iz nekog razloga nije odgovaralo da se pozove London i zatraži humanitarna pomoć. Kako je time ujedno odbio i da joj objasni razlog takvog ponašanja, Megan je odlučila da preseče Gordijev čvor. Nakon manje od minuta i ona je izašla za njim. Nameračana da stvar istera do kraja, zamolila je Hala da ostane po strani.

Kada se nelagodna situacija malo smirila i prisutni novinari vratili temi zbog koje su se okupili, Gadafi je prekinuo tišinu i pomazio utučenog Abdula po kosi. Blaga osvetljenost prostorije usled varirajućeg napona usporila je ples u njegovim očima, pa je izgledalo kao da im nešto prećutkuje.

— Pune tri godine upozoravam svetske lidere da će se ovako nešto desiti, ali to nije bilo dovoljno da obustave podršku Čađanima koji sve više iskazuju svoju divljačku prirodu. Istina mora izaći na videlo. Zbog nje i samo nje ste svi vi ovde. Možda će konačno poverovati onoj koja stigne od njihovih ljudi... — glas mu se najednom izgubio u prenaglašenoj svađi koja je dolazila od spolja.

Nedugo pošto je Hanibal pogledom naredio Ortegi da izađe i smiri Engleze, začuli su se prodorni pucnji i užasavajuće žensko vrištanje koje je naglo uminulo čim su svi poskočili i krenuli ka izlazu. Tačno preko puta kasarne gde su se nalazili, u neposrednoj blizini okupljenih libijskih vojnika ugledali su legionara kako besomučno tuče razoružanog Alberta. Na zemlji, u lokvi krvi, ležalo je nepomično telo Megan.

Pustinjska sova je zalepršala krilima između njih i nestala u tmini noći.

Nasukani

Iste noći,
El-Džaf

Malo je reći koliko su novinari bili zatečeni užasnim prizorom i sablažnjivom spoznajom da je sve vreme u jednome od njih spavao hladnokrvni ubica. Premlaćeni Albert bio je sproveden u improvizovani zatvor, pod ličnim nadzorom Ortege, Džeremaje i nekolicine libijskih vojnika. Ne samo da nije jaukao ili stenjao od batina, nego nije izustio ni reč niti im uputio pogled kada je prolazio pored svojih kolega. Samo je udaljeno crnilo horizonta bilo mračnije od njegovog krvavog pogleda ispod natečenih kapaka.

Eva se silno trudila da spasi život mladoj novinarki. Činilo se kako bi radije dala delić sopstvenog života za jedan jedini njen uzdah... Pa ipak, doktorki ništa drugo nije preostalo nego da Meganine ugašene oči zaklopi, a svoje suzne obriše i potom se udalji od prisutnih u potrazi za osamom.

U središtu nastalog vakuuma koji je zahvatio grupu zapulsirao je oštar bol koji se nije dao izlečiti. Najsnažnije ga je osetio Hal. Čak i kada su se svi naposletku odmakli od Engleskinje ne bi li joj telo moglo biti odneseno, on je ostao na kolenima pored nje i držao je za ruku. Maltene svaka od Halovih emocija koja je uspela da nikne u ovakvim sterilnim predelima prema Megan i njenoj humanosti kvasila je krvavu nevinost na napuklim, suvim i nemilosrdnim zemljanim usnama.

Jedini koji je iz daljine imao snage da posmatra to goruće i bolno središte u prostoru i vremenu bio je Akira. Njemu američki novinar ni izbliza nije značio toliko koliko Meganina smrt i Hinatin duh u neposrednoj blizini koji ga je netremice gledao. „Albert je darivao dušu pravom gospodaru ovih predela”, razmišljao je, „ali ona sama neće biti dovoljna”.

— Hal bi trebalo da se pomiri sa Meganinom sudbinom... — nesvesno je Akira izgovorio misao naglas. — Ista nas sve očekuje.

Na sreću ili žalost, niko od ostalih ga nije čuo usled obuzetosti onim što se desilo.

* * *

Sem Paole koja je donekle bila spremna da poveruje u ono što je Albert kasnije ispričao, nijedan od članova ekspedicije nije želeo da prida nimalo značaja snimateljevoj ispovesti. Možda bi se Italijanki, uprkos bolnom gubitku i ljutnji pridružio i Hal, da ubica već davno nije ispoljavao takav neuviđavni stav i kvaziludilo. A u njima je američki novinar mogao prepoznati opomenu i samog sebe u budućnosti, ukoliko bude izgubio bitku sa sopstvenim iluzijama. Nekada se može i poverovati u sulude priče ljudi, ali ako su one usko povezane sa gotovo ispražnjenom pljoskom u džepu i pištoljem kao kod Alberta, tu bi svakoj verodostojnosti bio kraj. Hal nije pio niti je bio naoružan, ali takođe nije imao nikakav opipljivi niti racionalni dokaz za fantazme koje su ga s vremena na vreme progonile. Možda ga one nisu primoravale da ubija druge, ali nije mogao poreći kako je osetio da se nakon Meganine smrti našao na strmoglavoj stazi autodestrukcije.

Da za Alberta odatle više nije bilo povratka, ako ga je uopšte ikad i bilo, postalo mu je jasno onog časa kada nije uspeo da zaštiti svoju sunarodnicu od inkarnacije njihovih užasa. Tako im se podmuklo javila, da je jedva uspeo da prepozna stravičnu opasnost koja ih je oboje vrebala. Bio je to prvi put da se susreo sa svojom opsesijom i izgubio. Da li je ishod mogao biti drugačiji i da li je porazom potpisao sebi smrtnu presudu, bilo je sve o čemu je razmišljao dok ga je Ortega šutirao, a novinari potom posmatrali sa gađenjem.

Naime, krenulo je sa osećajem jeze. Nalik parazitu koji se lagano obmotava duž pršljenova, da bi iznenada svom snagom zagrizao po kičmenoj moždini. Činilo se da ga je i Megan postala svesna kada je zastala sa raspravom i osvrnula se sumnjičavo oko sebe nekoliko puta. Najednom se uspaničila i neprestano pokazivala na poluraskomadane leševe koji su se pridizali iz zemlje pod njihovim stopama. Mislio je da doživljava nervni slom, ali je u tom momentu i on spoznao mentalni teror čija je snaga mogla da smrvi svačiji um. Ruke kojima je njegova sunarodnica u strahu pokrivala lice, odjedared su mu otkrile lik sopstvenog oca, tačno onakvog kakvog ga je kamera i snimila tokom stradanja u Jordanu.

Iskasapljenih očiju i dobrim delom iščupanog ždrela, odakle je presečeni dušnik virio napolje i štrcao neravnomerne mlazeve krvi, otac je zauzeo osuđivački, a donekle i preteći stav prema njemu. Nije ni morao da govori kako bi Albert, u svoj svojoj preneraženosti onim što vidi shvatio da ga je povredio time što je dopustio da toliko vremena prođe a da ga ne osveti. Potom ga je dograbio za kragnu i očajnički ga zagrlio, ne bi li mu tik uz vrat zahroptao da mu pomogne i oslobodi ga bolova, od robovanja smrti u bezvremenim katakombama pakla.

U uznemirujuće bezizlaznoj situaciji, preplavljenoj očajem i trunkom nade za iskupljenje, Albert je izvukao pištolj i prislonio ga ocu na trbuh. Snažno stezanje ramena doživeo je kao oproštaj, a očajničko grebanje po leđima kao zahvalnost jednog mučenika na konačnom okončanju beskrajne agonije. Pa ipak, prevrtljiva po prirodi, ta agonija uvek bi tragala za najbližim skrovištem u koje će se sakriti i nadati da je smrt neće pronaći.

Kada je Albert ispalio nekoliko hitaca i odlučio da beživotno telo položi na zemlju, dočekao ga je prizor Megan, preplavljene sopstvenom krvlju. Kako joj je potiljak dotakao zemlju, tako joj je glava skliznula u stranu. Otvorene oči zaustavile su joj se na prizoru kojeg se više nikada neće sećati, za razliku od Alberta koji je time što je ispratio njen pogled otvorio vrata svoje duše i poželeo dobrodošlicu očevoj agoniji.

Tačno na kraju uzanog sokaka i nadomak kasarne, ispresecane snopovima baterijskih lampi uzbunjenih libijskih vojnika, humanoidna senka stajala je postojano, kao nemi svedok onoga što se desilo. Kao rival koji bi se naslađivao pobedom. Kao ptica zloslutnica, lutkar... Kao usud.

Da li zbog te poražavajuće spoznaje ili one u kojoj su njegova misija, identitet i lični motiv sada visili o koncu, ali Albert je dosta toga izostavio prilikom ispitivanja. Mogao je i da ništa ne kaže. Uostalom, obučavan je za takve situacije. Ali kada apatijom zahvaćena svest izgubi kontrolu nad voljom, neke se misli oslobode mentalnih lanaca. Znajući dobro kako bi njegove reči mogle da se protumače, sve što im je naposletku rekao jeste da ih je užasavajuće prisustvo onostranog obuzelo i sludelo, a da je njega primoralo da puca u Megan.

Prisutnim novinarima i legionarima nije bilo teško da od te izjave naprave paralelu sa Abdulovom navodnom utvarom koja je istrebila nomadsko pleme. Ali kao i u Halovom slučaju, kada čovek posvedoči hladnoći u ubičinim očima i ugleda leš bića koje se do maločas smejalo, govorilo i plakalo, tada sva njegova volja da iracionalno prihvati kao racionalno presahne poput barice na užarenom pesku.

Čim su novinari narednog jutra čuli da će Albert ipak nastaviti put sa njima, doduše u lisicama, salva nezadovoljstva izletela je poput raketa iz sovjetskih kaćuša. Da su se oni pitali, poslušali bi Gadafijev savet da ga ostave u nekom od libijskih zatvora, okrenu ključ i bace ga u pesak. Pa ipak, svestan činjenice da su svi oni pod specijalnom vrstom diplomatske zaštite u ovoj misiji, ali i toga kakav bi politički skandal nastao ukoliko bi „tog" engleskog državljanina gonio libijski pravosudni sistem, Hanibalova odluka postala je teža od vojničke dužnosti. „Tako je naloženo sa samog vrha", obrazložio im je kapetan kratko i uzdržano, uprkos tome što bi najviše voleo da mu lično presudi.

Kod njega su detaljnim pretresom pronađeni maleni diktafon i legitimacija agenta službe MI6[21], pri čemu se ustanovilo da je Albert Grin zapravo alijas Bredlija Stounsa. Ako je Hanibalovo nezadovoljstvo potpalila jasna direktiva Komande da su odgovorni za svaku osobu tokom ove ekspedicije i njen povratak, a smrt mlade novinarke i nemogućnost transporta njenog tela rasplamsala to isto nezadovoljstvo u bes, onda je razotkrivanje zvučnih snimaka i obelodanjivanje tajnog agenta u svojim redovima, kao i njegovo neprijavljivanje od strane vojnog vrha predstavljalo kerozin za oganj razjarenosti prema nadređenima. Sećanje na stravičnu noć i intervenciju u Čadu 1969. godine ustalo je neupokojeno iz peska da ga progoni. Ponovo...

Malo dalje od nezadovoljnih novinara, gordih legionara, obazrivih libijskih vojnika i predstavnika, u staroj pritvornoj baraci nalazili su se Ortega i Albert. U nekim drugim situacijama atmosfera bi podsećala na čekanje za izvršenje smrtne presude. Jedino pitanje koje bi preostalo bilo bi da li je legionar tu da mu sasluša grehe ili presudi zbog istih?

— Kojeg god boga da nosiš u srcu, pomoli mu se dok si još pri svesti... — upozorio je zavezanog Engleza. Češkao je nos nožem i posmatrao kroz prozor Kapetana kako raspravlja o nekim stvarima sa novinarima i libijskim vojnicima. — Pomoli se da te ili Kanibal ne pojede ili ovi Gadafijevi garavci.

— Kanibal? — upitao ga je Englez, ni ne pridigavši pogled s poda.

Jedva da je i odmorio od utvarnih misli koje su mu od ždranja duše ostavile oglodane ostatke savesti. Jedva da je i imao vremena da razmišlja o islamskoj kletvi koju mu je u gluvo doba uputio Gadafi kao adekvatnu zamenu što je iz političkih razloga morao da mu poštedi život. „Kazna će ti biti — Džehenem, u kojem ćeš večno ostati; Alah će na tebe bes stuštiti, prokleće te i patnju ti veliku pripremiti!"

---

21 „Služba za tajnu obaveštajnu delatnost" Ujedinjenog Kraljevstva, zadužena je za špijunske aktivnosti u inostranstvu, kao i tajno prikupljanje i analizu podataka dobijenih od obaveštajnih izvora.

— Hanibal — Kanibal — izjavi lenjo Ortega i štrcnu pljuvačku na pod. Potom se pridigao i krenuo lagano da obilazi oko pritvorenika. — Čudi me da nisi upoznat sa „Crvenim oktobrom", Bredli, kada su '69. odredi Legije poslati u savane Čada ne bi li pomogli u gušenju pobune protiv Tombalbajea — dodao je i pomazio ga nožem po ramenu. — Te jeseni francuski izviđački avion je primetio malu grupu pobunjenika FROLINAT-a[22] u nedozvoljenom sektoru. Odred sa mladim Hanibalom na čelu brzo je okupljen i poslat da ih eliminiše. Trebalo je da to bude laka misija, znaš... — Ortega je napravio kratku pauzu kako bi mu obuhvatio vrat i snizio ton. — Ali ispostavilo se da su ti pobunjenici bili samo delić čete od preko stotinu vojnika. Lovci su postali plen. Klopka...

— Da pogađam? — Albert je osmotrio legionara, pomalo se osetivši nelagodno u mreži teskobe koju mu je ovaj pleo svojom blizinom. — Pojeo je tu celu četu? — upitao je i probao da je pocepa ishitrenim cinizmom.

Ortega se blago osmehnuo na to i počešao vrhom noža po usni.

— Oh, ne... Ne, ne — reče ovaj. — Da li je to bila neka božanska zajebancija ili nadoknada za preživljene boleštije, probleme u nalaženju vode, logističke izazove i sumnjivu podršku lokalaca, ali odred se, iako okružen, nije predavao. Ukopani, sačuvali su položaje dok nije stiglo pojačanje. No cena je morala biti plaćena — reče i naglo podera prednji džep na Albertovoj košulji odakle je izvirila oznojena koža. Vrhom sečiva ju je zarezao i iscurelu krv nakupio na metalu koji je potom prineo svom jeziku. Činilo se da još uvek nije mogao da razume šta ima toliko slasno u njoj. — Kada su istrošili zalihe, bacili su se na glodare da se prehrane, ali njih nije bilo mnogo, kao što ničega i nema u ovim krajevima. Glad i vrućina morile su ih poput utvara. Okrenuli bi se oni neprijateljskim leševima da su im bar insekti i strvinari ostavili koji zalogaj. Čak i ako bi nabasali na neki neoglodani, granatom rasparčani ud, tada bi im se priviđala crna, poluizjedena i trula tela

---

22 *Front de Libération Nationale du Tchad* — „Nacionalni oslobodilački front Čada".

koja bi najednom oživela, ne bi li ih milosrdno ponudila sopstvenim skeletima. Zato su se, umno i telesno osakaćeni, okrenuli jedinom što im je preostalo... Sebi.

Krv je lagano klizila po Albertovim zasečenim grudima i postajala začinjenija znojem kože. Nalik kuvaru koji bi proveravao ukus svog jela, Ortega bi povremeno prinosio nož rani i potom je dozirano kušao. Ovog puta osećaju bljutavosti potkralo se i osećanje uzbuđenosti.

— Pogodi ko je jedini uspeo da se izvuče iz pustoši takvog pakla i dovuče se natrag kao obogaljeno pseto, noseći oko guše koščice svojih drugova umesto vojničkih pločica... — upitao ga je legionar. Koliko se odgovor na prvo pitanje naslućivao u napetoj tišini, toliko je odgovor na ono drugo ostajao sakriven u svoj svojoj prepredenosti. — I šta misliš, kako je reagovao taj mladi, daroviti vojnik koji je pre vremena pogledao ambisu u oči kada je čuo da se konflikt u Čadu završio i bez te njegove poslednje misije...

— Vi ste svi, jebeno, bolesni... — uzvrati mu ovaj i trgnu se dalje od noža koliko je mogao.

— Bolesti i ljudi su sami po sebi kanibalistički, Bredli, sine... Ako mi njih ne pojedemo, poješće oni nas. Kapetan je to kao jedini preživeli shvatio. No ne verujem da ćeš i ti, bar ne tokom ovog puta — izjavi legionar, zagledan u tamnu prazninu rane.

— Prikriveni ljudožder sa odbeglim psihijatrijskim slučajevima... To su ljudi koji su izabrani da nas vode do Auzua... — promumlao je Albert i okrenuo glavu u stranu kako bi izmakao pogledu sociopate.

To je istog časa raždestilo legionara, te mu je ovaj hitro zapušio usta i prislonio oštricu uz grlo. Bes koji je obuzdavao nije mogao da se otme žeđi prema kušanoj krvi. Nova rana otvorila se pokraj Adamove jabučice. Uprkos napetim venama, Ortegino lice bilo je smireno. Činilo se da prolazi kroz magnovenje u kojem je nazirao nečiju sudbinu.

— Do Auzua... — ponovio je Ortega naposletku i pre nego što ga je ostavio samog sa mislima dodao: — ...ali ne i natrag.

Nakon još jedne mučne noći i dočeka krvave zore, koja im je za ostatak dana najavila jak talas vrućine, ekspedicija se nevoljno i u tišini spremala za nastavak i poslednju etapu puta dugačkog oko petsto pedeset kilometara, naniže prema pustinjskom grotlu i samoj izbočini Libije.

Nezahvalna sudbina mesta zločina htela je da se ono nalazi između i daleko ispod dveju zanemarljivih oaza, međusobno udaljenih i povezanih kakvim-takvim putem: Ma'tan as Sare i El Avajnata. Ova prva, nakon pređenih trista petnaest kilometara ka jugozapadu, bila bi im poslednja kontrolna tačka pred ostatak puta ka jugoistoku. Da stvar bude još teža po putnike, nekada marginalizovane oazice zbog rata sa Čadom prerasle su u stalne libijske vojne baze. Prva je bila zadužena da čuva granicu i presreće upade neprijateljskih gerilskih snaga, dok je druga pretvorena u pravu motrilju, kao mera predostrožnosti prema susedu Egiptu, odnosno Sudanu, sa kojima je Gadafi tokom sedamdesetih bio u kraćim ratnim sukobima.

Bilo kako bilo, ekspedicija je imala najviše četiri dana na raspolaganju za obilazak zlosretne lokacije i povratak u El-Džaf. Povećane tenzije na Pojasu, glasine o međusobnom ujedinjavanju fragmentiranih čadskih pobunjeničkih formacija i napregnutost libijskih vojnih snaga zahtevale su veliki oprez države. Iz tog, ali i političkog razloga, a samim tim i da bi se pokazalo svetu kako Libija ne vrši pritisak na svetske novinare, nijedan pripadnik libijske vojske neće pratiti njihovu kolonu vozila. Pa ipak, u slučaju da se garantovani bezbednosni rok prekorači i nešto pođe po zlu, grupa novinara i legionara će biti prepuštena samoj sebi.

Naposletku, možda najstrašnije upozorenje koje su dobili bilo je o sasvim sigurnoj i velikoj peščanoj oluji, koja bi mogla da ih sustigne i pre isteka samog roka. Kada im se Pukovnik pred polazak obratio, osetili su kako je ipak postojalo još nešto u toj opomeni i pozivu na obazrivost. Nešto enigmatičnije i zloslutnije.

— Iako je Auzu trenutno pod našom kontrolom, budite pažljivi i otvorite četvore oči... — savetovao ih je libijski vođa, prostrelivši pogledom vezanog Alberta: — Ko zna kakvi sve šejtani uspevaju da izmaknu našim stražama... I našim mislima.

— Hvala Vam, gospodine — uzvrati mu Hanibal profesionalno u ime grupe. Nakon upućenog nemog pozdrava humci gde su sahranili mladu Megan, dodao je tiho na arapskom kako bi samo Gadafi mogao da ga čuje: — Ukoliko nas učine pustinjskim duhovima, ubice neće sakriti ni zrno peska od našeg besa.

Gadafi je razumeo skrivenu poruku, ali nije želeo da je ohrabruje, iz samo njemu poznatog razloga. Stoga mu je položio ruku na rame i uzvratio istim tonom, takođe na arapskom:

— Ne, stari znanče. Neka vam pustinja nikada ne prekrije grobove laganije od peska. Alah, Gospodar svetova, pobrinuće se za njih i utoliće žeđ ove zemlje.

Pružene islamske molitve i blagoslovi ekspediciji od strane libijskog vođe dobili bi više na značaju da on u svojim očima nije zadržao onu istu mističnost od prošle noći. Iako se iskreno postarao da im vozila budu u tehnički ispravnom stanju i snabde ih vodom i hranom, potišteni novinari se nisu mogli oteti utisku da o nečemu duboko razmišlja. Brine.

Negde pred kraj njegovog pozdravljanja sa grupom, dok je grlio mališana Abdula i uveravao ga da će sve biti u redu, David je na drugoj strani pokušavao fotoaparatom da ovekoveči taj emotivni momenat. No koliko god se trudio da ponovi snimak, sve više je uviđao da će razvijene slike izgledati zamazano. Prljavo. Bilo mu je odista žao što će pri povratku u Jugoslaviju svom ocu vratiti aparat pokvaren i neupotrebljiv...

Svih pet džipova je zabrundalo i pod kovitlacima prašine započelo spuštanje ka saharskom ponoru.

Vreme je bilo sasvim vedro i bez daška vetra. Pojam o oblacima sada je delovao utopijski. Neko bi se prosto zapitao da li ovi predeli ikada dobiju makar kap kiše. Niko ne bi očekivao odgovor da ova peščana prostranstva vlažnost dobijaju pre iz čoveka nego iz atmosfere. No nije vlaga ta zbog čega ljudi zadrhte kada se zateknu u pustinji već vrućina. Sirova, nemilosrdna i apsolutna vrelina koja je pri tlu okrutna vladarka, a ne ponizna sluškinja jalove prirode. Da stvar bude još gora, šasija vozila je upijala njen narkotički dah i umarala putnike do te mere da nisu više imali želju ni da osmotre remek-dela mrtve prirode — okolne dine koje su sve više ličile na neme hodočasnike na svom sporom i poniznom putu ka konačnom ništavilu.

Tek kada i volja za razgovorom usahne zajedno sa znojem na koži, preostanu slani ostaci misli o tome koliko su ovi predeli zapravo odbačena, nerazvijena kopilad prirode, ogrezla u sopstvenoj samoći. Izolovana čak i od sebe samih. Tamo gde se nekada davno i moglo naći nešto od flore sada je sprženo, istrulelo i potonulo u mračne dubine zemlje, gde je potom poprimilo boju svog okruženja i sudbine. Neupokojeni biljni svet izbiće nekuda i nekada na površinu i biti proglašen crnim zlatom. Zavešće čoveka, učiniće ga slugom i sa njim sprovesti osvetu nad Majkom koja ga je napustila.

Iako je fauna pronašla načine da se izbori sa surovošću pustinje, to se ne može reći i za njen karakter. Ono malo bića što je odbilo da preda svoje živote tumaralo je noću, a skrivalo se danju, rugajući se dvoličnoj ambijentalnoj vajarki sopstvenom dvoličnošću. Od insekata i gmizavaca, preko zglavkara do sisara. Većina je razvila sposobnost mimikrije, dok je nedostatak u veličini kompenzovala ubojitom toksičnošću. Krupniji predatori nisu prezali ni od čega. Čak ni od sopstvene smrti...

Izdaleka, konvoj je ličio upravo na takvog nekog stvora. Čudovišnog crva koji je riljao drumsku zemlju i kovitlao prašinu za sobom, u potrazi za svojim konačnim prebivalištem i hranilištem. Zato i ne čudi što je Jugoslovene ceo taj doživljaj podsetio na „Šai-huluda", gigantsko pustinjsko i crvoliko biće sa pustinjske planete Arakis[23].

Mladi studenti vozili su se u džipu na čelu kolone, zajedno sa Paolom i Feliksom za volanom. Da su mogli da biraju, ne bi izabrali

---

23 Iz književnog serijala *Dina*, američkog pisca fantastike Frenka Herberta.

bolju saputnicu sa kojom bi mogli da prodiskutuju vezu između čudnovatog izgleda udolina u blizini mesta zločina i sazvežđa Bika. Mada ju je već to dovoljno zaintrigiralo da otvori tašnu i prelista mitološke knjige koje je ponela sa sobom, njihova naredna teorija o mogućim primordijalnim ulazima u podzemne pećine na mestima gde bi se nalazile i same zvezde na astronomskoj mapi, nagnala ju je da se još više udubi u odveć bojažljive misli.

Na drugoj strani, legionarski izviđač je osmatrao okolinu i lenjo pevušio *Kumbaja* pesmicu, koja se zbog brundanja po putu jedva čula sa Davidove kasete. Da su studenti i novinarka bili bar malo mlađi ili da su prihvatili bombone koje im je nudio, ne bi mu bilo tako dosadno dok oni baljezgaju.

U drugom vozilu, malo dalje od vodećeg, putovali su Sovjeti i Džeremaja Džouns. Uzalud su se Sergej i Ilja trudili da naprave kvalitetnu vojnu reportažu sa legionarskim inženjerom. Od tamnoputog diva pričljivija je bila jedino kamenčuga koju je tako bezobzirno pregazio da umalo nije zajaukala, a njih dvojica izleteli napolje kroz krov.

Nije bilo u pitanju to što su momci pripadali drugačijim ideološkim i političkim stavovima. Niti se radilo o njihovim profesijama i postavljanim pitanjima, kao ni o ličnoj dosadi. Odgovor se krio u monotonom pejzažu koji mu je pomagao da shvati kako su surovo detinjstvo i izolovanost u Legiji u njemu probudili ksenofoba. Iako je to zbog specifičnog karaktera službe u kojoj se nalazio izazivalo paradoks, ispostavilo se da mu je um stvorio emotivni izuzetak. Samo je svoje vojne kolege doživljavao kao nešto blisko rangu prijatelja, dok je svima ostalima pristup bio strogo zabranjen.

Nešto slično se moglo primetiti i kod Eve, u trećem i središnjem vozilu u konvoju. Izopštenica iz društva, poistovećivala se sa nihilističkim predelima po kojima je vozila, imajući u vidu svoju tragičnu prošlost. Kako i ne bi, kada su je i sami trbusi narandžastih dina ubedili da više ne dišu zajedno sa njom. Sve manje je verovala da će joj se na kraju ovog putovanja, a i puta kroz pakao naknadne morfijumske krize ukazati nova šansa... Namrštila se i jako zažmurila kako bi otklonila novu moguću seriju halucinacija. Zadovoljno je izdahnula. Kao i dine.

Saputnici doktorke bili su Akira i mali Abdul, koji je sedeo na zadnjem sedištu. Ovo je bio drugi put da se vraća na mesto stradanja njegove familije i drugi put da je osetio nesvakidašnju jezu koja ga je naterala da se zgrči i privije kolena uz grudi. Istog trena se prisetio Evinih brižnih reči kojima ga je ohrabrivala da joj se obrati svaki put kada bi ga nalet drhtavice uhvatio. No umesto nekog zrna utehe, sada su se na njenom odsutnom licu nalazile samo graške znoja od oplakivanja sopstvene nemoći. Utehe nije bilo ni na japančevom crtežu, ali jeste straha i užasa. Gledajući preko njegovih ramena, nazirao je sa zebnjom konture crne humanoidne senke koja je hodala prema zalazećem suncu. „Ili se kreće prema meni", upitao se dečak bojažljivo i blago se odmaknuo od novinara. Samo se jedanput ovaj okrenuo ka njemu i uputio mu hladan pogled iz svojih tamnih očnih ljuštura. „Gleda me iz sopstvene provalije", doživeo je dečak taj gest. I bio je u pravu.

Povremeni i uopšteni intervju o Legiji stranaca činio je četvrti džip u koloni pričljivijim od ostalih. Sa tim se, doduše, preterano ćutljivi Hal ne bi složio, ali prijalo mu je tako kako jeste. Razumeo je Brajana što je tražio svaki povod da razgovara sa Hanibalom, pa čak i po cenu da dosađuje. Ne samo što se trudio da pričom zamaskira sopstvene brige o trudnoj Sari koju nije čuo vekovima, kao i potrebu da dobro „naplati" reportažu sa ovog kobnog puta, već je pazio da ne uznemiruje napuštene misli svog prijatelja. Svaki put kada bi Hal osetio Brajanov pogled na licu, nemo bi mu uzvratio jednom te istom porukom: „Rekao sam ti da je trebalo da ostanemo kod kuće".

Kuća... Da li je to mesto gde se rodiš, živiš, hraniš ili umreš, zapitao bi se Hanibal da je mogao nazreti nečujni razgovor između Amerikanaca. Obična osoba pronašla bi se u jednom od ponuđenih izbora, ali ne i Kapetan. On se nalazio u sva četiri. Rođen je na saharskom jugu Alžira, gde je i odrastao. Kada je za vreme rata za nezavisnost zemlje tragično ostao bez oca, francuskog kolonijalnog oficira i majke Alžirke, pristupio je Legiji kako bi mogao češće da provodi vreme među ostalima iz familije. Pa ipak, ratna dešavanja i pucanje kolonijalne mreže u Africi ostavili su duboke i bolne tragove na njega.

Ukus i miris najtraumatičnijeg i dalje je osećao na ogoljenoj duši, koju je pesak godinama strugao, sve dok od nje nije ostao izbrazdani goli kamen i u njemu fosilna uspomena na čoveka koji je nekada bio. Ostalo je još samo da se smrvi i da ga vetar odnese u predeo gde je nekada dobio život na dar.

Pustinja daje. Pustinja uzima. A da li nekad nešto i ispljune natrag?

Na zadnjem sedištu poslednjeg vozila u koloni kojim je upravljao Ortega vezani Albert se osećao kao da je na samom dnu ponora. Dobijeni zadatak od visoke važnosti, da se infiltrira među novinare i istraži glasine o postojanju nepoznatog entiteta u predelima Sahare, doživeo je fijasko. Čak i da izbegne smrt u pustinji od strane mračne prikaze, legionara ili žeđi, zatim zatvor u Libiji ili najozloglašeniju ludnicu u Engleskoj, Bedlam, znao je da će morati da beži od agenata Službe koji će ga progoniti dok je živ. Samoj državi neće biti teško da porekne bilo kakvu umešanost u događaje u afričkoj zemlji.

Postojao je samo jedan način da preživi i bude bitan za Službu, a ujedno bi zadovoljio i gangrenoznu potrebu za osvetom. Albert je zavrteo u glavi točak ludila i sačekao da se zaustavi na pravi ishod, onog časa kada budu stigli na konačno odredište.

Na drugoj strani Ortega se više bavio iritantnim i čudnim šumom na radiju. Zvuk bi čas oscilirao, čas primao nejasne frekvencije. Toga u ovim udaljenim i napuštenim krajevima ne bi trebalo da bude. Radijska mreža u Libiji još nije bila tako razvijena, a nalazili su se popriličnо daleko od važnih vojnih baza da bi mogao da prima distorzirane ljudske glasove. Kako je ta pojava pretila da komunikaciju sa ostalim džipovima ugrozi, legionar se potrudio da u toku vožnje otkrije šta se dešava sa radiom. Nije imao mnogo izbora. Ili će konačno poverovati da zaista može da čuje nepostojeće ljude koji žele da stupe u kontakt sa njim, ili će morati da prizna da mu je hitno potrebno psihijatrijsko lečenje. Treći i poslednji izbor nalagao mu je da ubije Alberta. Iz prostog hira što glasovi nisu pripadali njemu kako bi mogao da ih zaustavi rezanjem glasnih žica.

Tako su stvari stajale za osmoro novinara, petoro legionara, jednog stranog agenta i nomadskog dečaka u to kasno popodne. Sunce se još uvek držalo na nebu i bleštalo svom snagom kao i uvek u ovim predelima. No moć jedne zvezde ne može se meriti sa onom sudbinskom.

Noć je zavapila za aperitivom sumraka, kada se kolona počela približavati mestu zločina. Trebalo je samo zaobići nekoliko visokih dina sa njihove desne strane i konačno stići do zlosretnog cilja, ali... Redak momenat nepažnje i opuštanja, uobičajena varka nadomak svakog cilja, koštali su kolonu sopstvene glave i repa. Naredni niz scena odvijao se celih dvadeset sekundi.

Feliksa je bludno zamišljanje mladih novinara i insistiranje da se još jednom posluže slatkišima omelo u vožnji, pa nije primetio blagu izbočinu na stazi. Onog trenutka kada su je pregazili točkovima odjeknula je strahovita eksplozija i odbacila ih nekoliko metara uvis. Da stvar postane još gora po njih, od razorne siline se raspuklo tlo i napravilo poveću rupu u zemlji, koja ih je potom, obgrljene dimom, prašinom i parčadima kamenja, skupa progutala u svoj mračni, zjapeći ponor.

Mračan je bio i izraz lica zatečenog Džeremaje, pred kojim se apokaliptični prizor odvio. Krećući se velikom brzinom, proklizavao je desetak metara pre nego što je naglo zaokrenuo džip i izbegao obrušavanje okolnog tla. Pa ipak, koliko god bio vešt vozač, nije mogao da predvidi stenčugu koja se od potresa odlomila i izronila iz peska i naglo ih prikovala u mesto. Neposredno nakon zaustavljanja i uviđanja da automobil ne samo da nije mogao ni da mrdne, već ni da se ponovo upali, pogled mu je privukla nova jeziva scena koja se odigrala u parčetu ogledala od retrovizora. Plameni gejzir je eruptirao na samom kraju konvoja.

Kako je bilo nemoguće da produži napred usled odvaljene zemlje, niti da pođe natrag i sudari se sa Hanibalom, pri tom ne želeći da rizikuje da se zaglavi u dubokom pesku na bočnim stranama, Eva je u momentu ostala zbunjena. Danak je platila gubljenjem kontrole i prevrtanjem automobila. Pod adrenalinskim šokom, lelujavog pogleda posmatrala je tamnoputog legionara kako sa puškom u rukama žustro pokazuje da se napuste gađana vozila i tera Sovjete da se sakriju iza džipa. Jedan od njih visio je krvav i na izmaku života kroz otvorena vrata. Iz halucinogenog stanja i osećaja da je sve ovo samo živopisni košmar i posledica njenog iznurivanja preneli su je praskavi rikošeti po oplati. Uverivši se da su joj saputnici još uvek nepovređeni, dreknula je ka Abdulu da legne i svojim telom hitro zaštitila Akiru. Staklena srča i rafali uzeli su kraći predah, a doktorka je to iskoristila da izda naredbu o napuštanju vozila.

Kapetana Hanibala napad nije uhvatio nespremnog. Imao je dovoljno vremena da osmotri šta se dešava i u kakvoj se situaciji grupa nalazi. Njegov džip nije pretrpeo značajniju štetu, s obzirom na to da su napadači koji su otvorili vatru sa vrhova dina imali jasnu taktiku u ovoj zasedi — nokautirati, a potom oboriti protivnika na zemlju. Brzo se dovezao do Eve i Džeremaje i zaustavio se između njih kako bi popunio „ciglu" u zidu od automobila, uzvraćajući napadačima rafalnom paljbom, ne bi li svojima dao vremena da se konsoliduju. Na njegovo iznenađenje, u pomoć mu je pritekao i Brajan sa svojim pištoljem.

Petnaestak metara dalje od njih plamen je zahvatio Ortegino vozilo i lagano ga oblizivao, poput zveri koja je mazohistički želela da se poigra sa sopstvenom gorućom gladi. Za takvu degustaciju plena sa ukusom nesmotrenosti postarao se precizni hitac rakete koja je doletela sa bočnih dina. Opsesija da je među izdvojenim šapatima na radiju čuo čadske pobunjenike, Hozea Ortegu umalo je učinila specijalitetom na žaru. Prolivene rezerve vode koje je prevozio sačuvale su mu glavu, što se ne bi moglo reći i za Engleza. Kada ga je legionar video kako zapaljen urla od bola brzo ga je izvukao napolje i tako poluizgorelog uvaljao u odveć usijani pesak. Kad čovek gori u Paklu, koga još briga za upaljenu kutiju šibica ispred lica?

Shvativši da je odsečen od matične grupe, Ortega se pritajio nešto dalje od buktinje i predao život sudbini. Istoj onoj koju bi, da je bio pri sebi, Albert proklinjao do samih sprženih kostiju koje su mu virile sa leđa. No tek će je proklinjati, čak i dok mu istopljeno meso sa vilice i lica bude otpadalo. Deo po deo.

Odred od trideset naoružanih napadača bio je veoma obodren uspešnom sačekušom. Toliko da su se pobole i širom razvile zastave Čada. Dvadesetorica najzagriženijih odlučili su se za juriš i stuštili po obroncima dine kako bi dokrajčili protivnike. Ali pojam sreće je varljiv u pustinji. Pogotovo kada se sa druge strane nalaze ljudi kojima vreme za umiranje još nije došlo.

Ono što nijedna živa duša zatečena u ovoj nedođiji nije znala jeste da je po sve njih dolazilo nešto drugo. I nije marilo za vreme.

Ta dva minuta, koliko su čadski pobunjenici proveli u bučnom slavlju i naredna dva u savladavanju peščanih nanosa, četvoro legionara iskoristilo je da im priredi pakleni doček. Eva je brzo, koliko je mogla, izvršila trijažu i zbrinula povređene novinare. Uz njihovu pomoć napravila je improvizovane barikade od nekoliko stvari koje su vozili sa sobom. Džeremaja je pripremio tromblonske mine i podelio šok bombe. Naposletku, za sopstveni gušt, podno džipa montirao je mitraljez opšte namene. Utvrdivši da je sve spremno, Hanibal je izdao instrukcije oko plana odbrane, naglasivši da sačekaju njegov znak kada će svi otvoriti vatru na napadače. Od naoružanih novinara jedino su Brajan i Sergej preostali, pri čemu se ovaj drugi jedva borio sa sopstvenim pomračenjem uma. Izvesna nada da će mu Eva spasiti Ilju topila se zajedno sa suncem na usijanom i uljanom horizontu. „Iljuha, Iljuha...” Sergejevi vapaji za bratom dodatno su ulivali jezu u kosti.

Pobunjenici su prišli na trideset metara, kada se Hanibalova ruka prvi put spustila. Puške su zagrmele i ispalile ka njima eksplozivna punjenja. Peščani gejzeri su suknuli naviše i porazbacali u krvavim, mesnatim komadima najdalju petoricu. Većina je pala ničice i odgovorila žestokom paljbom po limariji vozila, dok je mala, tročlana grupa pojurila u stranu, u nameri da zaobiđe barikadu i priđe im s boka. Mogao je to da bude fatalan previd za legionare, ali je ipak rikošetirao prema napadačima. Okrenuli su leđa pritajenom Ortegi koji se pridigao iz peska i zapucao ka njima, obznanivši tako kolegama svoje prisustvo. Pa ipak, to ga je stajalo ranjavanja kada je jedan od protivnika u padu mahinalno ispalio rafal u njegovom pravcu. Ne časeći ni časa, Hanibal je nanovo spustio ruku, a preko nje su poletele tri šok bombe. Glasni praskovi, praćeni zaslepljujućim blicevima dezorijentisali su preostale Čađane koji su odmah nakon toga pokošeni od strane smrtonosne Džeremajine mitraljeske vatre.

Eho borbe je protutnjao pustinjom i za sobom ostavio avetnu tišinu, krvave i poluizgorele, nepomične leševe. Drečavocrveno sunce na izdisaju postaralo se da miris smrti ostane u strepnjama svih. Čadski pobunjenici na vrhu dine su se malo povukli i primirili, ali ne i otišli. Činilo se da su zaraćene grupe, poput dva ovna na brvnu, odlučile ili da predahnu ili da uhvate suprotnu stranu sa spuštenim gardom...

Osoba nenaviknuta na ove krajeve izgubila bi pojam o vremenu, pogotovo o vrednosti minuta ili sata. Ovde su skeleti godina, decenija i vekova ostajali zarobljeni i nikada ne bi bili pronađeni. Da li se zbog toga iskonska žeđ pustinje probudila kada je sveža krv zakapala po njenim usnama? Ili je svoj ubilački jezik isplazila tokom masakriranja nomada u gluvoj noći? Da li je, zapravo, tama ona koja budi svoje dresirane sluge, užase van svakog ljudskog poimanja kako bi nahranila trbuh Sahare?

Džeremaja je te noći čuvao stražu i osmatrao poziciju čadskih pobunjenika kroz dvogled. Iako udaljeni i ulogoreni, mogli su se videti zahvaljujući bledoj mesečini na nebu. Sve je delovalo mirno i tiho, kao da se nikada na ovom mestu nije odvijala borba na život i smrt. Usamljen u mislima, u takvom ambijentu, podigao je malo pogled ka nebeskom telu i nanovo proklinjao dan kada ga je prvi put ugledao. Za njega, ono je predstavljalo napunjeni kanister bola, trauma i sirovog besa.

— Zašto si tako beo, kao mesečina, Džounsi — začuo je jasno kao dan glasove komšijske dece koja su ga omaložavala na račun njegove izrazito tamne puti. — Opa! Evo ga, ide pun mesec — nastavilo je da odjekuje dečje šikaniranje, pa zatim sećanje kako su ga skinuli golog u školi i pustili da se takav vraća kući. — Hej, narode! Pomračenje meseca! Ha, ha, ha! — iskrslo je potom podrugljivo dobacivanje. Isto ono kada su mu na rođendanu stariji dečaci tresnuli belu tortu na glavu i šibali ga prutovima po zadnjici.

Krckanje dvogleda, koji samo što nije pukao, prenulo ga je iz transa. Shvatio je da zamalo nije slomio instrument i sopstvene vilične kosti, ali i dušu i um. Koliko god puta zažmurio, nije mogao da odagna sablasnu scenu ispred sebe: grupa dečaka iz prošlosti držala ga je zarobljenog u pesku i mučila. Pridigao se iz peska i zaobišao barikadu, nastavljajući da gleda ispred sebe kroz dvogled. Srce mu je grmelo u plotunima, baš kao i onog dana na polju kada su meštani i policija jurili da ga uhvate, nakon što je iste ove momke rasporio u svojoj šupi. Puška ga je žarila na grudima. Ubadala ga je u meso i terala da otvori vatru ka njima, ali...

Brzinom treptaja prikaze su nestale. Iza njih ostalo je da stoji jedino sablasno, crno biće. Nije mogao da odgonetne da li je posmatralo njega ili čadske pobunjenike nedaleko od te pozicije. Nagli odblesci, a zatim i kotrljajući zvuci rafalnog pucanja preusmerili su svu njegovu pažnju u tom pravcu, na vrh dine.

Verujući da su pobunjenici otpočeli novi napad, svi pored legionara su se usplahireno probudili i zauzeli položaje. Brajan je hitro gurnuo kameru u ruke iscrpljenom Halu i sugerisao mu da počne sa snimanjem. Uprkos silnoj napetosti koja se mogla osetiti u vazduhu, Džeremaja je ostao nepomičan i nastavio da posmatra.

Senovito obličje, ili je bar tako doživeo crnu mrlju ispred eksplozija bombi, hvatalo je Čađane jednog po jednog i komadalo nalik mašini za preradu mesa. Oni što su bežeći u pravcu legionara pogrešno verovali da će biti spaseni, otkrili su samo da se od bolne i mučne smrti ne može pobeći. Kapetan je odlučio da još jednom žedno peščano tlo natopi krvlju. Pripucali su ka protivnicima i izbušili im tela kratkom, kontrolisanom paljbom.

Niko među novinarima nije mogao da pretpostavi da je telo čoveka u stanju da iz svojih arterija po nekoliko sati isprskava krv. Akira je taj događaj odmah opisao u svom dnevniku: *Kao da je svako od tih telesina sada predstavljalo malu morbidnu oazu za one koji tumaraju ovim predelima. Pojilišta su bila otvorena... Posmatrajući svoje uplašene saputnike, shvatio sam da će ih još nići.*

Ambis

Nekoliko sati ranije,
Auzu pojas

Sveopšti šok zbog iznenadne i silovite eksplozije protivtenkovske mine na koju je naleteo vodeći džip mogao se jedino meriti sa stravičnom spoznajom da su propali u samo srce tame. Doduše, ona je stigla tek nakon izvesnog vremena provedenog u mračnom, hladnom i polupanom džipu.

Denis je bio prvi koji je došao svesti, izgubivši bar pola sata u polusnenom razmišljanju o tome da li je sva ova pomrčina deo nekog sna ili života posle smrti. Iznenadni jaki bolovi u leđima i grudima podsetili su ga na nesreću i propadanje kroz zemljano grotlo, dok ga je strah od tmine, hladnoće i zgurenosti opomenuo da se nalazi u velikoj opasnosti. Pipanjem oko sebe i slabim osvetljavanjem prostora uz pomoć upaljača otkrio je da su mu saputnici tu, ali u nesvesti.

Dozivanje i drmusanje uspelo je da povrati jedino Paolu koja je imala blagi potres mozga i razbijenu arkadu.

— Šta... Šta se desilo? Gde smo...? — zastenjala je Italijanka.

— Ne znam, ali bojim se da smo upali u nekakvu jamu — odgovorio joj je Denis, potrudivši se da joj obuzda napad panike kada su se i njoj vratile živopisne scene sunovrata. Posebno je primetio, ali ne i razumeo, njeno držanje za stomak, s obzirom da nije imala vidljivu povredu u tom predelu.

— Je l' te mnogo boli? — upitao ju je i pružio ruku ka njoj.

— Ne, ne... U redu je... Hvala ti — odgovorila mu je, sakrivši bojazan da je pad mogao da utiče na njenu trudnoću. — Jedva vidim... Sve je mračno i hladno... — progovorila je drhtavim glasom, da bi potom probala da dozove i ostale: — Felikse? Davide? Momci, molim vas...

— Deluju mi gadno povređeni, ali su obojica u nesvesti. Ne znam koliko će mi plin u upaljaču još potrajati. Moramo da... — zastao je Denis baš u trenutku kad je ugledao tračak nade. — Mislim da sam video neko svetlo spolja. Probajmo da izađemo odavde.

Migoljeći se i provlačeći jedan preko drugog, pažljivo manevrišući preko gomile stvari i krhotina, uprkos zamandaljenim vratima uspeli su da se izvuku napolje kroz prozore, koji su ponudili spasonosno alternativno rešenje. Tek kada su se privikli na polutamu i udaljili malo u potrazi za slabim izvorom svetlosti, okrenuli su se prema svom nekadašnjem kavezu. Nalik nasukanom moržu, džip se nalazio uklešten među stalagmitima. Nekoliko njih je uspelo da probije metalnu šasiju na raznim mestima.

— Oh, gospode... — otelo se mladoj Paoli koja je rukom prigušila šok.

— Preti da postane još gore... — reče joj Denis i okrenu je u smeru tragova automobilskog krša na zemlji iza njih, a potom i zraka sa tavanice.

Približno četrdeset strmoglavih metara uvis nazirao se široki ovalni otvor. Žutilo neba postepeno je popuštalo u korist modrog i ljubičastog. Tanano zrnevlje peska koje je svetlucavo provejavalo do njih odatle stvaralo je idiličnu sliku magičnog, netaknutog raja. Pa ipak, novinari su znali za bolje. Bila je to maska koju je kavez podzemlja navukao na lice, ne bi li sakrio podmukle namere prema plenu.

— Čuje se nekakvo puškaranje odozgo... — izjavila je Paola bojažljivo i utihnula kako bi bolje čula.

— Verovatno smo upali u zasedu — odgovorio joj je Denis i kako bi odagnao obostranu zabrinutost, skrenuo joj je pažnju na bitnije stvari: — Pređimo mostove kada budemo stigli do njih. Izvucimo Davida i Feliksa, pa ćemo videti šta dalje.

Tako je i bilo. Uz određene poteškoće da priđu džipu, pažljivog pomeranja onesvešćenih i njihovog zbrinjavanja, te i istovarivanja putnih stvari i zaliha, uspeli su pre nego što je konačno pao mrak da se pozicioniraju podno visoke pukotine. Improvizovani logor osvetljavao je vojni gorionik, čija je plinska boca nekim čudom prošla sa manjim oštećenjima. Takav dozirani plamen mogao je da posluži za pripremanje hrane, ali ne i grejanje, s obzirom na to da su unutrašnjosti pećina, pa i same noći u pustinji strahovito hladne. Stoga su se naobukli koliko su mogli i odlučili da se pre spavanja upoznaju sa nepoznatim ambijentom. U tome su im pomogle baterijske lampe za koje su verovali da će ih moći ponovo napuniti ukoliko akumulator džipa nije mnogo oštećen. Kako se Denis u automobile nije preterano razumeo, odlučio je da sačeka Feliksa da se probudi.

— Da nisam slučajno nailazila na podzemne pećine tokom svojih istraživanja, verovala bih da je cela Sahara do središta Zemlje ispunjena peskom... — reče Paola tiho, prateći Denisa u mapiranju područja.

— Siguran sam da postoje takve planete, ali ova naša nije jedna od njih — odgovori joj Denis sa blagim osmehom. — Nekada davno, u Zemljinoj evoluciji, celo ovo područje bilo je prekriveno vodom. Šta se desilo u međuvremenu još uvek se nagađa. Nešto od vode je isparilo, dok je ostatak upilo tlo. Geomorfološkim i hidrološkim procesima voda je rovala sebi put, a ovo što vidimo oko sebe jesu samo tragovi njenog bekstva ili lutanja — potrudio se laički da joj objasni.

— Dakle, nešto nalik peščanom satu? — upitala ga je, što je on potvrdio klimnuvši glavom.

— Ne bi me iznenadilo da pronađemo neke podzemne bazene i reke. To bi nam dosta značilo — reče Jugosloven.

— Ili čudovišta... — uzvratila mu je Paola, uhvativši se za medaljon oko vrata. Nakon Denisovog upitnog pogleda, nevoljno mu je dopunila priču iz Avdžile, onu koja se ticala njenih sablasnih otkrića na tim istim mestima. Naposletku, podsetila ga je i na potresno svedočanstvo malenog Abdula. — Nalazimo se vrlo blizu mesta zločina. Nadajmo se da nismo upali u dom onoga koji je za njega i odgovoran — dovrši Italijanka.

Po prirodi skeptik, Denis nije želeo ni da opovrgne njeno tumačenje, niti da ga usvoji bez valjanih dokaza. Takođe, nije želeo ni da joj pokaže da li se dvoumi ili pribojava. Uostalom, i sam je još uvek razmišljao da li je sličnost između izgleda udolina sa sazvežđem Bika bila puka koincidencija. Stoga se odlučio za ono najosnovnije i najbitnije — uzeo ju je za ruku i nastavio pažljivo sa istraživanjem pećinske dvorane.

Dok je na Denisa ona ostavljala utisak poprilično prostrane i prastare šupljine u zemljinoj kori, Paola je od nje doživljavala zastrašujuću dozu teskobe, ali i sakralnog. Kao da se sama priroda postarala da od ovakvog jednog mesta napravi sopstveni obredni hram. „Možda se samo um poigrava sa mnom", brinula je. „Svako vidi ono što podsvesno želi da vidi."

Nepravilnog, mehurastog obličja, nazubljena mnogim stalaktitima i stalagmitima, nalik čeljustima zveri koja je davno izumrla i skamenila se, ispunjavala je vazduh teškim mirisom dubokog podzemlja. Na njihovu sreću, prilikom nesmotrenog paljenja vatre metana nije bilo ni u tragovima. Na njihovu nesreću, na samom kraju obilaska činilo se da pećina ne nudi nijednu mogućnost bekstva. Konačnu potvrdu te bojazni zapečatio je pravi pravcati ponor bez vidljivog dna, koji je širinom zahvatao celu jednu trećinu ovog prostora. Oštrog nagiba, maltene pod uglom od devedeset stepeni, stvorio bi jezu čak i iskusnim alpinistima. Denis je pridigao kamenčić sa poda i bacio ga u nepreglednu tamu, očekujući bilo kakav eho udarca, ali... Nije ga bilo. Vladavina sablasne tišine bila je neprikosnovena.

— Evo kuda je otišla sva nekadašnja voda... — prokomentarisala je Paola tiho.

— Hajdemo natrag — odgovori joj Denis zabrinuto. — Sačekaćemo zoru i pomoć od naših...

— Ukoliko su još uvek u životu... — strepela je Paola pošto se oružja već duže vreme nisu oglašavala.

Ta slutnja načas se prekinula tokom noći, kada su ih izbudili potmuli zvuci iznenadnog, silovitog puškaranja. Zahvalni što im je košmare odagnala nada za izbavljenjem, jer zvuk pucnjave je ujedno i znak prisustva njihovih prijatelja, Paola i Denis su poskočili na noge i zapiljili se ka crnom nebu, prošaranom zvezdama. Očekivali su svakog časa da će ugledati tamne obrise svojih prijatelja i čuti reči utehe da ne bi trebalo da brinu. Toliko su im ubrzano srca lupala, a zenice lutale, da su tu i tamo mogli uočiti fantomske siluete kako se približavaju otvoru. Tada bi iz petnih žila zavapili u pomoć i pustili da se povici odbiju od stena i polete prema površini što dalje mogu. No sve što su postigli jeste da im se glasovi sudare u zajedničkom očaju i rikošetiraju natrag do njihovih iscrpljenih grla. Jer, da je i postojalo nešto nade, ovi krajevi ne bi izgledali tako samotni i odbačeni.

Stravični ljudski krici sledili su im i ono malo krvi u žilama, što sam pećinski ambijent nije uspeo. Vrisak za vriskom poprimao je obrise sadističkog klanja i mučenja u njihovim mislima. Nekad bi zbog distorziranog eha podsetio na dušu čije je telo bilo nasilno poderano, a sada izgnano na ogoljenu slobodu u potrazi za večnim počinkom. Podzemna dvorana, mračna, hladna i zaboravljena, pod milosrdnom maskom grobnice uhvatila bi je u klopku i priredila joj surovi doček.

Za zarobljene, košmari i strepnje mogli su da nastave svoj mentalni pir kada je sav zvučni užas uminuo. Za one na površini novi dan je doneo još muka i problema.

* * *

Kada se kapetan Hanibal, maltene usijan od vreline, vratio sa izviđanja terena i neprijateljskog prisustva, doneo je vesti da tela pobijenih Čađana na visoravni dine nije mogao da pronađe, ali jeste njihovu uništenu vojnu opremu i vozila. Koliko je ta informacija ulila uznemirenost u grupu, toliko je dolila i klimavi osećaj da je postalo bezbedno obići provaliju u koju je Feliks upao sa novinarima. Na drugoj strani, pristigli su i prvi izveštaji od Džeremaje i Eve.

— Okružio sam nas Klejmorkama[24]. Svaki skot koji bude prišao na šezdeset metara od nas biće rastavljen u komade — preneo mu je tamnoputi legionar.

— Odlično. Džipovi? — upitao ga je Hanibal.

— Svi su pregledani — izjavio je ovaj smrknuto. Nije bilo potrebe da krije ove informacije od ostalih, za razliku od priviđenja stvora koje je pobilo njihove protivnike. — Đubrad mi je dobro izrešetala rezervoar, hladnjak i motor. Ostao sam bez goriva, rashladne tečnosti i ulja. Mogao bih nekako da se pokrpim lešinareći od ostalih, ali sumnjam da će kola izdržati dug put. Vaše vozilo je dobro prošlo, ali ćemo morati da zamenimo gume na sva četiri točka i popraviti elektriku. Izvinite na izrazu, kapetane, ali sve ostalo je žešće razjebano i otišlo u kurac.

— Učini šta možeš, poručniče — potapšao ga je kapetan po leđima i preusmerio pažnju na Evu.

— Od uništenih vozila napravili smo improvizovani, relativno pristojan logor. Iskoristili smo jutarnju temperaturu da bismo prikupili sve što je preživelo od opreme. Imamo hrane za najviše tri dana, ali ćemo vodu morati, naglašavam, racionalno da trošimo, s obzirom na to da je Ortegino vozilo koje je prevozilo zalihe vode sasvim uništeno. Sam vezista je pogođen sa dva metka. Uspela sam oba da izvadim i previjem mu rane. Trenutno se oporavlja. Što se novinara tiče, mahom su se oporavili od teškog šoka, ali... Izgubila sam Ilju — izjavila je doktorka rezignirano i stisnula sopstvene šake, ne mareći što bi mogla da iščaši sopstvene zglobove. — Albert... — nastavila je sa knedlom u grlu, kada ju je Hanibalov potez prekinuo.

Prišao je do nje i uhvatio je za ramena, uputivši joj zaštitnički i ohrabrujući stav.

— Izgubili *smo*, Eva... Dala si sve od sebe, u uslovima u kojima je zastrašujuće teško spasiti živu glavu, a kamoli drugu dušu. Prestani da

______

24 Protivpešadijske mine sa usmerenim rasprskavajućim dejstvom.

kažnjavaš sebe zbog prošlosti. Je li to jasno? — upitao ju je, na šta mu je ona klimnula glavom, osetivši se nešto obodrenijom tim strujanjem energije, bar za trenutak. — Šta je sa tim skotom? — podsetio ju je gde je stala.

— Pravo je čudo kako je preživeo, ali mu ipak ne dajem velike šanse da će se izvući. Trudila sam se da mu onolike žive rane očistim od infekcije, no iskrena da budem, čini mi se da ne želi da mu se pruža ikakva pomoć — iznela je mišljenje, uz povremeno osmatranje engleskog agenta koji je ležao u hladu.

Nakon kraćeg vremena provedenog u razmišljanju, Hanibal je uzvratio:

— Hmm... Zalihe i medikamenti su nam preko potrebni. Izgubili smo Megan i Ilju, a tek treba da otpočnemo sa traganjem Feliksove grupe. Neću da zbog jednog čoveka ugrozim celu misiju. Pokušaj još jednom sa njim. Ukoliko i dalje bude odbijao, pusti ga neka crkne — poručio joj je i potom je zadužio da bude odgovorna za Ortegu, Akiru i Abdula, sa kojima će ostati u kampu. Nakon toga je podigao na noge Brajana, Hala i Sergeja i zatražio od njih da pođu do provalije zajedno sa njim i Džeremajom.

Ako su isprva mislili da od Meganinog ubistva na ovoj misiji neće uslediti ništa gore i mučnije, novinari su se grdno prevarili. Može se reći kako im je na najnegostoljubivijem i vrelinom opijajućem mestu uslediti životno otrežnjenje. Uostalom, takva je prevrtljiva ćud ovih predela. Taman kada čovek pomisli da će mu vetrom oduvana gomila peska ukazati na novi peščani sloj, predstavi mu se, zapravo, stenje o koje će, prevaren, tresnuti svom silinom. Svi razlozi, ideali i neistrošene zalihe entuzijazma zbog kojih su novinari pristali da krenu put Sahare, smrzli su se protekle noći, a isparili sa osvitom novog dana.

Za Sergeja, dužnost i patriotizam prema otadžbini ležale su u krvi i umotane u crnu vreću pokraj džipa. Smeo je da se zakune da je kroz suzama iskrivljeno Iljino lice na samrti ugledao njihovu braću negde daleko u Avganistanu.

Mada je nevoljno pristao na egzotičan put, a može se reći da je, isto tako nevoljno, bio zaveden mladalačkim snovima koje mu je Brajanova želja za avanturom i napredovanjem u karijeri probudila, Hal se od svih tih stvari oprostio još onda kada se „rukovao" sa hladnom i beživotnom Meganinom rukom. Da li je možda sa opraštanjem počelo još u Tripoliju kada je doživeo sablasno iskustvo — ni on sam nije više želeo da zna.

Na drugoj strani, njegov kolega i prijatelj iz detinjstva spoznao je surovost razočaranja u sopstvene snove tek nakon napada na konvoj. Utrnulost tokom pokušaja da snimi preživljeno nasilje i tragediju, kao i sastruganost glasnih žica tokom svedočenja na magnetofonu predstavile su mu sliku o samom sebi kao o zarđalom robotu, ispunjenom zrnevljem koje ne prašta. Nekadašnji, ničim zasluženi osećaj vođe novinarske grupe izgoreo je u vriscima Albertove buktinje. Ostavljen je da leži u prašini poput nesrećnog Ilje, čije su okrvavljene oči preklinjale za pomoć. I naposletku, proždrao ga je isti onaj bezdan koji je progutao Feliksovu grupu.

Nem kao grob u koji su ovi potonji upali, činilo se da ravnodušnost prema ovim dešavanjima kod Akire jedino može da se meri sa ravninom koja je vodila do mesta pogibije nomada. Telesno se nalazio tu sa njima, ali duh mu je šetao po usijanom zemljanom žutilu. „Jedino miraži mogu da ožive ono što je mrtvo", razgovarao je u mislima. „Ravan se talasa. Ono što je gore postane dole, a ono što je daleko primakne se, i obrnuto."

— Ono što je mrtvo — oživi — došapnula mu je Hinata kraj ramena i uhvatila ga nežno pod ruku. Zaštitivši vlastiti pogled od sunca, povela je japanskog novinara prema obližnjoj kupastoj dini sa koje su ih, poput statua od soli, posmatrali Ilja i Megan. — Pustinja uzima, ali i daje — reče setno i nasloni glavu na Akirino rame.

— Bićemo ponovo zajedno, ljubavi moja — odgovorio joj je, naslutivši u obliku te dine njihovu omiljenu planinu.

— Da, najmiliji — saglasila se s njim. — I mi, i oni.

— Akira!? — doviknula mu je iznenada Eva i trgnula ga za rukav. — Kuda si krenuo, jebote!? — upitala ga je prekorno.

„Kako vreme ovde brzo prolazi", pomislio je kada je razgledao oko sebe i shvatio da se udaljio tako daleko od kampa da mu je jedan korak falio da zagazi u Džeremajino minsko polje.

— Mi smo prah na vetru. Sudbina nas je dovela ovde s razlogom — uzvratio je doktorki nekako odsutno.

— Šta bulazniš!? Mogao si da nastradaš od mine! — brecnula mu se još jače i odgurnula ga žustro u stranu.

— Polako... Samo sam razgledao okolinu kako bih mogao bolje da je uslikam — odgovorio joj je staloženim glasom i prošao mirno pored nje.

Na časak se samo osvrnuo još jednom prema dini. Tamo je sada bila samo Hinata. Klečala je i propuštala pesak iz ruku, ne bi li se na povetarcu on razleteo oko nje.

„Pusti ga, neka crkne... Pusti ga, neka crkne..." Hanibalove zadnje reči korodirale su i pekle Alberta više od upaljene nafte koja mu je zahvatila celu gornju polovinu tela. Nepomičan, ali pri svesti, ležao je umotan u stotinu zavoja i razmišljao o proživljenom užasu. Telo čoveka bilo je premalo da za tako kratko vreme bude ispunjeno gnojem besa i prekriveno sprženim mesom osvete. Linija razdvajanja skoravljenog i lepljivog elementa tanjila se sve više. Radilo se o granici gde bol — telesni, umni ili duševni — prestaje da bude negativni nadražaj, već postaje gorivo.

Kažu da granice stvarnosti peščanog mora ne postoje. Čak i ako osoba nikada nije ni zakoračila u ovo prostranstvo, ne znači da tamo, na određeni način, nije i boravila. Duševne pustare u ljudima samo su izvitoperene ambasade ove sablasne ogoljenosti, relikvije i uspomene istorije, kada su čovek i priroda bili neraskidivo povezani.

Da li je Albert prešao tu granicu kada je začuo kapetanove reči, verovatno se nikad neće saznati. Niti da li je bol zaista prestao da bude neprijatno čulno ili emocionalno iskustvo. Jedini svedok zbivanja na toj „ničijoj zemlji" bila je bezlična i humanoidna silueta koja je presrela Albertov pogled u daljini. Za razliku od kobne noći u El-Džafu kada je izgledala kao oživljena sena, sada je na jakom suncu bila izuzetno transparentna, neznatno kriveći ambijent iza sebe. Albert nije mogao da pretpostavi da li ga je svojim nepomičnim prisustvom vrebala, izazivala ili analizirala. Ali da ga je opijala, nije bilo sumnje.

Nakon nekog vremena, perifernim vidom postao je svestan manje senke koja je, čini se, od početka čučala kraj njega. Polako je okrenuo glavu i opazio Abdula kako netremice gleda u njega. Mada je lice mališana prekrivala emotivna utrnulost, uspeo je u njegovim zenicama da nazre iste one benzinaste nijanse koje su se prelamale preko pustinjskog fantoma.

Posebno su došle do izražaja kada je i sam Abdul usmerio pogled ka prikazi i prošaputao na arapskom:

— Demon nas vreba.

Ortega se kraj njih promeškoljio i rezignirano preveo ostale dečakove reči:

— ... i neće nas pustiti da živi odemo odavde.

Legionar se s mukom pridigao i smestio na suvozačevo mesto najbližeg džipa. Činilo se da ga je opsesija radio-uređajima mučila više nego paklena vrućina i probadajući bolovi u stomaku koji su mu krvavo kvasili zavoje. Stoga je uzeo da popravi šta se popraviti može i probao da stupi u kontakt sa libijskim patrolama. Tako je sve to bar delovalo Evi, koja se nalazila nešto dalje od njega i od čije se naredbe da miruje oglušio. No prava istina je šuštala i pucketala na iznenada upaljenom radiju i nekako dozivala Ortegu da je bolje čuje i locira.

Ponavljajuće koordinate, prigušeni razgovori u šiframa, nejasni planovi i zadaci, sve je to duboko uznemiravalo legionara i mrdalo mu se pred očima kako je menjao stanice. Tragao je za bilo čim vrednim što bi mogao da prenese kapetanu. Rastuću nervozu, praćenu osećajem da je strahovito blizu pokušao je da maskira neophodnim strpljenjem i pažljivim slušanjem. Ali vreme je za njega uveliko curilo iz naprslog peščanog sata i nije se moglo vratiti ili bar obuzdati.

Prisluškujući šta legionar radi i kako se ponaša, Albert je uvideo da će on biti taj koji će mu ispratiti poslednje zrno života. Zato je mirno zaklopio oči i prepustio se neumoljivom dremežu.

Grupi koja je otišla do provalije trebalo je nekih pedesetak metara hoda po užarenom tlu i suncu. Držeći se striktnih Evinih pravila protiv brzog sušenja grla, a samim tim i gušenja, svako je imao kod sebe flašicu sa vodom, pri čemu bi gutljaje dugo držali u ustima. Kako bi ublažili šanse da oslepe od jarkog ambijentalnog bleštavila, Hanibal je svima naredio da premažu očne duplje čađu iz auspuha vozila.

No ono je bilo tako intenzivno da su u ponoru podno sebe videli samo i isključivo tamno ništavilo. Mnogo se njihovih povika odbijalo i gubilo na putu do dna, da ih je obuzelo mišljenje kako će se samo mrvice razumljivog izvući. Pa ipak, provalija nekad pošalje nešto natrag. Ovog puta izašlo je na dobro. Zarobljeni su uzvratili povicima, da bi malo kasnije svi prešli na komunikaciju preko voki-tokija, a to je bilo dovoljno da se otpočne sa planovima o spasilačkoj akciji.

Nakon izvesnog vremena provedenog u razmeni informacija, merenju dubine i sagledavanju opcija, zabrinuli su se da će im za spasavanje možda biti potrebna i božanska intervencija. Paola i Denis su prošli sa blagim povredama, ali... David se nalazio u komatoznom stanju, dok je Feliks teško povredio kičmu i donji ekstremiteti su mu bili paralizovani. Nakon tih vesti, usledili su paradoksi koji kao da su jedva dočekali priliku da se narugaju opasnoj situaciji u kojoj se ekspedicija našla.

Zarobljeni su trpeli veliku hladnoću u pećini naspram onih na površini koji su imali osećaj da će im tela, ukoliko ostanu duže na suncu, buknuti u plamen. Denis je u jutarnjem obilasku terena naišao na pukotine u stenama odakle se slivalo nešto vode u pristojnoj količini za njih dvoje, dok su na površini zalihe iste pretile da svakog časa nestanu. Na drugoj strani i za razliku od onih odozgo, imali su problema sa hranom — Feliksov džip nije prevozio mnogo namirnica za put kao ostala vozila. Naposletku, nekim čudom, ispravni auto-delovi, preko potrebni radi bekstva iz pustinje i velike uštede na vremenu za opravku nalazili su se upravo u provaliji i u Feliksovom džipu.

Grupa se vratila natrag do kampa, gde je do kasnog popodneva smišljala planove za spasavanje svojih kolega i prijatelja. Bezmalo na desetine je bilo izneseno, prostudirano i odbačeno, sem jednog za koji su se svi saglasili da bi možda mogao da uspe.

Odmah su na raspolaganju imali četiri sajle za vuču od po četiri metra. Njima bi se pridodale i one sa uništenih čadskih vozila, pri čemu bi nakon povezivanja mogli da računaju na približno trideset metara nade za izbavljenje. Ako se na tu dužinu doda i ona kojom bi se poslužili zarobljeni, može se reći da bi spas bio, doslovce, na dohvat ruke. U eventualnim problemima bi se našli povređeni David i Feliks, s obzirom na to da im je nedostajala dužina neophodna za njihovo sigurnosno vezivanje. Rešenja su se dosetili u hodu. Konstrukcija sedišta jednog od džipova prilagodila bi se za smeštaj i bezbedno izvlačenje.

Tako se i zbilo. U želji da koliko-toliko iskoriste preostalih nekoliko sati do sumraka, ista grupa se spremila i pošla do provalije. Hal je dobio dozvolu od kapetana da ponese kameru sa sobom i odmah ju je uključio u želji da zabeleži ovakav podvig. Mada je slika imala blage smetnje, nije bilo tako strašno kao onda kada su mu se pričinjavale sablasne iluzije.

U međuvremenu, priprema za ekstrakciju zarobljenih u pećini započela je sa problemima. Činilo se da je legionar kojeg su poznavali poginuo pri padu, a potpuno druga duša vaskrsla iz tame što ju je okruživala. Kada je Feliks došao sebi i shvatio da ne samo što su odsečeni od površine, već i da ne oseća telo od kukova naniže, obuzeo ga je jak napad panike. Denis i Paola su utrošili solidno vreme da smire legionara, ali jedino što su postigli bilo je da mu tu paniku zamene snažnijim stanjem depresije i defetizma. Praćen salvom Feliksovih psovki

Jugosloven se mudro dosetio i na vreme ga preventivno razoružao. Nije želeo da rizikuje bespotrebnu pogibiju nekoga od njih.

Stoga su sami morali da se snalaze kako znaju i umeju i pretraže džip u potrazi za nužnim oruđem. Nakon nekih sat i po vremena, kada je Denis završio sa ukucavanjem klinova u zidove, zraci dnevne svetlosti zamakli su iza tavanice. Gonjen silnim blescima baterijskih lampi, uspeo se nekoliko metara i povezao sajle. Pri silasku je odronio nešto kamenja i zamalo se okliznuo, ali prema njegovom mišljenju, nije izgledalo tako strašno kao Paolin potmuli vrisak.

Grupa sa površine je navaljivala da se odmah otpočne sa izvlačenjem, ali bojazan Italijanke od pucanja užadi i klimavih klinova nije želeo da ustukne ni za pedalj. Predložila je solomonsko rešenje: da se prvo isproba sa manjim stvarima, a nedugo zatim obavljena je i kraća razmena hrane i vode, plina, auto-delova i sanitetskog materijala, što je svima obezbedilo bar još dan-dva sigurnosti.

Ali kakvu sigurnost u pustinjskim predelima mogu očekivati oni koji nisu sigurni ni od samih sebe? Samo što je Denis prišao Paoli da je pripremi za izvlačenje, pećinom su se prolomili glasni pucnji iz pištolja u njihovom pravcu i sumanuto urlanje iza dvoje novinara. Hitro se bacivši u stranu ka krupnijim stalagmitima, prvo što su spazili bio je Feliks koji se sa novim pištoljem vukao po podu, a odmah potom i duboko zariveni nož u Davidov vrat.

Šesta zapovest

Nekoliko trenutaka ranije,
Auzu pojas

Koliko god da je bio dubok ponor u koji su upali, nije mogao biti dublji od onog u Feliksovom umu.

Od kad se probudio i sa užasom konstatovao da je paralizovan, legionarevi strahovi raspukli su mu moždane hemisfere i stvorili ambis u koji je propao i iz kojeg nije bilo povratka. Bojazni kako nikada neće izaći odavde i ponovo prohodati, pomešane sa preplavljujućim osećajem skorije smrti, a progonjene fantomskim zvukovima dece koja su se igrala žmurke sa druge strane stalagmita zavrljačile su Feliksa ka podrumima kliničkog ludila balističkom trajektorijom.

— Šta misliš, koliko godina imaju ovi klinci? — upitao ga je David. — Ne bi trebalo da se igraju ovako, u mraku, daleko od roditelja.

— Zaveži... — prosiktao je Feliks, pazivši da ga Denis i Paola ne čuju.

— De, de, preokupirani su oni svojim poslom, a ja im ništa neću reći — reče mladi Jugosloven, potapšavši ga izazivački po butini. — Držaću ti stražu, Sladoledžijo...

— Rekao sam ti da zav... — uzvratio mu je vojnik, ovog puta sa dosta slabijim prekorom u glasu.

Nije se radilo toliko o ruci koja mu je žarila prepone, već o dobro poznatim, napuštenim i musavim likovima devojčice u kariranoj crvenoj haljinici i dečaku u majici i šorčiću. Činilo se da su i sami shvatili da nisu više sami, te su prestali sa igrom i radoznalo im se približili. Uhvatili su se za ruke i lutali pogledom čas prema njima, čas prema čokoladi u vojnom omotu koju je Feliks počeo da otvara.

— Ako vam budem dao po pola čokolade, hoćete li posle da učinite nešto lepo za čiku? — upitao ih je umilnim glasom, tragajući prstima za rajsferšlusom.

Deca su zaklimala glavom.

— Ha, ha, ha! Kako ćeš ti goreti u paklu, čoveče... — grohotom se nasmejao David, što je bojažljive klince zaplašilo i nateralo da se ponovo sakriju u tami.

Smeh Jugoslovena je odbijao da umine. Štaviše, njegov iritantni eho kao da je jačao, što je Feliksu već i suviše počelo da ide na živce. Kad je naposletku uvideo da je zbog prevrtljivog novinara izgubio i dobru priliku da se zabavi, bes mu je u sve napetijim venama konačno proključao. Potegao je nož koji je sakrio od Denisa i bez treptaja ga zario u Davidovu gušu. Tako krvnički je to uradio, da ju je rasporio sve do potiljka. U tom momentu opazio je i pištolj koji je ovaj još iz Džalua nosio u unutrašnjem džepu košulje. „Niko mene neće da razoružava", pomislio je Feliks pošto je ponovo osetio hladnu dršku oružja. A kada je potom ugledao Denisa i Paolu kako se spremaju da ga napuste, zavapio je:

— Zbog vas sam i upao u ovo sranje, majku li vam jebem! Sve ću vas pobiti!

— Šta radiš to, idiote?! Prekini, smesta!!! — povikao je Denis legionaru, pokrivajuću Paolinu glavu što je niže mogao.

— Kopilad malena, krvi ću vam se napiti! — uzvratio je ovaj sumanuto, sa čime se saglasio i metak koji je rikošetirao tik kraj njihovih glava.

Vreme neophodno da utvrde šta se dešava Feliks je iskoristio da otpuzi do jedinog ćoška odakle je mogao da motri na ceo njihov kamp. Dečji smeh pratio ga je poput pčela koje su sledile medonosni trag krvi po podu.

— Paola, ostani tu. Pokušaću da mu se došunjam s boka — poručio je Denis svojoj koleginici.

— Čuvaj se, molim te! — duboko uznemirena, na trenutak ga je zadržala za rame pre nego što je saosećajno klimnuo glavom i pošao.

Stegnutost u grudima sprečavala je mladu Italijanku da zavapi za pomoć onima na površini ili bar ukratko da im objasni šta se dešava. Duša je urlala, ali su se zvuci gubili u tamnici sopstvenog ždrela. Pratila je po tmini koliko je mogla Denisovo kretanje, ali kada joj se izgubio iz snopa baterijske lampe, uvidela je da nešto i sama mora da doprinese ne bi li se izvukli živi iz zarobljeništva.

No nekada se sile koje upravljaju ovim svetom ogluše o ljudsku hrabrost, baš kao što se i sami ljudi ogluše o savete svojih prijatelja. Tek što je iskoračila i prešla nešto više od dva metra, okliznula se od neravno tle i ukleštila nogu između dva podmukla stenovita očnjaka. Vukla je i cimala zglob koliko je mogla, ali bez tuđe pomoći ili rizika da dodatno sebi ne naškodi i onesvesti se od bolova nije pronalazila način da se oslobodi. „Stena je i suviše srasla sa tlom da bih je pomerila. Ako se Denisu nešto dogodi...", započela je novi ciklus strahova, ali kada je primetila da već duže vreme posmatra nešto na stenama, predosetila je da su te brige imale svoju daleko veću i zloslutniju prethodnicu.

Snop lampe obasjavao je neke čudnovate crteže. Kako se radilo o dosta potamnelim ili ispucalim urezima, nije je iznenadilo što ih isprva nije primetila. Ono što je ipak odatle mogla da vidi nateralo ju je da se dobro zamisli i pripremi za vrtlog uspomena iz Džebel Arkenua i Harat Kajbara. Probuđena misao da će možda uspeti nešto od toga da prevede bila je prekinuta jakim blicevima i prodornim pucnjima iz pištolja.

Opštoj situaciji i neizvesnom osećaju kod Paole prethodilo je Denisovo šunjanje u igri živaca sa sumanutim Feliksom. Koliko god se trudio da ga dozove i urazumi, znao je da ništa od toga neće promeniti sudbinu jednome od njih dvojice. Za prvog, gnusno ubistvo njegovog najboljeg druga nije moglo proći nekažnjeno. Štaviše, jedino ga je moguće moralno posrnuće u Paolinim očima primoravalo da se kako-tako odupre gnevu i talionu[25]. Na drugoj strani, gonjen demonima iz mračnih duševnih laguma, a odveć u obruču ludila koje se sužavalo oko plena, Feliksu je legionarsko učenje zapovedalo da neprijatelj bude taj koji će prvi umreti. No ono što obojica nisu znala bilo je to da sudbina nije marila ni za zakone, ni za zapovesti, ali jeste za obostranu patnju.

Prateći potmulo stenjanje i jezivi razgovor koji je Feliks s vremena na vreme vodio sa nekim, mladi novinar ga je pronašao navaljenog na stene, na svega nekoliko metara od bezdana. Okružen tamom, izgledalo je kao da mu je pažnja usmerena na nešto ispred njega. Denis ga je imao na nišanu. Bilo je dovoljno samo da pritisne okidač i zadovolji majku svih osveta... „Ali sa kim to priča?", peklo ga je iznutra.

— Zašto se stidite? Dođite, neću vam ništa... Ima čika divan sladoled za vas da ga poližete — Feliksov glas bio je mešavina bola i nekontrolisanog uzbuđenja.

U nameri da priđe još malo kako bi bolje čuo, a da ne oda položaj, Denis je smanjio jačinu baterijske lampe i pošao napred. Ali kad je napravio drugi korak, kamen pod njegovim stopalom se izvrnuo. Uz veliku buku Denis se naglo pretumbao napred i završio licem na zemlji, a samim tim i na Feliksovom nišanu. Sekunde su se rastezale u večnost, kada se sat smrti i usuda oglasio sa četiri sablasna gonga.

Prvi metak se zario u Denisovo levo rame i zaneo ga u stranu, ali je olovni odgovor ludilu brzo usledio i poleteo ka legionarevom stomaku. Dok su se obojica valjali po podu, glasno stenjanje produžilo je neizvesnost tek za još koji sekund. Denisova svetiljka koju je ispustio iz ruke završila je u uglačanom stenovitom udubljenju nalik lavoru i svojim ljuljanjem i kotrljanjem obasjavala je čas jednog, čas drugog. U takvoj pomrčini nijedan od njih nije želeo da izgubi prednost, te su se na jedvite jade uspravljali i vrebajući pravi trenutak ponovo nišanili.

---

25 „Zakon odmazde" (lat. *lex talionis*) svoje korene vuče još iz Hamurabijevog zakonika; prema njemu, kazna se vrši istim sredstvima kakvim je zločin bio učinjen; u kolokvijalnom smislu se doživljava kao „oko za oko".

Sjajni snop nade prikazao se kao podmukli izdanak tame. Zaslepljen, Denis je vrisnuo kada je ponovo prvi primio metak, ali ovoga puta u grudi. Bolno se uvijao na ledenom tlu i stiskao ranu ne bi li zaustavio krvarenje. Mahinalno je zavitlao pištoljem ispred sebe i ispalio hitac u istom času kada se svetlosna ljuljaška zanjihala ka Feliksu. No jauka tamo nije bilo, ali jeste krkljajućih psovki.

Iscrpljen i opružen u sopstvenoj lokvi krvi, jugoslovenski novinar posmatrao je Feliksa kako se sa nožem u ruci i u kamikaznom stanju svesti vuče po podu. Činilo se da manijakalni pir nije želeo da okonča pištoljem i brzom Denisovom smrću, niti da svoju muku prekrati pucanjem u slepoočnicu ili da bar poslednje trenutke života ispovedi ijednom bogu u kojeg je verovao.

Zagrebao je metalom po kamenu i ustima punim bolesnog ushićenja upitao nekoga sa strane:

— Dvojicu... Jednim nožem... Onda ćemo moći da se poigramo... Je l' da? — sačekao je malo i odgovorio: — Mmm, biće nam veoma zabavno! Ohh, da, zabavno. Evo, evo, požuriće Sladoledžija!

Nalazio se na svega metar udaljenosti od Denisa kojeg su probadajući bolovi sprečavali da išta kaže ili se bar udalji od ludaka. Lampa je zgasnula samo nakratko kada ju je legionar telom zaklonio, taman koliko je trebalo da njegovu uvis podignutu i naoružanu ruku na obližnjem zidu učini impozantnom. Denis je zažmurio i stisnuo zube, nepripremljen za smrt što mu se bližila...

Glasan i tup udarac odjeknuo je iznenada u blizini. Vreme za umiranje bilo je odloženo.

* * *

— Kapetane? — diskretno je prišla Eva grupi koja je stajala kod provalije, ne želeći previše da ih ometa tokom priprema za izvlačenje. Tu pored njih dostavila je novu čuturicu sa vodom kako bi se okrepili nakon mukotrpnog rada.

— Reci, Eva? — obrati joj se Hanibal nakon što je malo osvežio lice.

— Da li ste možda videli Abdula? Nema ga u kampu… — skrenula je nervozni pogled u stranu i sklopila ruke iza leđa kako on ne bi primetio da uvija prste. U zavisnosti od toga kako bude primio tu vest, možda bi se odvažila da mu pomene i Albertov nestanak.

— Ne, nisam… Hej, veži taj čvor malo bolje! — naredio je nekome u grupi. — Zašto me to pitaš?

— Ne mogu nigde da ga pronađem… — uzdahnula je duboko, zbog čega ju je Hanibal prekorno osmotrio.

— Doktorko Lejn, želite li da mi kažete kako ste izgubili dvanaestogodišnjeg dečaka? Iako vam je to bila jedna od primarnih dužnosti? — približio joj se za korak i stišao glas, što je bilo podjednako ozbiljno kao da ju je stegao za grlo.

„Izgubila osobu…" Misao joj je naglo dozvala sećanje iz bolne prošlosti i svom težinom oborila glavu.

— Dečak je nomad, gospodine. Vešt u skrivanju i preživljavanju… Sigurna sam da ni… — uzvratila je nevešto, kada ju je Hanibal glasom nadjačao:

— Sve sami razlozi zbog kojih nam je preko potreban, do đavola! — dreknuo je pred svima i tresnuo flašicom od zemlju. — Želiš li i njega da ubiješ svojom nesposobnošću?! U OČI ME GLEDAJ KAD TI GOVORIM!

Malo je reći kako ju je ovaj njegov stravični gest uznemirio toliko da joj se srce popelo do ždrela i tu zaglavilo. Pa ipak, podigavši unezvereni pogled ka kapetanu, opazila je lice koje nije odražavalo pređašnji izliv agresije.

— Lejn, šta nije u redu? — upitao ju je pomalo iznenađen njenim ukočenim stavom. — Jeste li proverili da nije slučajno ostavio tragove u pesku?

— Ovaj… N-ne… Nis… Mislim, nisam… — odgovorila je.

— Ponovo si uzimala morfijum! Priznaj, nakazo odvratna! Priznaj!!! — razjareno joj se uneo Hanibal u lice. — Znao sam da nije trebalo da primam raspalu narkomanku u svoj tim... Gubi mi se s očiju, ubico. Nađi dečaka ili ću se gostiti tvojim telom zbog svakog koga si ubila...

— Kap-Kapet... M-m-mol-im... — jedva se obuzdavala da ne iskoči iz sopstvene kože i ne sruši se od očaja na zemlju.

— Mislim da Vas umor polako sustiže, doktorko... — brižno ju je uhvatio Hanibal za ramena i blagim osmehom probao da je obodri. — Toliko se trudite da nam pomognete da ste zaboravili na sopstveno zdravlje... Inače, siguran sam da je Abdul samo sledio svoju nomadsku prirodu i poželeo da bude malo nasamo sa sobom. Odmorite se, pa ćemo zajedno da ga potražimo. U redu? — saopštio joj je kao iskusni starešina.

Ništa nije odgovorila, ali je klimnula glavom pred čudom koje ju je do kostiju potreslo. Uvidevši da niko od prisutnih nije ni za trenutak konstatovao ovu nesvakidašnju situaciju, bila je na ivici da poveruje kako se zaista radilo o umoru, sunčanici i dehidrataciji. Uzdahnula je duboko i u tišini se vratila do kampa.

Svega petnaest minuta kasnije, optimizam koji je jedva zaživeo među prisutnima na površini pretrpeo je surovo gušenje u živom pesku. Nekoliko glasnih prasaka pištolja izletelo je iz provalije poput uznemirenog jata slepih miševa.

— Šta se, pobogu, dešava tamo dole?! — vikao je Sergej prema provaliji.

Montirana kamera koju je Hal postavio u blizini provalije kako bi snimio herojsko izvlačenje beležila je opštu paniku i beznađe.

— Obustavi vatru! Obustavi vatru! — naređivao je Hanibal, ali kada se sa pucanjem stvarno stalo, niko nije ostao ubeđen da je to urađeno zbog kapetana.

— Paola?! — dozivao je Brajan italijansku novinarku, ali su se povici gubili u odjecima. Sa voki-tokija dopirala je samo statika. — Moramo da se spustimo dole... — rešen u svojoj nameri, krenuo je da se vezuje.

Džeremaja ga je svojom ručerdom tako naglo razuverio od namere da je ovaj tresnuo od zemlju, na burni protest njegovih kolega.

— Samo probaj i spustiću te pravo do pakla... — upozorio ga je grubim glasom. — Vaše novinarske guzice ostaju gore.

— U pravu si. Ja ću se spustiti — presekao je kapetan Gordijev čvor nakon što se isprečio među zavađene i tako spasio novinarsku grupu teških batina od strane tamnoputog legionara. — Ostala mi je oprema u kampu... Akira, vrati se natrag i donesi mi je zajedno sa sanitetskim materijalom. Eva će znati šta treba.

Japanac je, bez nekog posebnog izraza na licu, prešao pogledom preko svakog od njih i skoro neprimetno klimnuo glavom.

— Kapetane, znate vrlo dobro da ne mor... — zadržao je Džeremaja svog nadređenog kada su se izdvojili na stranu.

— Znam, Mesečino, prijatelju moj, ali ovo je više od toga — izjavio je Hanibal značajno.

— Ne, nije — uzvratio mu je Džeremaja. — Uz svo dužno poštovanje, gospodine, zajebite više sa Crvenim oktobrom. Jedanaest godina je prošlo od tada. Niko u Legiji vam to ne zamera! Niti će.

— Ali ja zameram... — odgovorio mu je spremno. — Svakog jebenog dana kada se probudim. Svake proklete noći pre nego što zaspim.

— Sahranio si ih onako kako se samo vojnička braća mogu nadati da budu sahranjena u bici... Svakome od njih si zadenuo orden izvršene osvete nad neprijateljima. Pružio si im opelo suzama težim od njih samih i gorčim od njihove smrti. Zauzvrat su ti pružili oproštaj tako što su ti sačuvali život i bezbedno te vratili natrag — bio je uporan Džeremaja. — Naše zakletve i životi važe kako na ovom tako i na onom svetu.

— Zaboravljaš da je tamo dole jedan od naših... — uzvratio mu je Hanibal, sada već sa dozom prkosa. — Svoje ne ostavljamo.

— Da je živ, javio bi se preko radija... Ali ovde nije reč o njemu... — uzvrati mu legionar tiho, zagledan u kapetanove stroge crte lica koje su bile kao rešetke za njegovu dušu. — Ti želiš da odeš u smrt... Video si tog stvora. Znam da jesi... Šta si još video?

— Pomozi mi da se spremim. Akira će svakog časa stići — odgovorio mu je, nezainteresovan za dalju raspravu.

— Šta si još video? — insistirao je na odgovoru, približivši mu se znatno bliže nego što su to vojna pravila dozvoljavala.

— Dosta s tim. Zamoljen si kao prijatelj...

— Video si ih poluizjedene. Viktora, Matisa, Leona, Mekalistera... — nabrajao mu je tako tiho i polako da je to zvučalo kao bomba koja otkucava u Hanibalovim grudima.

— Tvoj zapovednik ti je izdao naređenje. Odstupi — uzvratio mu je Hanibal sa popriličnom pretnjom u pogledu.

— Dozivali su te da se pridružiš gozbi, u ime starih vremena? Da se nahraniš njima, pogostiš bar još malo dok ih ne oslobodiš sasušene pokorice — nastavio je ovaj bezobzirno, kao da je želeo da ga isprovocira do same srži.

Svega nekoliko sekundi je prošlo u stravičnoj neizvesnosti kakva će Hanibalova reakcija proisteći iz upućene rečenice, da bi u treptaju oka ovaj izvadio pištolj, repetirao ga i uperio u čelo svom vojniku.

— Sada ti dajem poslednju šansu kao čovek sa pištoljem u ruci. Odstupi i pomozi — nastavi i umri.

Glasno otkočivanje pištolja zazvučalo je kao pucanje prstima za čoveka u hipnozi. Postao je svestan novinara koji su se okupili pored njih i nastojali da ga odgovore u nameri da ubije Džeremaju.

— Kapetane, recite mi da se zajebavate? — probio se legionarev glas kroz masu povika. — Ne moramo da se poubijamo oko toga ko će od nas dvojice da se spusti...

Nemoćan da kaže bilo šta u svoju odbranu, pogotovo da nekom logikom objasni šta se upravo desilo, protrljao je mokre oči od znoja i uhvatio se za hrskavicu od nosa ne bi li izventilirao sav bes iz sebe. Tek nakon nekoliko trenutaka je zakočio oružje, vratio ga u futrolu i ćutke pošao do provalije kako bi izvukao uže napolje.

— Gde je Akira, je li stigao? — upitao ih je sve kratko.

— Nije još… — odgovori Brajan, zabrinut za celokupno mentalno zdravlje ove grupe.

— Šta više radi ta budaletina… — spreman je bio Hanibal da na nekome iskali bes kada ga je Hal zaustavio na polovini misli.

— On se… Šeta…

Nekoliko momenata kasnije, sasvim daleko od kampa, odjeknula je jaka eksplozija. No nije dolazila iz Akirinog pravca. Bar ne ta prva.

* * *

Snažan udarac šakom od vrata automobila naglo je trgnuo Ortegu iz transa u koji je upao opsednut radiom.

— 'Alo?! Koji deo doktorskog naloga „trebalo bi da odmaraš" nisi razumeo? — podviknula mu je Eva. — Hoćeš i toplotni udar da dobiješ u toj rerni? Još uvek si slab za…

— Ako nisi znala, pokušavam da nas izvučem iz ovih govana, pošto je očigledno da je Mesečina batalio da popravlja džip — odgovorio joj je. — Prema tome, odjebite da me zamajavate, doktorko Moro.

— Hej! Jedva sam ti glavu spasila, a ti bi da je što pre izgubiš… — uzvratila je ljutito, dodavši: — I nije batalio, nego je otišao da pomogne oko izvlačenja. Ako ti je uopšte stalo do njih…

— Pravo da ti kažem, zabole me… — poručio joj je i preusmerio pažnju na traženje aktivnih frekvencija.

Kada je uvidela da joj nikakvo dalje ubeđivanje neće pomoći kod legionara, progutala je s mukom knedlu u grlu i digla ruke od rasprave.

— Jesi li video Engleza i malog Abdula? Ne mogu nigde da ih pronađem… — upitala ga je, poprilično svesna kakav će odgovor dobiti.

— Da li ti ja ličim na bejbisitera? — odgovorio joj je na način koji ju je ponovo iznervirao, te mu je zalupila vrata i ostavila ga samog. — Škorpion zove Gnezdo, prijem… — pokušavao je da dobije legionarsku bazu u Čadu, ali sve što je primao umesto odgovora bio je statički šum.

Odlučio je da promeni frekvenciju za libijsku bazu. — Omega na vezi, za libijsku bazu u Ma'tan as Sari. Da li nas čujete, prijem.

Samotno pucketanje na zvučnicima nateralo ga je da tresne prijemnikom od uređaj i snažno našutira metalna vrata.

— Ome... ov Avajnat... Slb... Prm... Sig... Možete li... Preći... 245 — zakrčalo je slabašno na arapskom jeziku.

Utrošivši vreme da smiri zaljuljani gajtan i približi ga ustima, Ortegi je srce zapretilo da iskoči od uzbuđenja.

— Ovde Omega! Bezbednosni konvoj sa novinarima je potpuno odsečen i tražimo hitno izvlačenje! Nalazimo se na Auzu pojasu. Šaljem koordinate: 20-32-41... — započeo je kada se glas sa radija ponovo umešao.

— ...aza Vahum... Avaj... Nat... Ne mo... Prm... Sgnl... Roko... Pu... luja... 30... 1... 2.... 13, 7, 21... 0...

— Čekajte, čekajte! Moraćete da ponovite sve ispočetka — poručivao je drugoj strani i u isto vreme izvlačio prenosni komunikacijski uređaj van automobila. Antena se na krovu lagano vrtela oko svoje ose, primetio je, što je bio dovoljan znak da smetnje ne nastaju na njegovoj strani. „Jebem ti, moraću da šetam sa ovim sranjem dok ne uhvatim dobar signal..."

Napolju ga je dočekao takav toplotni pakao da je po oporom mirisu sprženih čizama imao utisak da gazi po mlevenoj lavi. Nije imao vremena da proveri zašto ni Eve, ni Abdula, niti Alberta nije bilo u kampu, te je pohitao ka vodenastom bleštavilu pustinje koje je kasnilo sa pripremama za smiraj dana.

— Bazo Vahum! Ovde Omega, označenog koda 7-3-3-4... Tražimo pomoć, prijem! — podešavao je na naznačenu frekvenciju i ponavljao maltene u beskraj, uprkos sve suvljem grlu i psihodeličnoj vrelini.

— Omega, poziv je potvrđen... — začulo se najednom mnogo jasnije sa radija i to baš kada je legionar uperio pomoćnu antenu u daljem i suprotnom pravcu od kampa. — ...od juče... Konvoj na putu... Široko... Ostanite na vezi... Vidimo vas...

— Primljeno… Vahum… — gubio je Ortega dah, koračajući sve dezorijentisanije. Osmotrivši u daljini grupu od nekoliko vozila koja je za sobom podizala prašinu, dodao je: — Vidim… I ja vas…

— Ubrzo stižemo. Ne posustajte.

Još uvek sveži šavovi od posledica ranjavanja pucali su mu jedan za drugim usled naprezanja i posrtanja po dubokom pesku. Mislivši da se znoji, pokušavao je na sve načine da prebaci tečnost sa stomaka na lice, kako mu koža ne bi izgorela. „Samo malo da se osvežim", prikupljao je telesnu i mentalnu snagu, pošto se sručio na kolena. „Koliko vam to treba da dođete, jebô vam pas mater da vam jebe…"

— Izdržite, Omega. Tu smo… — doprlo je poprilično glasno iza legionara.

Zvuk je bio tako otrežnjujuć da se Ortega prisetio kako je radio-uređaj ispustio pre samo nekoliko koraka.

— Tu ste… Moj kurac… — doslovce je prošaputao od iznemoglosti. Kada se osvrnuo, postao je svestan velike crne siluete koja mu se nadvisivala nad glavu.

Poluizgorela odeća otkrivala je spečeno meso na telu koje se protezalo do neba. A što je više raslo, to je više postajalo preplavljeno krvavim i garavim ožiljcima. Naposletku, sačekalo ga je lice sa ušivenim ušima, bez obrva, kose, nosa i usana. Jezivije od Albertove pojave sa skinutim zavojima bio je glas koji je izustio u ručnu radio-stanicu:

— Stigli smo, Omega, prijem.

— Skote bedni… Život sam ti spasio… — izustio je Ortega.

— Ako se pružanje lažne nade tako može smatrati, onda jesi. Stoga sam rešio da ti uzvratim uslugu — odgovorio mu je Albert sa blagim problemima pri disanju.

— Nećeš se živ izvući odavde, ubico… Majku ti tvoju… — prošaputao je na jedvite jade, usta oblivenih krvlju koju je ispljuvavao.

— Neću, ali neće i niko drugi… Ako ti išta znači, nisam ubio Megan. *On* je… — rekao mu je Englez i nakrivio mu glavu u stranu, ne bi li primetio utvarnu senku kako stoji i vreba ih. — Zbog njega sam i poslat na ovaj put u jednom pravcu. Kao i svi vi.

Da je Ortegi preostalo samo malo više krvi, imao bi snage da napravi užasnutu facu. Ovako, bezizražajno je posmatrao humanoidni horor, za kojeg je ozbiljno verovao da uživa u prizoru njegove spore smrti, iako ničim to nije moglo da se nasluti.

— Šta je... *To*... — glas mu je zastao na pragu usana i čujnosti.

Albert se polako spustio iza legionara i prislonio svoje nagorele ruke i lice uz njegovo. Delovalo je kao da je pokušavao da mu umiri i ono malo mikrofacijalnih izražaja kako ih skupa ne bi odali ili isprovocirali avet.

— Jurimo gada bezmalo trinaest godina. Prvi put smo imali kontakt sa njim u decembru '66. godine, u Jordanu, za vreme njihovog praznika Id El-Ada[26], kada je poklao jednu manju grupu britanskih obaveštajaca, predvođenu mojim ocem. Od tada ga pratimo i pokušavamo da ga ulovimo, ali je problem što se nijedan od „lovaca" nije vratio živ. Kada su naredne godine, u oblasti Levanta, obaveštajne službe drugih zemalja naletele na njega, spirala nekontrolisanih akcija dovela je do izbijanja krvavog „Šestodnevnog rata" između Izraela i susednih arapskih država — nepomičan poput statue govorio je tiho kraj legionarevog uha kao da se poslednji put ispoveda.

Ortega je bezuspešno pokušavao da proguta blatnjavu grudvu pljuvačke koja se naposletku izlila napolje. Obamrlost mu je zahvatila celo telo. Kada bi ga Englez pustio, srušio bi se nalik kuli od karata. U neku ruku bio mu je zahvalan zbog toga što ga je držao.

— Možda još uvek premalo znamo o njemu, ali čini se da ništa nismo naučili o nama samima kada ponovo pristajemo da šaljemo ljude na klanje. Izgleda da kada smrt pozove, krv mora da se odazove — zastao je za trenutak sa pričom, pošto je oživljena senka napravila tri spokojna koraka u stranu i ponovo nastavila da ih motri. — Stoga su naše „milosrdne" zemlje odlučile da eksperimentišu. U početku su životinji poturale zamke, a kada su shvatile da njima ništa ne postižu,

---

26 „Praznik žrtvovanja", poznatiji kao Kurban-bajram.

prešle su na hranu kako bi je proučavale... A pogodi šta je hrana? — upitao ga je kroz nazubljeni osmeh. — Kojeg god boga da nosiš u srcu, pomoli mu se dok si još pri svesti... — ponovio je reči koje mu je ovaj uputio dok su ga držali pritvorenog u El-Džafu. — ...jer ja svojem odavno jesam — dodao je naposletku i pustio legionara od sebe.

Mada se mlitavo Ortegino telo opružilo po još uvek užarenom pesku, kapci su mu ostali podignuti, a pogled ukočen prema navodnoj libijskoj vojsci spasa. Tamo gde je trebalo da bude konvoj džipova nalazili su se obrisi dina koje je zalazak sunca poput očuha usvajao. Tačno podno njih, u upečatljivom prizoru, mračno biće strpljivo je sačekalo da zvezda zađe iza peščanih brežuljaka. Onog časa kada je odlučnim korakom pošlo prema njima, spremno da otpočne svoj pir, strahovita oluja zapljusnula je dine iza njega i stuštila se na blagu udolinu.

Svestan da mu nije ostalo mnogo vremena, Albert je otkačio ručnu bombu sa Orteginog prsluka, izvukao osigurač i sačekao stvora da mu se približi.

— Hajde... Čekam te, gade... Da tobom zadovoljim osvetu celog onozemaljskog sveta — poručio mu je sa pomešanom dozom fatalizma i ekstaze.

Ono što je Albert od ranije znao ticalo se kretanja stvora koje je preko dana i za vreme jake osvetljenosti zaista izgledalo halucinogeno. Da se iz bilo kakvog ugla posmatra, stvaralo bi prividan utisak kako se kreće tačno prema posmatraču. Na drugoj strani, ono što je zasigurno sada mogao da potvrdi jeste da već od sumraka i pod ambijentalnom tamom poput peščane oluje stvor gubi svoju transparentnost i postaje prava trodimenzionalna tamna sena. Samim tim je i distorzija vazduha tokom njegovog kretanja bila vidno smanjena. Nije ostavljao tragove u pesku, ali je ispuštao niskofrekventnu mešavinu zvuka tarenja istog i disanja krupne zveri. To je za negativnu posledicu imalo mučno i rezonantno vibriranje organa u telu, pritisak u čeonom režnju i pojavu fantomskih zvukova i slika u neposrednoj blizini.

— Trebalo je još na rođenju da te zadavim pupčanom vrpcom, izrode... Zajedno sa tvojom kurvetinom od majke koja te je takvog kukavnog rodila — obratio mu se otac prezrivo kraj ramena i stegao ga za vrat. — Hajde, uzmi tu kašikaru i nabij je sebi usta, skote, kada već ne umeš osvetu ni za sebe da sprovedeš...

Albert je zaškrgutao zubima na silne uvrede i pri tom, zbog spaljenog tkiva i odstranjene parčadi mesa, istrgao deo zuba iz vilice. Nije osetio ni najmanji bol, jer je onaj duševni uveliko delovao kao potpuna anestezija na sve ostalo. Ostao je pribran u svojoj nameri i ispljuvao polugnjecavu sadržinu napolje.

— Gnjido mala... Šta čekaš, da neko drugi to obavi umesto tebe, kao i sve ostalo u životu — začuo se legionarev glas podno Albertovih nogu. Letimičnim pogledom, okom koje je svakog časa trebalo da zagnoji od naprezanja pred režućim naletima vetra, uspeo je da primeti kako je celo Ortegino telo bilo ulepljeno granulama peska. Raspukli plikovi i sloj krvave pokorice činili su da zrnevlje na njemu „oživi" kao kod živog peska. Protegao je ruke uvis ka Englezovim nogama, stegao ih čvrsto i primakao se još bliže. Taman onoliko koliko je bilo potrebno da mu lagano zarije čeljusti u meso.

Albert je i to otrpeo. Iako je uveliko podnosio očevo riljanje mrtvačkim noktima po vratu, legionarevo prodiranje očnjacima do kostiju i kidanje tetiva delovalo je još stvarnije. Opominjao je sebe da je to samo iluzioni efekat stvora koji mu se sada približio na svega petnaestak metara, način na koji ono proganja svoje žrtve i utiče na njih. Što je bliže plenu, to je delovanje na psihu intenzivnije.

Čim se ta misao završila i otpočela ona u kojem se rađala trunka žaljenja što će njegova služba ostati uskraćena za sve te informacije, oglasila se potmula ženska jadikovka. Dopirala je iz peščanog brdašceta sa njegove leve strane. Onog časa kada se odatle pridiglo telo neupokojene Megan, sa upalim očnim dupljama kojima je netremice zurila u njega, ali i rupama u stomaku odakle je liptala zemlja, naricanje je postajalo sve prodornije. Krv mu je proključala i kroz silne rane potražila put da pobegne od nastupajućeg užasa. Čak i da je mogla, Megan nije morala ništa da mu govori. Samo njeno pojavljivanje bio je razlog više da istraje u svojoj nameri.

Tako fokusiranog sada su ga sekunde delile od smrti. Palac ga je žuljao da što pre otpusti ručicu osigurača i raznese se zajedno sa košmarnim neprijateljem. Pritisak u glavi postajao je neizdrživ. Sevajući bolovi uspeli su da savladaju onaj koji je sve vreme nosio u duši, ali pre nego što je poklekao u preziru i prkosu prema iskonskom neprijatelju, poterao je samouništavajući nervni impuls prema ruci. Albert je pao na kolena, uhvatio se za glavu i vrisnuo.

U milisekundi zaslepljujućeg blica, na tridesetak i više metara iza bezličnog užasa koji se bacao na njega, opazio je malenu priliku na vrhu dine kako nepomično stoji. Nomadski dečak bio je poslednji živi svedok uzaludnog stradanja Bredlija Stounsa.

* * *

— Abdule! Abdule, gde si?! — dozivala je Eva mališana oko kampa, ali ništavilo pustinje ostalo je nemo na njene povike.

Kada je prišla do vreća za spavanje i primetila da ga nema, zabrinula se da se negde nije sakrio od straha ili vrućine, te je odmah proverila sve džipove. Briga je prerasla u strepnju pošto ga ni Ortega, a ni prisutni oko provalije nisu spazili. Strepnja je mutirala u užas pri spoznaji da je i Albertova improvizovana ležaljka zvrjila prazna.

Sunce se približavalo svom drugom zalasku otkako su ovde. „Bez ćebadi ili dodatne odeće, bio nomad ili ne, teško bi preživeo sam", razmišljala je. „Ali ako ga je gad oteo da bi nam se osvetio...", strašna pomisao ju je ošinula ognjenim bičem i potom nagnala u potragu poput vučice čije se štene izdvojilo iz čopora.

Da li je upravo ta neostvarena životna uloga proradila u svom intuitivnom obliku, ali Eva je naposletku predosetila da se mališan možda zaputio ka mestu stradanja njegove porodice i plemena. I zaista, nije prošlo mnogo kada je konačno spazila tanane tragove njegovih sandala u pesku. Lokacija je od kampa bila udaljena tristotinak metara i u normalnoj situaciji to ne bi predstavljalo znatnu distancu, ali pod trenutnim uslovima i sa ubicom na slobodi svaki korak je predstavljao neumitnu pretnju.

Iskreno je verovala da će ga tamo zateći. Nije ni želela da pomišlja na to da se vrati bez dečaka. Da li je na tu njenu odluku uticala lična želja da ispravi tragičnu prošlost, kada je usled umora i pada koncentracije na smrt osudila jedanaestoro ljudi? Uveravanje vojne komande u ispravnost njenog podnetog zahteva za reintegraciju u društvo? Usađeni zaštitnički majčinski instinkt, podstaknut mučnom vizuelnom halucinacijom pobesnelog kapetana? Skretanje pažnje sa potrebe da ponovo počne da konzumira morfijum?

Kakav god motiv da je bio, gonio ju je i bičevao nemilosrdno po usijanom pesku. Ako bude pala usled dehidriranosti, riljaće po užarenom zrnevlju do poslednje kapi vode u sebi. Ako umre, duša će joj preuzeti samar sudbine i vući dalje. Ali koliko dalje? Svaki put kada bi pomislila da se približila, svet bi joj se okrenuo naglavačke i stvorio utisak da se nalazi u čudnovatoj, peščanoj verziji „snežne kugle".

Uprkos masivnom i tamnom zidu noći na horizontu, koji je kao brana zaustavljao užarenu lavu izlivenu iz vulkanskog zalaska sunca, nije mogla da pretpostavi koliko je vremenski trajala ta silna psihodelija, sve dok je, zagnjurenu u pesak, nije probudio ucveljeni dečji glas. Lagani vetar vucarao je usamljeno zapomaganje u svim pravcima, što je i priličilo slepoj, gluvoj i nemoj sredini. Eva je pridigla glavu i na dvadesetak metara ispred sebe uočila obrise nekakvog kampa. Ustala je i iscrpljeno pošla napred.

Dok je koračala pored razrušenih šatora koji su se većim delom nalazili zatrpani u zemlji, jecaji su se umnožavali i sve žalosnije vitoperili. Povremeno bi se čak igrali žmurke sa njenim umom, nakon što bi obišla neobične humke ili zavirila iza pobodenih, poluodvaljenih greda. Koji god vapaj da je razotkrila, uvidela bi da je pripadao nekom od pokopanih ljudi. Još uvek su na sebi imali radne uniforme, te ih je odmah prepoznala kao radnike iz toplane. Kao svoje žrtve... Ono malo volje i prisebnosti što joj je preostalo pomagalo joj je da snažno zažmuri pred njima i pored sve gorčine oseti i čistu slanoću iscedaka sopstvenog života.

Nastavila je dalje da sledi potresni dečji lelek, koji ju je nakon izvesnog vremena doveo do neizbežnog cilja. Tačno na sredini utvarnog groblja prošlosti zatekla je Abdula kako okrenut leđima od nje kleči na pesku. Ovde je vetar nešto jače hučao i vijorio prašinu kojom je smanjivao vidljivost.

— Abdule? Abdule? — dozivala ga je glasom koji samo što nije pukao, približavajući mu se sve sporijim korakom. — Ja sam... Eva... Hajdemo natrag...

Delovalo je da je nije čuo, za razliku od vaskrslih radnika i njenih nekadašnjih pacijenata. Nalik izgubljenim dušama koje su odavno zaboravile šta znači izbavljenje, pridigli su se tiho iz svojih peščanih pokrova i krenuli da je okružuju. Srce joj se spustilo u pete i sve više potresalo tlo pod nogama. Bojažljivo se približila mališanu na jedva metar razdaljine i ponovo ga pozvala.

— Abdule... — obratila mu se po poslednji put i dotakla mu rame.

Iako je ucveljeni plač uminuo, on joj nije odgovorio niti se okrenuo. Nakon nekoliko trenutaka napete neizvesnosti, vetar se naglo uznemirio i zapretio da razvije pravu oluju. Tačno nasuprot dečaka, iz peskom uskovitlane okoline iskoračilo je humanoidno biće, mračnije od najdubljih košmara ljudi. Bez lica. Bez vidljivih telesnih obeležja. Bez emocija... Bez duše. Ako je nešto i govorilo, glas mu se utapao u demonsko brujanje i vrtlog.

Ustuknula je unazad i otkopčala futrolu pištolja, ali pre nego što je stigla da ga izvuče i uperi u sablasnu pojavu, ruku joj je zaustavila nečija tuđa, samrtno modra. Ubrzo je na leđima i ramenima osetila mnoge druge. Kada se osvrnula, prepoznala je jedanaestoro aveti, poderanih uniformi i proganjajućih pogleda. Dečak je navukao maramu preko glave, pridigao se sa zemlje i prišao Evi koju je panika u potpunosti paralisala.

— Nije trebalo da dolaziš po mene — prevela mu je šturo reči. — Sada se ni ti nećeš vratiti kući.

* * *

— Duša se otkriva poput latica na lotosovom cvetu... Što ih je više, veća je i sva njena draž... — oglasio se sneni ženski glas kraj Akirinog ramena. Eho reči pratio je ritam vijorenja pramenova kose na usplahirenom vetru.

Zagledan u pravcu tinjajućih miraža, u čijim je izobličenim prizorima nazirao morbidnu predstavu, Akira je klimnuo glavom. Učenik Zena osetio je da je spreman za svoj poslednji ispit.

Sablasna utvara kasapila je telo lekarke Eve Lejn na način koji bi jedino mogao da se opiše kao bestijalni. Pred kraj završnog čina odvukla ju je nekoliko metara, da bi potom zajedno sa njom nestala ispod peščanog tla.

— Naše žudnje su ujedno i naši strahovi — izjavila je Hinata kada se oluja znatno razvila, te ga je povela na suprotnu stranu, prema logoru koji je prethodno zatekao prazan. — Ali znaj da ništa ne traje doveka... Kao ni vreme.

Nakon određenog vremena, stigli su do vrha jedne od dina koja je kao motrilja nadvisivala prostranu ravnicu. Odatle su prvo uočili, a potom i pomno pratili Ortegino posrtanje i Albertovo vrebanje legionara nalik neumornom šakalu, njihov razgovor i naposletku pojavljivanje mračne sene. Akira je podesio fotoaparat i načinio nekoliko fotografija. U momentu kada je stigao do kraja filma i poslednji put škljocnuo aparatom, postao je svestan blizine malog Abdula koji je nepomično stajao i ćutke gledao šta se dešava tamo dole. Činilo se da nije mnogo pažnje pridavao japančevom prisustvu.

— On uči da bi znao. A saznaje da bi razumeo. On u sebi nosi život i smrt za drugoga, ali ne i život za sebe — objasnila mu je Hinata. Spokojno je uzela Akiru za ruku i povela ga natrag ka logoru.

Kada su stigli, kao po nekakvoj komandi japanski novinar je počeo da razbacuje zalihe hrane, opreme i medicinskog materijala po zemlji, da čupa kablove i lomi delove ispod hauba džipova.

— Svo lišće mora pasti sa drveta i uvenuti kako bi se napravilo mesta za novo... — izgovorio je Akira, maltene nesvesno kad je njegov pir bio okončan.

Otprilike u istom času Hinata je zaplakala i napravila bolnu grimasu kada joj se silueta raspršila pred naletom vihora i pokušaja Akirinih ruku da je zadrži. Dozivao ju je i osvrtao se za sobom, ali bezuspešno. Vetar je odnosio njene šapate dalje prema obodu kampa. U potpunom očaju da je ne izgubi po drugi put, pratio je zvuke koliko je mogao, ne obazirući se na povike i mahanje udaljenih novinara da se zaustavi.

Snaga ga je napuštala, sve više se teturao nego što je hodao. Kada je osetio da ne može više i da će morati na kolenima da se oprosti od njenog poslednjeg šapata i sačeka da ga sopstveno srce izda, nešto mu je dodirnulo baršunastu kosu i začuo je glas, jasniji od smrti.

— I lotosov cvet će uvenuti, ali ne pre nego što ostavi seme koje će reka odneti negde daleko — nadovezala se Hinata na njegove izgovorene reči u kampu i kleknula pored njega.

Zrnevlje joj se slivalo niz obraze, te je prislonila lice na njegovo rame, ne bi li sakrila tugu, beskrajnu poput Sahare.

— U svakom se semenu nalazi obećanje životu... — odgovorio je Akira i zaklopio oči na trenutak.

Kada ih je ponovo otvorio, više se nisu nalazili u pustinji. Koračali su livadom duž oboda šume, koja je uveliko menjala svoje staro ruho za novo. Zastali su kod njihovog omiljenog drveta i zagrlili se. Hladni vrhovi Fudžijame sačuvali su im ovaj trenutak od zaborava.

— Čekala sam te tako dugo... Vreme je — poručila mu je Hinata i obrisala grube, ali svetlucave suze sa lica.

— Voliš li me i dalje? — upitao ju je, sada duboko zagledan u lepršave boje njenih zenica.

— Nikada nisam ni prestala, Ajumu — odgovorila je, oslovivši ga nadimkom koji mu je nadenula kada su se prvi put sreli na ovom mestu.

— Povedi me... — izgovorio je nakon dubokog uzdaha i pustio da ih preplavi zaslepljujuća belina.

Ko tamo ide?

Nekoliko momenata ranije, iznad provalije,
Auzu pojas

Isprva začuđeni, a potom i užasnuti pogledi tragali su među sobom za odgovorima kada je odjeknula prva eksplozija, samo da bi se naposletku zagubili u tumarajućem i nasmejanom odjeku smrti.

Vetar se pridizao i počeo sve više da vitla zrnevlje prašine po vazduhu. Neke bi to podsetilo na potrebu prirode da promeni i pripremi scenografiju za naredni čin u ovom teatru bola. Druge da je istresala urnu sa pepelom duša, ne bi li ih večno sjedinila sa pustim zagrobnim prostranstvom. Ono što je bilo sigurno jeste da niko od onih koji su se još uvek nalazili na sceni nije čuo upozorenja šaptača o onome što je pristizalo sa horizonta.

— Ovo nije klejmorka… — izjavi Džeremaja.

— Nije… Ovo je ručna bomba… — uzvrati Hanibal, kalkulišući u mislima koja naređenja da izda.

— Morali bismo da odemo da vidimo šta se dešava… — poručio im je Sergej zabrinuto, ali je ubrzo utihnuo kada ih je Hal sve presekao pitanjem i istim podsetio grupu na Akiru:

— Ljudi, je l' on to ide prema minskom polju?

— Akira, jebote, šta radiš to… — nadovezao se Brajan, u potpunoj neverici šta gleda.

Kapetan je izvukao pištolj i pucanjem uvis pokušao da mu skrene pažnju, ali je japanski novinar nastavio da šeta, ne pokazujući nikakvu svest o svom okruženju. Grupa je strepela da bi svakog časa mogao da odleti u vazduh. Noć je pristizala. Nešto je hitno moralo da se preduzme.

— Mesečino, povedi Amerikance sa sobom i izvidi šta se, kog đavola, dešava sa tim novinarom! Sergeju, nas dvojica idemo po Evu. Brzo! — žustro je Hanibal izdao naređenja i poveo mladog Sovjeta sa sobom.

Brajan, Džeremaja i Hal smesta su potrčali ka Akiri. Mahali su, vikali, signalizirali baterijskim lampama, ali bez uspeha. To je nateralo tamnoputog legionara da preduzme radikalnije mere. Repetirao je oružje, kleknuo na zemlju i nanišanio ga u nogu. „Zaustavi se, skote. Zaustavi se, proklet bio... Ne teraj me to da radim", upozoravao ga je u mislima, prateći njegovo mesečarenje. Metkom kalibra 7,62 milimetara mogao je da mu nanese stravičnu povredu, koliko god ona delovala nužno u ovoj situaciji.

Sasvim slučajno, dok je nišanio, iza Akire je opazio senu ljudskog izgleda. Prikrivala se u prašini podignutoj sa tla i delimično je bila osvetljena baterijskim lampama Amerikanaca u trku. Džeremaja je obrisao znoj sa lica i pogledao ponovo kroz nišan. I dalje se nalazila na istom mestu. Strašna pomisao da upravlja zlosretnim novinarom poput lutkara činila mu se vrlo stvarna.

Vreme je zastalo na momenat, dok se on dvoumio prema kome da ispali hitac.

— Nemaš ti muda za to, Mesečino... — začuo se glas odnekuda koji se približavao. Skrenuvši blago pogled u stranu, uočio je dvojicu dečaka iz detinjstva koji skupljaju kamenje da bi ga gađali. — Oduvek si bio pizda, a zna se kako prolaze crnačke pizde...

Bolna uspomena zasekla ga je nožem od straha, nateravši srce da mu zalupa nešto slabije od artiljerijskog plotuna. Pa ipak, zver nad kojom se dovoljno dugo iživljavalo vremenom otupi od daljeg mučenja i degradacije bića. Kao da se prolivene suze i krv skorave u egzoskelet moralne i emotivne umrtvljenosti. Bubnjanje srca ga je zagluvelo i odvratilo pažnju od fantomske pojave, pa je tako povratio koncentraciju neophodnu za dobro nišanjenje. Pomerio je pušku malo ulevo i krstićem precrtao stvora.

Misleći kako legionar želi da ubije njegovog kolegu, Brajan je dotrčao natrag i u poslednjem času udario rukom po Džeremajinoj puški. Kapisla je prasnula, a blic rasterao obližnja priviđenja. Rotirajuće zrno, zahuktano i usijano, izletelo je iz cevi i otputovalo u hladnu tamu, daleko od svog sablasnog cilja. Sekund kasnije razorni plameni gejzir progutao je sav nadrealni prizor, zajedno sa Akirom i senovitim obličjem.

Hal je pao na kolena u obrušujućem očaju. Ostao je zagledan u kovitlac dima na desetak metara od sebe, koji je vetar ubrzo razneo po okolini, ne bi li iza njega ostavio udubljenje u gorućoj zemlji. Crne suze čađi, prašine i smrada sprženog tela u vazduhu slivale su mu se niz lice i mešale sa znojem. Bol zbog novog gubitka, haosa i beznađa kidao ga je više nego što je uspevao da zakrpi još uvek sveže poderotine na duši. Zbog svega toga nije uočio kako se na nebu otvorio „prozor” i prikazao se kasni suton. Premeštao se sporo na jug i nekom nevoljnom milošću dopuštao nebesima da pruže nadu prisutnima kako će se izbaviti iz pakla na zemlji. Tanana zvezda zatreperila je u znak te nade.

— Jesi li normalan?! Zašto u njega?! — povikao je Brajan na ukipljenog Džeremaju, koji se još uvek trudio da pređašnju situaciju poveže sa proteklom noći i masakrom Čađana. — Maločas je Hanibal hteo da puca u tebe. Sada ti u Akiru. Šta se, koji moj kurac, deša... — nastavio je da viče, kada ga je legionarev brutalan, iznenadni udarac kundakom ućutkao i bacio na zemlju.

Krvavog lica uzmicao je unazad pred teškim koracima vojničine i njegovog uperenog snopa lampe sa puške. Iz straha da ga ovaj ne ubije, nespretno je otkopčao futrolu i kroz drmusavi nalet adrenalina uperio pištolj ka Džeremaji. Tek kada se ovaj sagnuo i spustio oružje, začuo je reči u kojima nije bilo mesta za sumnju.

— Da li veruješ u čudovišta, Brajane? — upitao ga je mirno i ne sačekavši na njegov odgovor nastavio: — Jer trenutno jedino strašnije od mene nalazi se ovde sa nama. Za razliku od moje malenkosti, koja ne voli igre, već presuđivanje po kratkom postupku, ovo drugo nas uhodi, manipuliše nama, a potom i ubija... Stoga bi bilo pametno da se narednog puta ne nađeš između dve vatre. Upozoren si.

— O kak-ka-kakvom čudovištu pričaš, jebote? — upitao ga je zastrašeni Brajan, uočivši potom deprimiranog Hala kako im prilazi.

— Onom što uživa u svom sadizmu pre nego što završi s tobom — poručio mu je zloslutno. — Nalik senci je, oživljenoj sa zidova tvojih košmara. Brzo se pojavljuje i brzo nestaje. Stvara ti nekakva sjebana priviđenja od kojih možeš da poludiš ako nisi mentalno jak...

— U pravu je, Brajane... — oglasio se skrhani Hal i podsetio ga na svoja strašna iskustva sa reportažama. Njegov prijatelj je u neverici odmahivao glavom, trudeći se da racionalizuje užasne probleme.

Bauci pripadaju bajkama, mitovima i legendama, a ne realnosti. Najsličniji njima obitavaju u mračnim kavezima ljudskog uma, spremni da zaposednu krotitelje ili hranitelje kada im se ovi najmanje nadaju. Sa druge strane, silne traume, nehumani uslovi, žeđ i glad zaista mogu da pomute razum čak i najjačem čoveku. Dovoljno je samo jednog od njih da izopače i da se, nalik virusu, epidemično prošire na ostale. Rat u Vijetnamu je to odlično pokazao.

Posmatrajući lica legionara i svog najboljeg druga, upitao se da li je ludilo zahvatilo i njih dvojicu? Ako jeste, kada je to počelo i do koje mere se razvilo? Ako nije, da li je on taj koji je, zapravo, sišao s uma? Nalet panike pokušao je da ga obuzme i odvrne mu sve adrenalinske ventile, ali ga je snažna Džeremajina ruka prikovala za zemlju.

— Ako misliš da ništa od ovoga nije istina, zapitaj se zašto je naš kamp u mraku i zašto nikoga još uvek nema... — izgovorio je legionar činjenicu tako strašnu da su Brajanovi strahovi o sveopštem ludilu uzmicali pred njom. — Sledeći put otkoči pištolj ako planiraš da ga upotrebiš... — poručio mu je Džeremaja i ostavio ga da leži u pesku.

I zaista, nalet oštrog vetra kao da mu je doneo neznatno otrežnjenje pa je jasno mogao da sagleda utvarno pustu okolinu, bez ijedne žive duše ili tračka svetlosti.

Mada je vetar nosio sa sobom huk tarenja peska i zamagljivao predeo, što bi umnogome umanjivalo verovatnoću da mogu da čuju i vide nekoga, odlučili su da se za početak sklone sa čistine. Kada se budu našli na bezbednom, razviće plan kako da hitno nastave sa popravljanjem džipa i pobegnu što je pre moguće.

Doduše, tako nešto zavisilo je od nekoliko faktora, pre svega da li i dalje ima živih u provaliji, ali i šta će i koga zateći u logoru — nikoga ili Hanibala sa Sergejem. Vredi naposletku pomenuti da je svaki od tih faktora dalje zavisio od trajanja i obima pustinjske oluje. A njena vladavina samo što nije otpočela.

Tokom probijanja kroz sve jače nalete vetra i peščane nanose naišli su na nekoga koga su najmanje očekivali ili je bolje reći sasvim zaboravili. Neposredno ispred samog logora, krećući se njima u susret, koračala je silueta stvorenja sa zavidnim umećem i iskustvom za ovakvo nevreme. Zgureno, u maramama, izgledalo je kao pravi pravcati izdanak ovih negostoljubivih predela. Ne časeći ni časa, Džeremaja je kleknuo u položaj da nišani. Iščekivao je da ponovo prepozna utvarnu senku kako se podmuklo priprema za napad ili im sprema novi susret sa užasnim prikazama. Pa ipak, želje i strahovi mu se nisu ispunili.

— To je Abdul! — povikao je Brajan, trudeći se da nadjača buku vetra. — Hoćemo li i u decu sada da pucamo?! — dodao je, zagledan u nepomičnu i neodlučnu legionarsku grdosiju.

Činilo se da je ova druga izrečena misao bacila nekoliko iskri u davno ugašeni moralni kamin u Džeremaji. Imajući u vidu protekla dešavanja koja su mu evocirala uspomene na detinjstvo, odlučio je da ovoga puta popusti. Ni zbog koga drugog do zbog samog sebe... Malog Mesečine.

* * *

Kada su Sergej i Hanibal stigli do kampa, prvo što su zatekli bio je obeshrabrujući i srceparajući lom. Silne ispreturane stvari završile su na zemlji, dok su se peščani nanosi potrudili da vešto prikriju tragove o tome šta se tu zaista desilo. Povici su im se gubili u vazduhu, nošeni avetnim olujnim strujanjima, dok su im polupani radio-uređaji dojavljivali samo šizofrenu statiku.

Nikoga nije bilo da ih dočeka. Preciznije, nikoga živog. Crna vreća sa Iljom virila je napola iz peska, poput nemog groba tragedije koja im je lešinarski kružila iznad misli. No nešto u vezi s njom je za Sergeja bilo veoma sumnjivo. Propustivši Hanibala da ode do Orteginog džipa sa radio-komunikacijskim uređajima, prišao je vreći i na sopstveno zaprepašćenje otkrio da je prazna. Spoznaja da je telo njegovog rođaka nestalo stvorila mu je vrtoglavicu, takvu da je jedini izlaz iz nje uočio nešto dalje od mesta gde se nalazio — u silueti koja se samotno kretala kroz peščane namete, u smeru ka nekadašnjem nomadskom logoru.

Za to vreme Hanibalova volja se približavala granicama izdržljivosti. Hrana je bila potpuno neupotrebljiva, a zalihe vode, sem onih u odveć načetim ličnim čuturicama nisu postojale. Da je situacija po sve njih još više postala kritična video je po polovičnoj sabotaži rezervnih auto-delova, odnosno nestanku glavnog radio-uređaja iz Orteginih kola.

Svom snagom je zalupio vratima od džipa i pošao ka Sergeju — kojeg nije bilo onde gde ga je ostavio. Malena iskra je treperila u daljini nalik zalutalom svicu. Podigao je dvogled i jedva ga uočio kako sa baterijskom lampom u ruci juri za nekim ili nečim. Razvio je maramu preko lica i brzo se dao u poteru za njim.

Pristigavši do čistine, probao je da nekako dozove sovjetskog novinara, no povici su mu rikošetirali među hiljadama oštrih zrna peska. Ispalio je i nekoliko hitaca u vazduh, ali i dalje nije uspevao da mu skrene pažnju. „Kuda je, jebeno, pošao ovaj kreten?", upitao se Hanibal, ne znajući da je isto pitanje sebi postavljao i Sergej.

Njemu su sve misli bile fokusirane na njegovog Ilju u maslinastozelenoj uniformi, koji bi se povremeno okrenuo za Sergejem, pokazao na nešto u pesku i mahnuo mu da požuri. Daleko od toga da je zadihani mladi Sovjet poverovao kako mu je mlađi brat od strica nekim čudom vaskrsnuo. Uprkos nesnosnoj žeđi, gladi, umoru i nadolazećoj oluji, pratio ga je ne bi li otkrio kako je moguće da se sve ovo tako stvarno dešava i zašto?

Negde nadomak nomadskog zloglasnog kampa i na mestu koje mu je Ilja signalizirao, nazreo je spečene ostatke ljudi koji su još uvek na sebi imali smrad ugljenisanosti. Kao da je pustinja pokušala da ih svari, ali je u nekom trenutku višak izbljuvala natrag. To se takođe odnosilo i na poluzatrpani radio-uređaj, koji se Ortega očajnički trudio da popravi. „Odakle ovo ovde?", zapitao se. Šuštao je i dalje kada ga je izvukao iz zemlje i poneo sa sobom.

Kada je mrak i konačno prigrlio ove uboge predele, Sergej je stigao do mesta nekadašnjeg stradanja Tebu nomada. Zavirivao je koliko je mogao po zatrpanim čadorima, ali i sveopštem lomu koji je pustinja namerno ostavila da nekim čudom postoji, verovatno da služi kao spomenik svom sadističkom iživljavanju.

No onog koga je Sergej pratio tu nije bilo. Sasvim slučajno, tumarajući po neravnom tlu, za koje je mogao samo da pretpostavi da su ga činili leševi mnogobrojnih ljudi i konja, ugledao je nedaleko od sebe jedan, donekle očuvan vojni šator.

Bio je poluprazan. Zaboravljen čak i od strane vremena. Upravo takav uspeo je da sačuva nešto od prethodnih gostiju ovog sablasno pustog mesta. Po odrpanim zastavama i sanducima sa opremom i oružjem zaključio je da vojni šator pripada čadskoj gerili, a da ga je libijska vojska ostavila tako da u neko buduće vreme posluži kao dokaz o umešanosti protivnika. Štaviše, većina grupacijskih insignija pripadala je istoj onoj četi koja se nalazila na pokazanim fotografijama, a koja je, prema Gadafijevim navodima, prva zatečena na mestu zločina.

Istrulelo drvo na poklopcu sanduka se odlomilo kada je pokušao da ga otvori i unutra je zatekao nekoliko starih dokumenata i fotografija. Ispostaviće se vrlo brzo, uznemirujućih.

Naime, ta izvidnička četa uopšte nije bila prva koja je ovde boravila, već treća. Prema nađenim pisanim naređenjima, prva je otposlata već krajem decembra 1979. godine. Imala je jasan zadatak: da pronađe nestale nomade, čiji je nestanak njihovo pleme prijavilo čadskim vođama od autoriteta. Navodno, strahovali su da nisu možda nastradali usred vihora rata. Pa ipak, poslata četa se nikada nije vratila da izvesti šta se desilo sa nomadima, niti su pronađeni bilo kakvi tragovi koji bi mogli pružiti više odgovora o njihovim zajedničkim nestancima. Sve što su ti Čađani ostavili za sobom bio je upravo ovaj vojnički šator sa propratnom opremom. „Mora da su im dnevnici odavno zatrpani ispod peska", razmišljao je Sergej. „Ili ih je neko namerno uklonio..."

Druga četa se marta 1980. godine, uz mnogo problema prilikom probijanja libijskog obruča na severu Čada, sasvim slučajno zatekla na ovoj lokaciji. Kako su vojnici odmah prepoznali napuštene stvari svojih drugova, krenuli su u potragu za njima, ali bez vidljivog uspeha. Tu i tamo ostavljali su zapise o „Peščanom demonu" koji proganja tokom dana i „oživljenoj seni" koja napada tokom noći. U prilog tome, Sergej je naišao i na pohabane crteže humanoidnog bića, veličine dva i po metra, veoma tamnog i utvarnog.

To što se dnevnik evidencije komandanta i dalje nalazio na ovom mestu, a ne u rukama njegovih nadređenih, bio je jasan pokazatelj da se niko ni od te druge čete nije vratio kući da izvesti o zatečenom. Uostalom, ako je i postojala doza sumnje u vezi sa misterioznim nestancima obeju grupa, onda su naredna dokumenta koja su se našla u Sergejevim rukama to nedvosmisleno potvrđivala.

Ona su pripadala trećem, brojnijem i opremljenijem odredu, pod nadležnošću visokog oficira bezbednosne službe, Mondesira Abaje. Ta specijalna grupa otposlata je sredinom maja 1980. godine, sa glavnim ciljem da iskoristi neinformisanost Libije o dešavanjima, a samim tim i njeno vojno odsustvo u ovom području i što pre pronađe odgovore o nestalim četama i nomadima.

Prema preliminarnom izveštaju, prvog terenskog dana osetili su neverovatno snažnu utrnulost u vazduhu i mučni osećaj da ih nešto posmatra. Trojica vojnika prijavili su da su videli nekakve halucinogene opsene oko kampa, ali su sve te izjave bile odbačene, a kao razlog je navedena sunčanica. Kasnije u toku noći imali su ozbiljnih problema sa smenom stražara. Jedan je potpuno izgubio zdrav razum i moć govora, dok je drugi napustio logor, pobacao opremu i nestao u okolnoj pustoši.

Već drugog dana uviđaja, prilikom ekskavacije zemljišta unutar zone logora, načinjene su fotografije onoga što je zatečeno pod zemljom. Prizori zverski rasporenih leševa kamila, kao i manjeg broja stoke, ostavljenih na milost i nemilost čeljusti vremena i zemljine utrobe bili su toliko morbidni, da je Sergej jedva suzbio poriv da ne povrati. Malo dalje od njih, kraj svakog od tri uništena čadora pronađena je krvava i poderana nomadska nošnja, zajedno sa njihovim dopola pojedenim i istrulelim iznutricama. Kako je vojna ekspedicija bila opremljena informacijama o svakom nomadu ponaosob, zaprepastila ju je činjenica da odeću jedinog deteta u grupi nisu pronašli.

Maltene u istom stanju, malo dalje od kampa, otkriveno je nekoliko uniformi sa jedva prepoznatljivim obeležjima koje su pripadale drugoj četi. Šaržeri pušaka bili su delimično ispražnjeni, a prisustvo čaura u pesku sugerisalo im je da su se sa nečim borili... I izgubili. Nakon detaljnog pretresa pronašli su svega jedno, krvlju umazano i zgužvano parče papira. Na njemu je u panici bilo napisano: *Ubijte odbeglog da se ne bi rodilo! Ubijte odbeglog! Ubijte ga, da ono ne bi vas...*

Strah se kod vojnika iz treće čete poput hirurškog skalpela uvlačio pod kožu, ali kada je pala noć, opšte beznađe ih je sve proburazilo. Dvojica su izvršila samoubistvo, dok je četvoricu drugih na spavanju ubio zamenik komandanta odreda. Pre nego što su stigli da ga savladaju, zamenik ih je opomenuo na utvaru iz tame i potom pucao sebi u slepoočnicu. Do narednog svitanja su ga i svi ostali postali svesni...

Mondesir Abaja je nekoliko puta preko radio-veze zahtevao od nadređenih da ih opozovu sa misije, ali bezuspešno. Uprkos njegovim osnovanim sumnjama da su i čete i nomadi pobijeni od strane nepoznatog i vrlo opasnog bića, kao i izričitim upozorenjima da imaju posla sa nečim što je izvan njihovog poimanja, dobio je striktan povratni odgovor da je njihova misija tek tada postala od suštinske važnosti za pobunjeničku vladu u ratu sa Libijom.

Naime, od strane njihovih špijuna je službi u Čadu dojavljena informacija o dečaku nomadu koji je jedini preživeo stradanje svojih sunarodnika. Kako su ga Libijci prvi pronašli, a pribojavajući se da će ga Gadafi iskoristiti u propagandne svrhe, služba je zahtevala da odred preotme mališana kojeg su Libijci držali u El-Džafu, transportuju ga natrag za Čad i predaju Hisenu Habreu. Politički lider je u tom momentu optužio Libiju za ubistvo nevinih nomada i poslao apel za pomoć nekolicini moćnih zemalja sveta. Zbog svojih političkih ambicija, Habre nije želeo da prihvati izveštaj iz Mondesirovog potonjeg i poslednjeg javljanja, a u kojem je maltene usplahireno izvestio centralu da je broj njihovih vojnika u pustinji sa inicijalnih trideset i pet spao na svega deset.

Naredne stranice vojnog dnevnika koji je Sergej čitao nalazile su se u veoma očajnom stanju. Prema njegovom shvatanju i na osnovu onog što je uspeo da otkrije, činilo se da je ostatak vojnika ili izvršio samoubistvo, ili se međusobno poubijao na najgnusniji mogući način, ili se razbežao po okolnoj pustoši.

Vojni zapovednik odreda i onaj kome je pripadao dnevnik, potpisan samo kao El-Bahir, ostavio je na kraju poslednju poruku u vidu poderane cedulje. Nju je Sergej skoro naglas pročitao:

Ostao sam sâm. Bez hrane i vode. One koje nisu odveli u ludilo preko dana, miraži su pobili i odvukli pod zemlju kad je pala noć. Odbijaju da umru. Tragaju za malim Abdulom, ali su ga se prokleti Libijci prvi dočepali. Oni ga neće ubiti, a trebalo bi... Ne znam da li je Mondesir, kojeg sam pod pretnjom ubistva oterao, uspeo da javi šta se ovde desilo... Molim se Alahu da jeste, ali i da će smoći snage da nađe dobrovoljce koji će se u ime nas žrtvovati da zaustave sve koji se usude da priđu ovom ukletom mestu. Duša mi je spremna, a pištolj napunjen. Ne zaslužujem ovakvu smrt, ali mi drugačiju miraži ne nude... Trebalo je da ubiju dečaka... Ponovo će se roditi... Vada'an...

Sergej je brzo pokupio sve što je mogao i nagurao u ranac. Adrenalin mu je kuljao u venama usled silnih informacija koje će obelodaniti svojima u kampu. Baš u momentu kada se spremao da krene, začuo je napukli glas napolju.

Bilo je tuge u njemu, kao i u rečima kroz koje je peščani vihor ridao:

— Napokon smo stigli, dragi moj Serjoža... U zemlju nestalih, gde i pripadamo...

— Ko to govori? Prikaži se! — nije se dao zbuniti mladi Sovjet. Uprkos tome što mu se „nešto" obratilo na maternjem jeziku, hrabro je istrčao napolje i upalio snimač zvuka. Kasnije će se uveriti da li je potpuno sišao s uma ili je zaista čuo glasove...

— Zar me ne prepoznaješ, brate? Da li su ti misli nestale pre tela, pa si zaboravio na svog malog Iljušu? Ovde si svoj na svome. Među bližnjima.

— Moj brat mi je umro na rukama, a da si ti stvarno on, znao bi da ga nikada nisam zvao Iljuša, već Iljuha... — odgovorio mu je Sergej. Izvukao je pištolj koji je podmetnuo pod lampu i tragao za fantomom po kovitlacima prašine. — I druga stvar koju si pogrešio jeste to što su naši „bližnji" u Avganistanu, a ne ovde... Prikaži se, *prizrak,* đavo te odneo!

I zaista, nije prošlo mnogo, a tri sablasne senke polako su istupile napred iz tmine. Činilo se da su prve dve bile satkane od iste, jer im je mešavina mraka i peska ispunjavala tela. Na sebi su nosile izanđale, kamuflažne i poderane uniforme SSSR-a, na kojima je Sergej odmah prepoznao činove i epolete. Pripadale su njihovoj braći, odavno mobilisanoj i priključenoj jedinicama u ratu sa mudžahedinima. Stajali su mirno i propustili treću figuru da zakorači ispred njih.

Nekada žućkasta avganka, sada potamnela od skorene krvi, prekrivala je telo osobe kojoj su se jasno videli obrisi lica. Bio je to niko drugi do Ilja, Sergejev brat i kamerman kojeg su čadski pobunjenici izrešetali u džipu. Zrnevlje peska nakupilo mu se na koži, nalik inju na prohladnom jutru. Glas mu je sada zvučao dublje od najdubljeg ambisa na zemlji:

— Ne, mili Serjoža, ti si taj koji greši... — progovori avet hladnokrvno i krenu da se približava. — Naši bližnji su zaista ovde, jer su pesak i prašina svuda isti... A u istim će i naša domovina biti...

Užas je na trenutak paralisao mladog Sovjeta, ispunivši mu krik oštrim, prašnjavim česticama. Da li su stvarno utvare predstavljale njegovu braću? Da li bi iko mogao da napadne svoje najmilije, ma koliko u njima video prave pravcate zloduhe? Hoće li mu oprostiti u zagrobnom životu? Da li će i on završiti u prašini, daleko od svog doma? Ta i mnoga druga pitanja, zapretila su da ga u potpunosti savladaju i ponude ga kao žrtvu, na milost i nemilost otelotvorenim košmarima. Pa ipak, snagom volje, božjim čudom, verom ili ludačkom srećom, uspeo je da sačuva tek toliko prisebnosti da ispali nekoliko hitaca u zlokobne senke.

Tamo gde ih je pogodio potekli su mlazevi peska umesto krvi. Deo njihovih obličja je razvejao vetar, dok je ostatak zemlja prigrabila za sebe. Menjajući šaržer, pošao je unazad kada je osetio da su ga nečije ruke, koje su izronile iz peska, čvrsto ščepale za noge i oborile ga na kolena. Novi i nešto snažniji nalet vetra prikupio je prašinu sa tla i ponovo se inkarnisao u Ilju, ali ovog puta u neposrednoj blizini mladog Sovjeta. Takvoj da je sada jasno mogao da vidi bratovljevu kožu na licu, napuklu poput suncem spečenog tla. Strah ga je ponovo savladao, ovog puta žešće no što je očekivao.

— Zašto ovo radiš?! — zavapio je Sergej. — Šta hoćeš od mene?

— Život za živote... — uzvratio mu je ehom brojnih prašinastih glasova.

Baš u momentu kada je Ilja pružio skoravljene ruke ka njemu, odnekuda je zaprštao pun rafal automatskog oružja i razneo neman uz čudovišne, samrtne krike. Sa njom su se rasule i ruke koje su novinara maltene do kukova uvukle u zemlju.

Malo dalje od mesta gde se avet nalazila, Sergeju se ukazao nejasan prizor daleko sablasnijeg stvora. Visok i nepomičan poput stene, skrivao se u kovitlacima vetra koji kao da se povinovao njegovoj volji. Činjenica da je nastavio da motri na mladog Sovjeta, uprkos tome što su opsene nestale, bila je jezivija od njegove pojave. Nekoliko sekundi kasnije, nalet prašine potpuno ga je zaklonio iz vidika.

Već na drugoj strani, jedna nova senovita silueta prilazila je Sergeju s boka i nišanila ka njemu, koji je ostao da kleči na zemlji. Novinar se ponovo stresao pri pomisli da je i taj došljak samo još jedna, vrlo uverljiva i podmukla halucinacija. No kada je snop svetlosti obasjao Hanibalovo lice, nada mu je istog časa preplavila dušu. Kapetan ga je dohvatio za kragnu i brzo odvukao u šator u kojem je do maločas boravio.

— Uhhh... Hvala ti... Hvala ti do neba — bilo je prvo što je Sergej izgovorio. — Imam toliko toga da ti ispričam, šta sam sve otkrio o... — započeo je, ali se brzo zaustavio. Unezvereni pogled legionarskog zapovednika i maltene paranoično zauzimanje stražarskog stava kraj ulaza bilo mu je nadasve čudno. — Oterao si ih, štagod oni bili... Oterao si i njeg... — probao je da ga umiri.

— Ništa nije gotovo! — odbrusio mu je ovaj. — Čadski pobunjenici su nas opkolili! Približavaju nam se!

— Čađani? — upitao ga je Sergej. — Nisam čuo niti video nijednog od njih... — zavrteo je glavom u neverici i približio se do Hanibala kako bi i sam provirio napolje. Sem hučanja vetra nikakvih povika ili pak otvaranja vatre nije bilo.

Kapetan ga je ščepao za gušu.

— Ovo je sve zbog tebe, majku ti tvoju... Zašto si pobegao sa položaja koji sam ti naredio da čuvaš?! Ugrozio si celu misiju! — zarežao mu je ispred lica i napunjenim pištoljem zapretio da neće mrdnuti odatle dok ne stigne pojačanje.

Sergeju je to bilo dovoljno da shvati kako su opsene uspele da savladaju i najiskusnijeg od njih. Nije ni pokušavao da mu objasni da ništa od toga nije stvarno. U ovakvoj situaciji to bi ga moglo stajati života. Stoga je podigao ruke i klimnuo glavom, prividno se složivši da će proveriti zastarele puške u šatoru i upotrebiti ih kad bude zatrebalo.

Kada se malo udaljio, napipao je vlagu ispod mišice. U prvi mah je pomislio da je to samo znoj i prilagođavanje tela na niske temperature. No kada je ponovo proverio, uvideo je da krvari. Radilo se o prostrelnoj rani, potencijalno opasnoj po život i dovoljnoj da mu naplati bolom i malaksalošću sav adrenalin koji je prestajao da ih suzbija. Uz dosta muke poderao je parče tkanine i svezao oko ruke. „Trebalo bi da izdrži dok Eva to stručnije ne sanira... Pod uslovom da prethodno i ja izdržim."

Praćen povremenim Hanibalovim pucanjem iz puške i obraćanjem na francuskom, Sergej je pokušao da skrene misli o mogućoj sopstvenoj smrti i nastojao da ustanovi šta se ovde zaista zbiva. Ređao je sve moguće scenarije u glavi, od poligona stranih sila za radioaktivno testiranje, preko eksperimentisanja kolektivnom hipnozom i upravljanja umovima, pa sve do bolesnog i sadističkog rijaliti programa. Pa ipak, umesto ubedljivih odgovora, zadobio je jedino užasnu glavobolju i nezaustavljivu drhtavicu. „Moram nekako da upozorim ostale... Ali prvo da vidim kako da se izvučem odavde..."

Za Hanibala potpuni psihički slom nastupio je kada je shvatio da će nakon gubitka svojih vojnih drugova uskoro ostati i bez poslednjeg člana ekspedicije. Znao je da bi brže stigao do novinara da na putu do nomadskog kampa nije bio izložen rafalnim paljbama čadskih pobunjenika. Znao je da je mogao da ga spasi, a ne da ga zatekne smrtno ranjenog. Sve što mu je sada preostalo bilo je ponovno buđenje najtraumatičnijeg događaja u svom životu. Bar na drugom mestu i u drugom vremenu... U drugoj osobi.

Umesto Sergeja sada se tamo nalazio Samjuel Matis, Hanibalov saborac tokom zloglasnog Crvenog oktobra 1969. godine. Isprva, kapetan se odupirao koliko je mogao da prizna da je to *onaj* Matis, koji ga je još onda, na samrti savetovao da uzme od njega i palih drugova šta mu treba, ne bi li izgurao bar još jednu noć dok ne stignu evakuacione trupe. Tek kada su naoružani pobunjenici napravili privremeno zatišje, dobio je vreme za kraću retrospektivu svog života i da kroz nju spozna činjenicu da je, prihvatajući ovu misiju, napravio dil sa đavolom, onim koji je bio zadužen da ga napokon sprovede u svet ludila.

Ponovo se, kao nekada, nalazio na mestu koje je dozivalo užase. Ondašnje groblje njegovih neprijatelja i stradalih drugova u savani Čada zamenio je pustinjom, novim palim neprijateljima i saborcima i njima još pridodao nedužne nomade i civile. Ponovo je bio udaljen od svega, izneveren i zaboravljen od svih, gladan, bedan i samotan. „Možda je ovo idealna simbolika moje konačne smrti", zaključio je Hanibal posmatrajući slike skromnog života kako mu se ređaju pred očima.

— Ne... Ne smeš umreti — poručio mu je Matis iscrpljeno iz zapećka u šatoru. — Ti jedini imaš šansu da se izvučeš odavde. Ako dozvoliš sebi da umreš... Onda naše smrti neće imati nikakvog smisla... Kapetane, moraš preživeti... Lično ću se pobrinuti za to... — izjavi legionar i nožem raspori krvavu uniformu.

Koliko mu je samo puta Hanibal naglas naređivao da to ne radi... Verovatno isto onoliko koliko je sebe u mislima preklinjao da tu ponudu ne prihvati. Ali telo u takvim momentima često ne sluša ono što mu um govori. Pred porivom gladi sve drugo zanemi. Gvozdena ruka želuca smoždila mu je stomak i poterala začinjene suze da pokuljaju iz očiju.

Silovito je tresnuo pesnicom od zemlju i zaškrgutao zubima nalik vuku koji je morao da posustane pred sopstvenom prirodom i prehrani se predzadnjim iz svog čopora.

— Oprosti mi... Oprosti mi još jednom što ću ovo da uradim...

— U mom mesu je izbavljenje svih nas. Uzmi sve što ti treba, kapetane... Časno sam te služio za života, a to isto nameravam i u smrti — uzvratio mu je Matis na jedvite jade, držeći nož spreman da ga zarije sebi u grudi.

Hanibal je pod težinom samog čina oborio pogled, ali onog časa kada je to uradio, osetio je snažan udarac u potiljak. Nije izgubio svest, ali se ozbiljno zateturao unutar šatora i najednom ugledao iskrivljenu sliku Sergeja kako sa radio-stanicom protrčava kraj njega i beži napolje.

Nijedan od četiri kratka rafala nije završio u gipkoj meti koja je odjurila u tamu. Niti je ijednu kletvu, psovku i povik vetar prihvatio da ponese sa sobom. Čadskih pobunjenika nije bilo u okruženju. Nije više bilo nikoga... Sem beživotnog Matisovog tela koje je i dalje čekalo da se neko njime pogosti. I crne utvare pokraj šatora, uveliko spremne za svoje obedovanje.

Nešto više od pola sata trebalo je prestrašenom i povređenom Sergeju da uz neprestano trčanje, padanje i pridizanje stigne nadomak glavnog kampa. Kako je po jakoj oluji i smanjenoj vidljivosti uspeo da pronađe put natrag, ni njemu samom nije bilo jasno. Svakako, povratak je platio, i ne tako malom cenom. Od silne vike i dozivanja u pomoć, ždrelo su mu načisto izrezale čestice peska.

No sada nije bio trenutak da brine o tome, kao ni o mulju koji mu se nakupljao u plućima. Protresao je poluistrošenu lampu i delimično osvetlio prizor pred sobom. Džipovi su se i dalje nalazili na svom mestu, ali u mraku kao da su dopola potonuli u zemlju. Na drugoj strani, siloviti naleti vetra razorili su sve improvizovane cerade i namontirane šatore. Užasna bojazan da su svi mrtvi stropoštala ga je na kolena...

Ne znajući koliko je vremena proveo u oplakivanju gorke sudbine, napokon je smogao snage da se pridigne. Probuđenim sovjetskim prkosom odlučio je da izgura bar još malo, pre nego što stigne i njegov čas za umiranje. Pre nego što se i to malo baterije za lampu istroši...

S obzirom na to da je pristigao sa bočne strane kampa, blizu provalije, doteturao se nekako nasuprot vetru i prišao četvoronoške do oboda.

Jadni izgovori za povike grebali su mu sluzokožu grla, do te mere da je kašljanjem ispljuvao obilnu količinu krvi. Verovatno iz tog razloga nije ni osetio kako su mu potekle suze od bolova. Ili su mu možda one naišle zbog činjenice da ne samo što nikoga dole nije video, niti je ikakvog velikog kamena bilo na vidiku da ga baci i skrene pažnju na sebe, nego što više neće biti u mogućnosti da govori glasnije od šapata i ponovo začuje svoj glas.

Među svim tim problemima spazio je uže koje je i dalje stajalo na površini otkako su ga izvukli nakon probe izdržljivosti i razmene materijala. Njime je Hanibal trebalo da se spusti po zarobljene. „Pobogu... Šta ako su pokušavali da se izvuku, ali nisu mogli jer užeta nije bilo?" Brže-bolje ga je izvukao iz peska i bacio niz ambis. Kako ni tada nije bilo nikoga da se pojavi na dnu, ostavio je nadu u grotlu i pošao ka džipovima.

Gonjen vetrovima očaja, bauljao je poput duha sve dok nije naišao na Džeremajin automobil. Kako su prozorska stakla bila načisto smrskana, džip je bio do vrha ispunjen peskom, ali i mučnim uspomenama na Iljine poslednje trenutke života. Ostavio ih je s tugom da počivaju u kakvom-takvom miru i produžio do Evinog prevrnutog vozila. Iako ni u njemu nikoga nije zatekao, uspeo je u mislima da začuje Akirino škrabanje po papiru koje je jedino remetilo sablasno atmosfersko brujanje praznog automobila.

— Gde ste svi nestali... Ljudi, šta vam se dogodilo? — srce mu je tuklo u odveć malaksalim grudima. „Ako se ovakvo nevreme nastavi, nijedan trag našeg prisustva se više neće videti...", prepoznao je Sergej novu opasnost i to onog momenta kada je osmotrio preostala dva vozila i uvideo kako ih pohlepna pustinja vari sa osobitim uživanjem.

No oko jednog se bio prevario — Hanibalovog. Neposredna okolina tog vozila tek na drugi pogled je izgledala kao nedavno pometena, a nije se ni najjasnije mogao setiti da li su na početku postavljali metalne oplate po prozorskim oknima ili ne. Iz najdubljeg očaja, pa makar sve to bila samo još jedna iluzija koja će ga koštati života, pojurio je napred i tresnuo iscrpljenim telom po haubi. Potom se odvukao do jedinog prozora na zadnjem sedištu koji je delimično bio zaštićen i zalupao jako po njemu. Uperivši treperavo svetlo lampe, unutra je ugledao preplašena lica Amerikanaca, naoružanog Džeremaju kako nišani pištoljem u njegovom pravcu i zgurenog Abdula, molećivog pogleda.

Trenutak kada je spazio dečaka umalo ga nije koštao nervnog sloma.

— To sam ja... — hroptao je Sergej jedva čujno. — Ne pucajte... Molim vas... Ja sam... Sergej... Otvorite mi, molim vas — preklinjao ih je; već je bio na izmaku snage.

Ubrzo su se oglasili potmuli, ali i uznemireni glasovi iznutra:

— Dajte, ljudi, otvorite mu vrata! — viknuo je Brajan.

— Šta ako je to samo još jedna od prikaza? — upitao ga je uspaničeni Hal.

— Mogu samo da mu otvorim lobanju... — zabrundao je Džeremaja prema obojici i potom pljunuo od besa ispred sebe. — Ali... U kurac! Ni tada nećemo moći da budemo sigurni. Mogle bi da krvare veoma uverljivo...

— Molim vas... Otvorite mi... — ponovo se oglasio Sergej, zalupavši sad dosta slabije.

— Gde je kapetan?! Odgovori! — podviknuo mu je legionar.

— On... U nomadskom ka... Pokušao je da me... Podlegao je utvar... Od silnog naprezanja otvorila mu se rana pod pazuhom. Čak ni peščani nanosi nisu uspevali da zaustave krvoliptanje.

— Dečak... Ubijte... Abd... Treba ga ubi... — govorio je, mada je smeo da se zakune da ni sam sebe više nije mogao da čuje.

„Da ubijemo Abdula?", ponovio mu je Džeremaja reči u mislima.

— Zajebite ova sranja, otvoriću mu vrata! — brecnuo se Brajan i pošao ka bravi. — Jebeno ste sišli s uma!

— Da se nisi mrdnuo... — upozorio ga je Džeremaja i pištoljem mu stavio jasno do znanja da će ga ubiti a da ni ne trepne. — Možda ga je komunjara ubila, pa je sada rešila i nas da isfolira... Kladim se da nam je on i sjebao džip, majku mu njegovu...

Prestravljeni Hal bio je rastrzan između istinitosti reči njih dvojice, ali i svega onoga što bi moglo poći po zlu ukoliko naprave pogrešan izbor. Pustiti Sovjeta i rizikovati pokolj kakav je prošle noći zadesio čadske napadače ili pustiti „lažljivu komunjaru" i „Hanibalovog ubicu" da umre? Nalazio se između čekića laži i nakovnja smrti.

„Pustila bih ga da uđe...", začuo je iznenada Meganin glas u svojoj glavi. „Ne bih nikada dozvolila da nevini stradaju. Sergej je naš kolega, pre svega. Dobar i iskren prijatelj, koji je pri tom izgubio brata. Ko smo mi da osuđujemo i bacamo kamenje? Šta bi bilo da si na njegovom mestu?"

Nepunu sekundu nakon njenog monologa pojavio se drugi, prekorni glas. Zvučao je kao Albert: „Kada je neka komunjara govorila istinu...", zalivao je seme ideološkog animoziteta, davno posejanog od strane vojne i političke propagande. „Sve to na stranu, pravi razlog zbog kojeg se nalazimo u ovom sranju jeste upravo zbog našeg 'prijatelja' Brajana, koji tako žustro, izgleda, želi da spasi propalog 'komija'[27]. A kada je ijedna Brajanova odluka donela nešto dobro?"

U svom tom razmišljanju nakratko je osmotrio Abdula i na svoje iznenađenje shvatio da ga mališan već neko vreme posmatra. Činilo se kao da je pratio i razumeo njegovu unutrašnju dilemu i najviše od njega očekivao da donese odluku za celu grupu.

— Ukoliko je to stvarno Sergej, a mi ga ne spasimo, postali bismo ubice... — reče Hal naposletku, ali ga niko nije čuo, niti je iko usmerio pažnju na njega, što će biti od presudne važnosti za ono što će se spremiti da uradi.

Nekako odmah nakon tih misli osetio je gađenje prema samom sebi što je ikada dopustio da pomisli kako može biti porotnik koji bi glasao za smrt. Da li je presudnu težinu na tas odluke dodao Meganin glas ili su Halova, traumatičnim situacijama duboko potisnuta moralna

____

27 Američki pogrdni sleng za većinu istočnoevropskih naroda koji podržavaju komunizam (eng. *commie*).

uverenja izbila na videlo kada se to od njih najviše očekivalo, verovatno će zauvek ostati nepoznanica.

Bilo kako bilo, uočivši Sergeja kako od umora klizi niz staklo i noktima grebe po oplati kola, kao i legionara koji je navukao masku dželata na lice, skočio je napred hrabro i oborio mu tešku ruku u kojoj je držao pištolj. „Uradio sam pravu stvar...", držao se čvrsto te pomisli, kao da mu je sopstveni život zavisio od nje. Pa ipak, jedan strahovito bučan hitac brzo ju je razneo na komade.

Ispaljeni metak, trajektorijom dosta nižom od prozorskog okna, probio je lim automobila tačno na mestu gde se skrhani Sergej spustio.

Položena Halova kamera iza sedišta nastavila je da snima.

Moloh

Nešto ranije, u provaliji,
Auzu pojas

— Heeeeej! Momci?! Jeste li tu? Molim vas, neka se javi neko! — vikala je Paola napuklog glasa ka sutonu neba, ali sem uznemirenog vetra nikakvog drugog odgovora nije bilo. Čak se i Mars na nebu, koji je treperenjem do zadnjeg časa odolevao gustim oblacima oprostio od njih.

Usamljena i iscrpljena, vratila se natrag do ranjenog Denisa. Iako su se opskrbili tog istog dana, znala je da im uz svo racionalno trošenje, sem slivajuće vode koju su prikupljali sa zidova pećine, zalihe hrane neće potrajati do naredne noći. Podzemna hladnoća nakupljala joj se u kostima, a one, zajedno sa dušom, ionako nisu prestajale da podrhtavaju usled prizora grozomornog Davidovog ubistva i onog koji je prvi put u svom životu počinila. A pred njim su čak i oštri bolovi u zglobu zanemeli.

Scena kada je kamenčugom raspolutila Feliksovu glavu stigla je u njenu svest tek kasnije, kada je odvukla Denisa do njihovog kampa, zbrinula ga i utoplila kraj gorionika. A kako svaka trauma napada žrtve u usamljenosti, tako je i ova svoje kandže zarila u mladu Italijanku tek pošto se našla u tišini i okružena gustom tamom pred kojom plamičci vatre nisu imali nikakve šanse. Poput klatna na zidnom satu, ta scena ponavljala joj se iznova, besomučno i u ritmu njenog zgrčenog ljuljanja i lutajućeg pogleda. Suze su se javile samo da bi podmazale taj mehanizam bolova.

Iako je zbog toga bila spremna da poveruje kako je vreme za nju stalo, podsvesno je osećala kako ono nemilosrdno maršira napred i ne namerava da se zaustavi dok ne odnese još života. Ili bar utvrdi čiji je vredan spasenja: Denisov, njen ili njenog nerođenog deteta. Strah da će se, ukoliko ništa ne preduzme, sudbina svojski potruditi da uzme sva tri, trgnula ju je iz živog blata očajanja natrag u surovu realnost.

„Vratiće se po nas, ne mogu nas tek tako ostaviti." Obrisala je suze i prikupila malo hrabrosti, odlučna da ne prihvati misao da zbog toga što joj se još uvek niko nije javio sa površine možda vodi izgubljenu bitku. Kako bi postojeći nemir iskoristila za nešto korisno, uzela je knjige iz tašne i ponovo otišla do dela pećine sa simbolima. A tamo, nakon svega pet minuta posmatranja istih, uvidela je da to možda i neće ići tako lako kao što je mislila. Štaviše, jedan drugi nemir, na koji je potpuno zaboravila, zavukao joj se poput trna još dublje pod kožu.

Naime, veći deo zida sadržao je vrstu ideograma i logograma sa kojima se i ranije susretala podno Arkenu kratera, odnosno u regiji Harat Kajbar. Vreme i priroda uspeli su da onemoguće prevođenje mnogih natpisa, a ostatak koji je ostao sačuvan, u nekoj drugoj situaciji zahtevao bi mesece istraživanja. Pretpostavljala je da datiraju iz 3. veka pre nove ere, dok je sa sigurnošću mogla da zaključi po jedinstvenoj formi znakova da se radi o protosemitskoj grupi jezika. Izvukla je pogled iz silnih detalja i probala da ih sagleda iz šire perspektive, a samim tim i da ih ubeleži u svesku onoliko verodostojno koliko je mogla.

Maltene svi znakovi bili su raspoređani u dve polukružne putanje koje su se na krajevima preklapale i tako formirale obrise ili oka ili očnih kapaka. U samom središtu, u „zenici", nalazila se gravura bipedalnog i uspravnog bića, nalik čoveku, a iza njega, još jednog sličnog i dominantnijeg, ali sa nestalnim konturama. Simboli koji su jedino mogli da predstavljaju mesec i sunce nalazili su se na njihovoj levoj, odnosno desnoj strani. Učeno oko protumačilo bi to kao božanstvo naklonjeno ljudima, ali teorija je jedno, a intuicija nešto sasvim drugo. Upravo ona ju je naterala da se ne samo osloni na nju, već da sa dozom zabrinutosti isprati simbole u nastavku. Natrag kroz vreme i u samu prošlost.

Prvo na šta je naišla bila je pravolinijska gravura u obliku slova „K", čije su šare na pojedinim mestima bile istačkane. Najdominantnija tačka nalazila se nadomak samog ukrštanja i kraj nje je u znakovima pisalo: *Nā'ir al Dabarān*. To ju je odmah podsetilo na Denisovu priču o sličnosti sazvežđa Bika sa rasporedom dina. Uporedivši geografsku mapu mesta gde su se zatekli sa rasporedom zvezda, ustanovila je zgranuto kako se pećina u kojoj su zatočeni nalazi na istom mestu gde i najsjajnija zvezda, Aldebaran. „Denis i David su sve vreme bili u pravu..."

No ono što ni Paola, a ni njih dvojica nisu znali jeste da je taj deo naše galaksije verovatno predstavljao prvobitni dom onih natprirodnih sila koje su drevni ljudi doživljavali kao bogove.

Naime, fokusirajući se isključivo na ono što je mogla u datom trenutku da prevede i poveže sa naukom, Paola je utvrdila da su autori ovih crteža govorili o božanstvima koja su usled svojevrsnog rata napustili svoje mračne, senovite domove i prinudno se naselili na našu planetu. Bilo ih je dvoje i posmatrajući kroz ljudsku prizmu poimanja odnosa, činili su ljubavni par, doduše onaj koji je iz nekog razloga bio zabranjen. Sa njima je doputovala i legija bića čija je jedina svrha bila da im ponizno i nepokolebljivo služe, odnosno da sprovode u delo sve njihove zamisli.

Zima kada su se prvi put obznanili ljudima pripadala je periodu kada su one bile izuzetno duge i surove. Većina naroda sa ovih prostora nalazila se odveć na izmaku snage, ali zahvaljujući „silama sa neba" i njihovom znanju uspeli su da prebrode sve poteškoće. Dolazak proleća i ponovno rađanje zemlje i prirode obeležili su velikom svetkovinom u njihovu čast. Nažalost, nisu ni slutili kakvu će cenu početi da plaćaju za njihovu pomoć i nastalu realnost.

Kako iz nekog razloga božanski par nije mogao da ima poroda, zahtevali su od svakog priklonjenog kraljevstva da im prinese po jedno dete kao žrtvu i dar spasiocima. Navodno, bio je to jedini način da se bogovi „okrepe" i započnu novi ciklus postojanja, a samim tim da štite narode i uzdignu im kraljevstva u imperije. Pojedinci koji se sa tim nisu slagali napustili su region, ali se za njih više nikada nije čulo. Verovalo se da ih je pustinja kaznila za neverstvo. Strah da će izgubiti sve što su dosad stekli, odnosno da će i oni pretrpeti posledice nevernih ukoliko pođu njihovim putem, učinio je da narod nevoljno prihvati nove vladare.

Da bi što više približili enigmatične dobrotvore svom načinu poimanja stvari, ljudi su prvo biće predstavljali u muškom obliku, sa telom čoveka i glavom bika. Time su aludirali na njegovu marljivost i pomaganje, sazvežđe odakle je doputovao, dominantnost i moć, ali takođe i na neobuzdanu narav, snagu i bes. Na drugoj strani, njegovoj ćudljivoj pratiteljki dali su ženski lik i proglasili noć njenim dobom. Verovalo se da se tada pretvarala u pustinjsku sovu kako bi motrila na meštane, zaverenike, ali i na svog voljenog, prema kojem je bila veoma posesivna.

Činilo se da su božanski prohtevi postajali sve veći, jer kako su godine prolazile, tako je njihova volja postajala sve okrutnija, a broj žrtvovane dece proporcionalno rastao, do te mere da je svako domaćinstvo počelo da plaća krvavi danak. Onima koji su se tome usprotivili straža je dolazila u domove i prinudno otimala mališane. Sa roditeljima i svima onima koji bi ih sakrivali postupalo se veoma svirepo i nije postojalo nijedno utočište koje bi ih zaštitilo od božjeg besa.

U jednom momentu izbila je masovna pobuna koja se rasplamsala duž celog Bliskog istoka. Narodi su bili rešeni da se jednom zasvagda obračunaju sa okrutnim gospodarima, ali... Božja volja je apsolutna. Legija mračnih bića koja je doputovala sa njima puštena je napolje iz obrednih hramova kako bi nad stanovništvom sprovela teror neslućenih razmera. U „Krvavoj žetvi" predvodila ih je boginja lično, koja se najviše istakla u svireposti, masakrirajući čak i trudnice, za koje je verovala da su spavale sa njenim voljenim. Za svega nekoliko dana ulice su bile preplavljene raskomadanim leševima istaknutih vođa, dok su se ostali doveka našli pred progonom „kletvi" sopstvenih strahova i fobija.

Mislilo se da viševekovnoj tiraniji nikada neće ugledati kraj, pa ipak, tokom jedne zime, kada su se narodi pripremali za novu žetvu, na nebu se iz pravca savežđa Bika ukazalo znamenje u vidu meteorske kiše. Pojavila se realna bojazan da su novi i okrutniji gospodari dolazili kako bi ovladali celokupnim ljudskim rodom. Takva pomisao bila je sasvim dovoljna da celoj generaciji naroda ubije i ono malo nade da će jednoga dana živeti slobodno. No kada su primetili da se božanski par zatvorio u svoje hramove i okružio celokupnom hordom sablasnih čuvara, shvatili su da se nešto krupno dešava.

U apokaliptičnom prizoru i stravičnom nevremenu koje je uraganskim vetrom, gromovima i munjama cepalo i vitlalo zemlju, otpočela je „Žetva bogova".

Kako se navodilo u crtežima, božanski par bio je okrivljen od strane starešina za brojna nedela, a ponajviše su se isticale krivice za nedozvoljeni odnos između pripadnika plemstva i sužnja, ubistva počinjena prilikom bekstva, kao i podsticanje na zavereništvo vrhovne straže. Na teret im se takođe stavljao i nedozvoljeni kontakt sa bićima na nižem evolucijskom stupnju od njihovog. Kažnjeni su tako što im je životni vek prepolovljen, istrgnute su im duše iz fizičkih tela koja su posedovali, zabranjena im je hrana i osuđeni su na doživotno tamničenje u najdubljim grotlima zemlje. Naposletku, ne bi li im posebno naneli bol i patnju zbog nedozvoljenog mešanja, nijednome nije rečeno gde je ono drugo zatočeno, kao ni šta se desilo sa njim.

Sličnu sudbinu doživeli su i njihovi sledbenici, s tim što su neki zapovednici koji su se iskreno pokajali zbog učinjenog i na taj način spasili pogubljenja zbog veleizdaje, dobili drugačiju vrstu „kazne". Osuđeni su da u potpunoj samoći i na nesagledivo dug period tumaraju prostranstvima planete i postaraju se da zatočenici ostanu u svojim mračnim zatvorima.

Kako je Paola ove zapise uveliko počela da povezuje sa mračnim mitovima drevnih civilizacija koje su naseljavale ova područja, mogla je naslutiti kakav će biti kraj ove neme ispovesti, odnosno početak spoznaje u kakvoj se stravičnoj opasnosti njihova ekspedicija nalazi. Oblivena znojem, prešla je na najmanji i poslednji deo zida ispunjen simbolima.

U obavezujućem dogovoru, ljudi su zbog svog prvobitnog idolopoklonstva bili dužni da svakome od „Stražara" jednom godišnje ponude dete, kako bi obnovio svoje postojanje i istrajao u zadatku. Celokupna ljudska rasa je na kraju opomenuta da, u slučaju da ostanu bez Stražara, sami će snositi posledicu slobode svojih nekadašnjih tiranina.

Kada je podno simbola za surove vladare prvi put uočila i njihova drevna imena, kleknula je na zemlju i zadrhtala, nesvesna da je rukama zaštitnički obgrlila stomak. Koliko god se trudila, nije mogla skinuti pogled sa dva imena: Moloh i Lamaštu.

* * *

Kada je Denis napokon došao svesti, nakratko je zaboravila na probleme zarobljeništva. Sa njima su bila potisnuta ne samo potresna otkrića na zidovima, već i gorke suze kojima je do maločas kvasila stranice svog dnevnika.

— Hej, polako... — uzbuđeno se pridigla iznad njega i podmetnula mu stvari pod glavu.

— Osećam kao da se raspadam na atome... — prostenjao je Jugosloven. — Šta se desilo? Gad me je imao na nišanu... — započeo je, ali ga je Paola prekinula.

— Ššš... Polako, ne napreži se. Stigla sam u poslednji čas. Neće nam više stvarati probleme... — odgovorila mu je, skrenuvši pogled nervozno u stranu.

Uzeo ju je nežno za ruku i zadržao je saosećajno na svojim grudima. Nije mu trebalo mnogo da razume šta se dogodilo.

— Hvala ti... Da nije bilo tebe ne bi sada bilo ni nas — uputio joj je iskrene reči, pre nego što se zakašljao i izbacio krv. — Žao mi je jedino što ja nisam bio taj koji mu je presudio... Zbog Davida...

— Oboje ćemo morati da živimo sa tim, ali nemoj još da mi zahvaljuješ... Ništa nije gotovo — uzvratila mu je zabrinuto. — Nisam Eva, ali mogu da prepoznam kada neko ima unutrašnje krvarenje.

— Doći će po nas. Zakrpiće me... — prostenjao je pod naletom bolova.

— U tome je i problem... — reče Paola umorno. — Niko se ne odaziva preko radija. Vikala sam i dozivala ih podno rupe, ali bezuspešno. Promukla sam, kao što čuješ...

— Ne brini... Sigurno imaju nekih problema. Kada to srede... — želeo je da zvuči utešno.

— Moguće... Učinilo mi se da sam čula neku vrstu potmule eksplozije, ali nisam sigurna — izjavila je Paola i potom brižno dodala: — Šteta što nisi poneo teleskop sa sobom, jer se Mars tokom samog sutona divno video. Malo se pomerao i treperio, ali verovatno zbog oblaka...

— Mars? — upitao se Denis i time je zaustavio u priči. Nakon kraćeg astronomskog preispitivanja, zavrteo je odrično glavom: — Ne, ne, to sigurno nije mogao da bude Mars, pogotovo ne u ovom periodu, sem ako nije... — zastade u pola rečenice, da bi je malodušno završio: — Izviđački avion...

— Pa to je super! — obradovala se Paola. — Spasiće nas brže nego što smo mislili.

Pa ipak, Denis nije delio njenu nadu.

— Do sada bi nas spasili... Da su to hteli — izjavi smrknuto.

— Ali zašto ne bi nešto preduzeli? Hoćeš da kažeš da nas namerno žrtvuju ovde? — upitala ga je, svesna da je pre svega upitala sebe.

— Ne znam... Ne znam šta da ti kažem. Ako jeste bila izviđačka letelica, ko zna koliko su nas puta do sada nadletali, a nisu preduzeli ništa... — uzvratio joj je kroz nalet kašlja.

Otresavši tu zloslutnu ideju, prešla je na drugu zabrinjavajuću pomisao.

— Čak i ako nekim čudom budemo pregurali naredno veče sa zalihama ili nas izvuku na površinu, ostaje nam najveći od svih problema. Moloh... — ispričala je zastrašeno, tako da je Denis mogao da joj oseti žmarke po telu.

— Ne razumem... Misliš na figurativnu reč, koja označava nešto što zahteva velike i teške žrtve? — upitao je zbunjeno.

— Nisi daleko od istine... Ali pre svega sam mislila na božanstvo — odgovorila mu je, da bi se zbog njegovog nepoznavanja mitologije pridigla, uzela ponovo svoj dnevnik i primakla gorionik kako bi njen kolega novinar mogao da vidi unose koje je prepisala sa zida pećine.

— Ne znam da li da se tešim ili brinem što nismo prvi koji boravimo u ovoj pećini... — prokomentarisao je Denis.

Uvela ga je u priču, rekavši mu da je bio u pravu oko teorije o topografskoj sličnosti terena sa sazvežđem, te i da je pronašla vezu sa upozoravajućom ispovesti drevnih naroda blizu mesta odakle je trebalo da ih izvuku na površinu. Prepričala mu je sve što je stigla uspešno da prevede, da bi potom napravila paralelu sa mitologijom koju savremena nauka priznaje.

— U početku je kod Asiraca i Vavilonaca Moloh bio znan kao Baal. Feničani, a kasnije i Kartaginjani, nazivali su ga Baal-Hamon, da bi tek kod Kanaanaca dobio svoje pravo ime koje do dan-danas uliva strah i jezu u naučnim krugovima. Njegova okrutna zaostavština prenela se i u potonja doba, te se tako u drevnom Egiptu pominje demonoliki polubog Am-heh, „Proždirač miliona" ili „Žderač večnosti". Na drugoj strani, stari Arapi verovali su u demonsko biće koje su zvali

Gul, ali kao i sa Am-hehom, najverovatnije se tu radilo o Stražarima... — zaključi Paola.

— Ne smatram sebe preterano religioznim, ali pominje li Biblija išta o tom Molohu? — upitao ju je Denis.

Paola je klimnula glavom i potom mu citirala pasus iz Starog zaveta u kojem se govori o mestu Tofet, u dolini Gehene, gde su se održavala gnusna ritualna žrtvovanja dece u Molohovu čast.[28]

— Dolina pokolja i večite vatre kasnije je uništena od strane Boga, ali su se rituali i verovanje odveć preneli na druga mesta i zaživeli u tuđim mitologijama i kulturama. Tako su neki primeri žderača dece i ljudi bili Kron i Lamija kod starih Grka, zatim čudovište Vendigo kod severnoameričkih domorodačkih plemena, Rakšase u hinduizmu i budizmu, i naposletku Baba Jaga kod Slovena. Sem Krona i Lamije, koji očito vuku korene od prvobitnog i okrutnog božanskog para, ubeđena sam da ovi ostali predstavljaju Stražare...

— Baba Jaga? Znamo mi nju vrlo dobro kao Babarogu — odgovorio joj je Denis.

— E pa, vidiš, njena „pramajka” bila je mesopotamska poluboginja i demonica, Lamaštu. Daleko više kanibalistička i svirepija nego što je današnja tumačenja opisuju. Da ne pominjem njenu povezanost sa zloglasnom Lilit, ponajpre kroz istovetno obeležavanje simbolom sove, a potom i u svemu ostalom što je krvoločno i morbidno. Ne zaboravi da je Moloh takođe prikazivan sa sovama... — krenula je da govori, kada ju je Denis prekinuo u pola rečenice.

— Čekaj... — bilo mu je sve teže da govori zbog unutrašnjeg krvarenja i hladnoće. — Previše je ovo informacija za čoveka u mom stanju... Hajde, nastavi, ali polako...

Duboko je udahnula i izdahnula, u nadi da će se skoncentrisati i formirati jasne misli pod uraganom briga. Prišla je bliže i uzela mu ruke kako bi ih trljanjem ugrejala.

---

28 Knjiga proroka Jeremije (19:4-6).

— U pećinama podno Arkenu kratera, neposredno pred polazak na ovaj put, naišla sam na slične upozoravajuće zapise na zidovima. Na jednom od njih pominjao se bliski odnos između Baala i Lamaštu. Prvobitno mu je bila sluškinja, potom odana ljubavnica, a kasnije je sprovodila svirepe osvete nad svima onima koji bi prestali da ga poštuju. Otimala bi im decu kojom bi se ili hranila ili prinosila svom ljubavniku kao žrtvu... — zastala je za trenutak kako bi se još više pribila uz Denisa. — Najinteresantniji su tragovi sekte, za koju mislim da je dobrovoljno boravila pod zemljom, ne bi li darivala živote svoje dece Stražarima.

— Izgleda da je taj Baal pucao od veličine svog ega... Što je u neku ruku i odlika božanskih sila... — smrknuto izjavi Denis.

— Dovoljno je reći da se u kasnijim periodima prozvao „Kraljem bogova". Najodaniji među ljudima koristili su njegovo ime kao vladarsku titulu. Bio je bog rata i oluje, ali i plodnosti zemlje, što se sve poklapa sa natpisima na zidovima.

— A reci mi... Postoje li igde zapisi o tome šta se dešavalo pre uspostavljanja njihove božanske moći nad ljudima? — upitao ju je, zaintrigiran količinom njenog znanja.

— Postoje, ali su malobrojni i poprilično šturi... — reče Paola i izvadi drugu svesku iz torbe. — Slobodnom interpretacijom tekstova došla sam do zaključka da je vrhovni bog, Anu, saznao za zabranjeni odnos između njih dvoje, jer je načuo jednu od njihovih svađa, a nakon što su surovo ubili očevica njihove tajne veze. Ispunjen besom zbog kaljanja plemstva, zatočio ih je na hiljadu godina u podzemni svet gde su od postanka vremena boravili refaimi, izuzetno opasni duhovi, bića divovske snage i visine, ali i nemilosrdni u izvršavanju zadataka.

— Verovatno su ih stari narodi povezivali sa podzemljem zbog njihovog, kako si mi bila pomenula, mračnog izgleda... — konstatovao je Denis, sa čime se ona saglasila i podsetila ga da su refaimi samo mitološko objašnjenje onog vremena za vojsku koju je Baal inicijalno doveo sa sobom.

— Dakle... Baal je uspeo da pobegne odatle? — upitao ju je potmulo.

— Čini se da jeste... — klimnula je glavom uz blago oklevanje. — Postoji pretpostavka da je do podzemnog sveta stigla lažna vest kako Lamaštu nije preživela silna mučenja refaima. To je rasrdilo Baala koji je sam otpočeo pobunu u podzemlju, ne bi li osvetio svoju ljubavnicu. Nakon izvesnog vremena i teške borbe, potčinio je preživele refaime i proglasio se njihovim novim vladarom. Kada je otkrio da je Lamaštu živa, a odveć svestan da se svojim činom otvoreno svrstao u neprijatelje Anua, odlučio je da pobegne i da sa sobom povede ljubavnicu i pokorenu legiju duhova.

— I tada su stigli na Zemlju... — dodao je mladi Jugosloven.

— Upravo tako. Preciznije, u Mesopotamiju. Kaže se da je Baal po dolasku bio i suviše iscrpljen da bi vodio novi rat, te je poslao refaime da opustoše ogromno područje, ne bi li prevario ondašnje ljude da mu se priklone u zamenu za pomoć. Zahtevao je da mu svake zime prinose dečje žrtve, zbog čega će ih on nagraditi mudrošću i obradivom zemljom...

Kako se plamen sa gorionika smanjivao i tama ih sve više okruživala, tako su im glasovi postajali tiši, a drhtava tela sve bliža.

— Verujem da je posle nastupilo vreme... Mača i ognja nad onim mestom... Tofet? — upitao ju je.

— Da, ali to su već hebrejski izvori koji pripovedaju o izraelskom osvajanju Kanaana, svoje Obećane zemlje.

— U redu... Shvatio sam da se mitologije mnogih kultura prepliću u većini stvari... Vratimo se sada na našu situaciju. Kako je sve ovo opasnost po nas? — upitao ju je, pribojavajući se da neće moći još dugo da održava koncentraciju.

— Velika je verovatnoća da je opasnost dvostruka i da smo se našli na meti jedne ili druge — ispravi ga Paola. — U Kabali, hebrejskoj knjizi misticizma iz 3. veka nove ere, pominje se ozloglašena demonica Na'ama koja je uzrokovala epilepsiju kod dece. Kako je ona često povezivana sa Lilit, moglo bi se pretpostaviti da se duh Lamaštu nekako oslobodio zatočeništva i da se sada sveti ljudima što su se odrekli njenog gospodara. Drugim rečima, prikuplja snagu da bi ga oslobodila — zabrinuto je iznela prvu tezu. — Drugu opasnost može predstavljati Stražar, nekadašnji Molohov refaim koji se nastanio na Bliskom istoku. Ukoliko je zaista on, kojem je staroegipatski pandan bio Am-heh... — ostavila je rečenicu da visi u vazduhu usled silnog straha.

— Proždirač miliona... — izjavi Denis sebi u bradu.

— ...ili Žderač večnosti — dodala je Italijanka.

Tada mu je iznela niz sumnjivih i međusobno povezanih iskustava pojedinih novinara sa užasnim predskazanjima koja nisu na vreme primetili.

Prvo ga je podsetila na Davida i upozorenje koje je snimio tokom ispitivanja čadskog unajmljenog ubice u Mersa Bregi. Zatim, otkrila mu je kako je on lično imao halucinacije neposredno nakon automobilske nesreće. S obzirom na to da su mu sećanja usled silnih trauma bila zamagljena, ispričala mu je da je pominjao nekakvu avet u daljini i sovu koja ih je sve posmatrala. Potom mu je pomenula Halove strahove od prikaza na kameri, za koje je doznala od Megan. Denis je to već mogao da potvrdi, pošto je uspeo da se seti događaja ispred ogledala kada su se probudili u Avdžili. Pred sam kraj ispričala je o Albertovom negiranju krivice za ubistvo svoje zemljakinje, odnosno njegovoj ispovesti o „onostranom" koje ih je oboje obuzelo i zaludelo.

— Svi smo videli sovu kako je preletela iznad sokaka te kobne noći... — dodala je. Naposletku, još jednom mu je ponovila Abdulovu ispovest i ovog puta naglasila da je bio jedino dete među tim nomadima.

— U redu... Ovako kada ispričaš deluje da može biti tako, ali zašto bi nas to biće progonilo ovoliko dugo? I zašto smo mu mi pretnja? — upitao je Denis.

Paoli nije mnogo trebalo da mu pruži odgovor:

— Ukoliko imamo posla sa jednim od Stražara, odgovor je bolno jednostavan. Želi Abdula... Izmakao mu je prošlog puta, ali sada je ponovo ovde, kada je zima uveliko u jeku. Doba kada od ljudi mora primiti dečju žrtvu da bi nastavio da nas čuva od još većeg zla. Ili da kazni one koji ga u tome sprečavaju...

— A ako se radi o Lamaštu? Osvetu bi mogla da sprovodi na bilo kome drugom — zapita je Denis ponovo. — I kako uopšte možemo da utvrdimo sa kim imamo posla?

— Zamisli sebe kao demona kojem je svirepost iskonsko zadovoljstvo. Pridodaj i karakter zveri koja je nakon silnih milenijuma u zatočeništvu izašla napolje. Tvoj parnjak je i dalje zarobljen, a jedini način da ga spaseš jeste da se dovoljno dugo hraniš kako bi ojačao. I naposletku, zamisli da ti se plen sam ponudi, kao na tacni... Mi smo na njenom hranilištu...

Denis je razmišljao neko vreme o svemu tome pre nego što je progovorio. Njegov mladi um sklon nauci nije mogao doveka da se odupire mogućnosti da mitološka bića i bogovi ponovo hodaju zemljom, ako su ikada to i činili. Gajio je veliko poštovanje prema Paoli koja mu je, iako privrženija drugačijoj vrsti interesovanja i zanimanja, bila sličnija nego što je mogao da zamisli. Oboje su negovali zdravu sumnju, oboje su se bavili neistraženim i onim što je, bar prividno, van domašaja čovekovih ruku. Uostalom, baš kao sa svemirom i zvezdama, što se više i dalje zalazilo u mitologiju, to se dublje putovalo u prošlost i susretalo sa brojnim pitanjima i na svako od njih se tražio odgovor koji bi čovečanstvu naposletku pružio onaj najvažniji i od suštinskog značaja.

Shodno tome, Denis je uviđao da u svemu ovom nečega verovatno mora da ima. Jer šta bi je uopšte moglo naterati da rizikuje i iznese ovakve stvari, a da je neko ne doživi kao osobu zrelu za psihijatrijsku ustanovu? „Stres, zarobljeništvo... Ubistvo...?" Racionalni um iznosio je čvrste argumente na to pitanje.

Pa ipak, da li je i sam bio bolji od nje? Zajedno sa Davidom izneo je tezu o sličnosti pustinjskog terena sa sazvežđem. Da li je mislio da se radi o pukoj koincidenciji? Naravno da ne, bar ne na podsvesnom nivou. Prvi put u životu je pucao i bilo je na njega pucano. Svaka kap krvi izlivena u pluća odbrojavala mu je vreme do smrti. Njegov najbolji prijatelj ležao je mrtav u vreći za spavanje... Koliko god se nalazio u vakuumu ničije zemlje, između psihofizičkog bola i nagona za preživljavanjem, osećao je da nije sasvim izgubio razboritost. „Da li je takav slučaj bio i sa Paolom?", upitao se. Ipak se brinula o njemu, stigla da umota Davida u vreću, prepiše zapise sa zidova i protumači ih. Da li je išta mogao da izgubi ako joj poveruje?

Nakon svega, u glavi mu se niotkuda pojavila misao koja ga je iznenadila. U sebi je nosila zdravo seme jednog drugog motiva zbog kojeg su dvojica Jugoslovena pošla na ovaj put — „otkrivanje nepoznatog". Za razliku od prisilne dužnosti prema otadžbini koja je istrulila u ovom peščanom prostranstvu, dužnost prema nepoznatom je i dalje klijala. Ovog puta bila je zalivena Davidovom krvlju i nahranjena Feliksovim ludilom, kojem je sam posvedočio.

— Kad malo bolje razmislim... Vrlo je moguće da zapravo imamo posla sa vanzemaljskim bićem... Tako drevnim da je živi svedok ljudske istorije i evolucije. Bogovi, demoni... Kako su ljudi onog doba drugačije i mogli da opisuju takva bića? I dan-danas smo skloni da za sile za koje nemamo logična objašnjenja pomislimo da pripadaju božanskom... — celovita misao koštala ga je jakog naleta kašlja koji se uprkos pokrivačima potmulo proneo pećinom.

Drugačiji vid gledanja na problem, a samim tim i pruženi izbor da se iz drugog ugla osmotre dosadašnja sopstvena ubeđenja uhvatio je Paolu nespremnu. Da li su čovekovi bogovi zaista predstavljali bića iz dalekih i hladnih ćoškova svemira? Da li je njenom rodu tako očajnički potrebno verovanje u nadmoćnije sile, samo da se ne bi osetio usamljeno i prazno? Da li je ta vera tako krhka kod ljudi, da prestane onog časa kada te iste bogove ugledaju u pravom svetlu i otkriju da njihova benevolentnost ima strašnu cenu? Gde se nalazi granica između mitološkog i stvarnog? Ko je povlači? I gde? „Možda upravo mi sami", pomisli Paola. „Nikuda se granice ne povlače tako verno kao u pustinji." Mestu koje sa posebnim zadovoljstvom sastruže čoveku veru i potom mu je prepusti da se sam uveri u ono što je doneo sa sobom onog momenta kada je ulazio.

— Znaš li kako izgledaju ta bića? — prenu je Denis iz misli. — Ima li negde opisa tih Stražara?

— Huhhh... U nekim tekstovima su ih opisivali kao pleme divova, ali na osnovu informacija koje sam pronašla čini se da su „duhovi podzemlja" upravo to... Nalik duhovima, satkani od eteralne primordijalne tame i zastrašujućih sposobnosti koje čoveka mogu dovesti do ludila. Nevidljive uhode preko dana, ali otelotvorenog senovitog obličja tokom noći, kada ujedno napadaju i otkrivaju svoju nemilosrdnu stranu grabljivaca... — izjavila je i sačekala da se Denis pripremi za odgovor.

— Nevidljivost po danu... — izgovori polako, umanjivši time šansu da se nanovo zakašlje. — Takva tehnologija je daleko naprednija od čovekove... To biće bi moralo da poseduje sofisticirane fotosenzorne ili termalno-varijabilne ćelije koje bi sunčeve zrake zakrivljivale oko sebe. Nalik miražima... Neka vrsta adaptivno-aktivne kamuflaže. Ako već izlazi preko dana da uhodi, moguće je da uz pomoć sunčeve svetlosti ujedno vrši i regeneraciju one energije koju potroši tokom noći... Što znači da je tada ranjiviji.

— Kao takav grabljivac, morao bi da ima neku vrstu skloništa ili jazbine, gde bi se odmarao ili odvlačio plen... Kao, na primer, ovakvo neko mesto.

— Mislim da se ne radi toliko o skloništu, koliko o tranzitnoj zoni kako bi brže i nesmetano menjao pozicije. Nepregledni ambis na drugoj strani pećine sigurno predstavlja koridor ka ostalim otvorima... — nadovezao se Denis hrskavim šapatom.

— Ostaje nam na kraju najvažnije pitanje... Šta uraditi sa Abdulom? — iako je to tako tiho izgovorila, nije uspela da prikrije silnu brigu i dilemu oko sudbine tog dečaka.

Od sveg srca je želela da se i Denis ponese zaštitnički prema nedužnom mališanu. „Zar postoji išta svetije i moralnije od te činjenice?" Mrak oko nje je ponudio svoj odgovor: „Postoji, sudbina svih nas". Sve logike i racionalnosti u njenom biću zavrištale su od opomene na drevne zapise i upozorenja na ultimativnu svrhu Stražara. Činilo se da je nužno zlo moralo da postoji, ne bi li ljudski rod bio zaštićen od onog najopasnijeg.

— Ako to biće raspolaže tako naprednom tehnologijom skrivanja, onda zasigurno ima i veliku inteligenciju... Mnogo je nepotrebnih ratova usledilo zbog nerazumevanja. Ako se zaista radi o Stražaru, zašto ne bismo probali da stupimo u kontakt sa njim? Možda nakon toliko dugog vremenskog perioda može da mu se pruži neka alternativa... — ponudio joj je diplomatsko rešenje. — Uostalom, da je hteo da nas ubije što smo mu upali u jazbinu, mogao je to odavno da uradi. Ili da nas sludi kao onog gada...

Mada je Denis ovakvim odgovorom zauzeo poziciju na sredini noža ove dileme, Paola je bila ta koja će hodati duž njegove oštrice. Stanje Jugoslovena se pogoršavalo i bilo je pitanje da li će sutradan uopšte moći da ustane. „Da se probudi..."

— A ako se radi o Lamaštu? — upitala ga je.

— Onda ćemo razneti vanzemaljsku kučku... — uzvratio joj je rešeno i podsetio je na naoružanje koje je ostalo u slupanom džipu. — Da sam na tvom mestu, prisetio bih se i neke drevne bajalice... Za svaki slučaj, ako ispadne da si u pravu oko božanskog...

Što je Paola duže razmišljala o svemu ovome, to joj je postajalo teže da odbaci Denisov ugao razmatranja.

Čovekova vera u natprirodne sile, često zasnovana na religijskim tumačenjima, predstavljala je važnu ciglu u temelju čovečanstva. Ljudi su oduvek stremili osećanju da nisu puka evolutivna slučajnost, životni oblici što su pronašli tajni prolaz iz slepe ulice prirode i dospeli na njen prometni autoput.

Nijedno samosvesno biće ne zazire toliko od nečega koliko od otkrivanja da se na njega nije računalo, niti se u onoj meri želelo da bi se ikada dovoljno moglo voleti. Stoga je unutar „doma za nezbrinutu decu", koji nazivamo Zemljom, razumljiva suštinska potreba za „roditeljima" i njihovom idealizacijom. Razumljiva je i borba da se njihovo postojanje dokaže drugima, makar se radilo o iluzijama tako jakim da je za iste vredno umreti.

Pomalo uplašena do kakvih je zaključaka dolazila, Paola je uviđala paralelu između čovečanstva i pacijenta u bolesničkoj sobi, koji čežnjivo gleda kroz prozor u nadi da će neko nekada doći po njega i izvesti ga napolje. „Dati mu svrhu." Jer šta je čovek bez osećaja pripadnosti i svrhe?

Njena religioznost više nije bila tako intenzivna kao na početku puta i sada je visila o koncu. Tako se isto, očajnički, Italijanka držala za svoj stomak.

— Najverovatnije neće biti potrebe za tim, jer se nećemo ni izbaviti iz ove pećine — odgovorila mu je tužno i prislonila glavu uz njegovu.

Denis je progutao bolove i zagrlio je nešto prisnije, onako kako je poželeo kada ju je prvi put ugledao u Avdžili.

— Grešiš... Ti ćeš se izbaviti i ja ću ti u tome pomoći...

— Nemam nameru da te ostavim... — odgovorila mu je.

Iako su pogledima bili bliži no inače, barijera mraka ih je sputavala da se međusobno gledaju kako su želeli. Ali tamo gde fizička čula zakažu, duševna se probude. Upravo putem njih uspeli su da se vide kao osobe koje su jedna drugoj pružale „svrhu".

— I nećeš... Popećeš se gore i dovesti pomoć. Važi? — uzvratio joj je i poljubio je nežno u obraz.

— *Che sarà sarà* — osmehnula mu se tiho.

Nakon toga, oboje su zaćutali. Nošeni talasima iscrpljenosti i svakojakih misli, nisu želeli niti mogli da saznaju kako su uspeli tako čvrsto da se uspavaju u hladnoj i mračnoj pećini. Toliko da nije postojao ni promil šanse da čuju Sergejevo hroptajuće dozivanje iznad rupe i landaranje dobačenog užeta.

Po svemu sudeći, odgovor se skrivao u činjenici da je dvoje „nezbrinutih" tmina usvojila onog časa kada je i poslednji plamičak vatre iz gorionika uminuo. A kakav god plan bekstva im jutro ponudi, uvideće da se tama teško odvaja od onoga na šta položi pravo.

Laži mi, Smrti

— Brzo! Unesimo ga unutra... Sklonimo ga od vetra!

— Ti, jebeno, nisi normalan! Svi ste, jebeno, poludeli!

— Sergeju, molim te, nemoj da mi umreš! Drži se, prijatelju!

— Začepi... Ionako ne bi preživeo... Već je bio ranjen... Ovo nije od mog metka...

— Pritisni jače tu ranu... Gubi previše krvi...

— Izlazim napolje da nas otkopam... Čuvajte stražu dok ne popravim ovu klozet šolju, u koju se neko poprilično dobro nasrao...

— Biće sve u redu, Sergeju... Biće sve u redu, ne brini...

Kao kroz nekakav pokvareni projektor, Sovjet je posmatrao kolege kako pokušavaju da mu spasu isti onaj život za koji je uskratio sablasnog Kosača u nomadskom kampu. Glad, žeđ, obilno i nezadrživo krvarenje pod pazuhom, poderani plućni kapilari i glasne žice, kao i jeziva hladnoća uspeli su da nadomeste promašeni zamah kose.

Ova smrt je nastupala polako, ali nezadrživo. Svaki put kada bi osmotrio Amerikance, Sergej bi osetio da mu disanje postaje sve pliće, dok se količina progutane krvi uvećava sa svakim novim naletom kašlja. Stisnuo je Hala za ruku, ne bi li mu ukazao na torbu sa fotografijama koju je ispustio kraj automobila. No bio je to nemoguć pokušaj — oluja ju je zatrpavala istom brzinom kojom je gušila njegov odveć poderani glas.

Poljuljani vid mu se naposletku umirio i zaglavio na Abdulovom licu. Dečak se priljubio leđima uz druga vrata i uplašeno ga posmatrao kako gubi borbu sa životom. Delovao je tako nevino, da se Sergej zapitao zašto bi iko tražio njegovu smrt? Pa ipak, samo nekoliko sekundi pre nego što će peskom poderane oči zauvek izgubiti sjaj i ostati na mališanu, osetio je nalet neverovatnog užasa koji mu je ostavio strašno i neizrečeno pitanje na usnama: „Da li to u dečakovom pogledu vidim ludilo sopstvenog umirućeg mozga ili vernu siluetu Ilje kako me nemo ispraća na onaj svet?”

— Sergeju!? Sergeju, molim te!? — dozivao ga je Hal tužno, ne želeći da pusti ruku mladom novinaru.

— Ubili smo nedužnog čoveka... — ponavljao je Brajan u neverici, sve do momenta kada je zastao i potom srdito pogledao svog prijatelja, kao da je u njemu video ubicu. — Ne... Vi ste ga ubili, prokletnici jedni... Zato što ste, jebeno, sišli s uma! Kao i Akiru što ste probali da smaknete!

Hal nije mogao da poveruje u ono što sluša niti da prihvati tamu koja se spustila na Brajanovo lice, uprkos ledenoj spoznaji kako su slične misli prolazile i njemu kroz glavu pre nego što se bacio na legionarev pištolj.

— Brajane... Druže, šta to govoriš? — upitao ga je pod rastućom navalom razočaranosti i bola. — Čuješ li ti sebe uopšte?

Ali bilo je kasno za urazumljivanje.

„Jednom kada ludilo obuzme čoveka, raširi se na ostale poput virusa...”, ponovio je Brajan sopstvenu misao od ranije i odgurnuo Hala snažno od sebe. Ni pod razno nije želeo da bude blizu onog ko se udružuje sa ubicama nevinih, pa makar to bio i njegov prijatelj iz ŽVRK-ovih dana. Za Brajana je ta slika izbledela pred pustinjskom olujom. Kamen izbledi i izmrvi se u prašinu, zašto ne bi i prijateljstvo, a pre svega moralna odgovornost? Ako je pustinja u nečemu dobra, jeste u tome što ume da oguli i otkrije sve ono što čovek ljubomorno krije ispod sopstvenog mesa, sve do same srži.

„Naravno da mi je oduvek zavideo na tome što sam bio neposredniji sa ljudima i što sam 'onaj sa mikrofonom u ruci'. Ne samo da je odbijanjem da pođe na ovaj put želeo da mi uskrati šansu da napredujem, već me je i sabotirao otkako smo stigli... Problemi sa kamerom? Pričinjavaju mu se iluzije? Kako da ne! Trebalo je na vreme da uvidim da su mog najboljeg prijatelja iskoristili kao insajdera...

„A prosto je neverovatno kako su sve to oni organizovali da nas zavade, razdvoje i potom likvidiraju. Kada im je prvi atentat u Mersa Bregi propao, organizovali su sačekušu da nas pobiju. One koji su uspeli da prežive izdvajali su iz krda i tiho uklanjali. Verovatno su svako ubistvo namestili da izgleda kao da smo izvršili samoubistva.

„Jadni Sergej... Ko zna koliko ga je Hanibal mučio pre nego što je uspeo da mu pobegne i da po cenu sopstvenog života proba da nas upozori. Nije mogao ni da pretpostavi da je Hal bio izdajica u našim redovima. On i Džeremaja su ga zajednički ućutkali.

„Čini se da sam im sada samo ja preostao kako bi uklonili i poslednju kariku i tako napredovali u svojim karijerama. Sociopata sa činovima, a dvolik da pobere lovorike kod Šefa...”

Tok njegovih misli prekinulo je mnoštvo povika na arapskom koje je začuo da im se približavaju. Naglo se osvrnuo i kroz umrljani prozor ugledao desetine upaljenih baterijskih lampi. „Libijci! Došli su, napokon!” Nada mu je plavila dušu, ali ju je brana panike zauzdala na pola puta. „Ne... Ne, ne, ne... Spasiće i njih. Spasiće i ubice!”

— Brajane?! Brajane, kuda ćeš? — zavapio je Hal i uhvatio ga za rame, ali mu je ovaj brže-bolje odgurnuo ruku.

Iznenada začu se nagli tresak haube i silovito pucanje iz oružja. Nepunu sekundu nakon toga Brajan je uočio Džeremaju kako otvara vatru na spasioce. Jedna po jedna svetlost iz lampi krenula je da se gasi ili da pada na zemlju.

— Neeee!!! Nee, idiote! Šta to radiš?! Prestani! Sve ćeš ih pobiti! — zaurlao je Brajan usplahireno i bez ikakve zaštite izleteo napolje. Odmah za njim je istrčao i Hal.

Pod naletom emocija vikao je iz petnih žila prema Libijcima, ali ništa nije moglo da nadjača sudar puški sa rikom oluje. Ubrzo nije imao ni snage da udahne kako valja, jer su mu se usta i pluća punila peščanim česticama. Nekim čudom oči su mu još uvek odolevale sićušnim sečivima, te je nastavio u pravom smeru prema vojsci spasa. Bio je i dalje brži od svog nekadašnjeg prijatelja, na čemu je bio jako zahvalan. Baš kao i utvara koja ga je iznenada dočekala u tami.

Baterijske lampe su se pogasile, a puškaranje uminulo, jedino se moglo čuti sablasno zavijanje vetra. Tik do gorostasne i bezlične humanoidne nemani došetala je i Brajanova supruga, Sara, za koju je verovao da su prošli eoni otkako ju je zadnji put video. Lila je krvave suze iz iskasapljenih očiju, koje su se preko lica slivale prema nadutom, ali rasporenom trbuhu. Pružila je ruku ka rani i uz bolne grimase i nadljudske jauke zavukla unutra do nadlanice. Brajanov skamenjeni užas na licu ni izbliza nije mogao da odrazi mentalni i duševni teror koji je pretrpeo kada je pred njim istrgla njihovo još uvek nerođeno dete. Uskovitlan pesak se poput inja lepio po krhkom telu, natopljenom krvavom sluzi. Pucanje kapilara i korodiranje detetove kože bila mu je morbidna dobrodošlica na svet i u ovaj pakao od noći.

Kao odgovor na to začulo se bespomoćno ridanje. Zavijalo je nadljudskim glasom, kao kada ker cvili na samrti.

— Nedostajao si nam Brajane... — oglasila se Sara, sva ucveljena.

— Vreme je da pođeš sa nama i upoznaš svog novorođenog sina.

— Brajaneeee! — dozivao ga je Hal što je glasnije mogao kroz maramu, ali jedino što mu je odgovorilo iz utrobe tame bilo je mučno vrištanje čoveka kojeg je nešto komadalo.

U potpunom rastrojstvu, poželeo je da ode i spasi svog prijatelja, ali tada je sa svoje desne strane začuo bolesno režanje. Mutna silueta zveri koračala je polako na četiri noge. Tek kada je promolila lice, iskrivljeno od poodmaklog besnila, Hal je privremeno izgubio moć govora. Bio je to MekRidi, njegov poslednji pravi prijatelj kojeg je imao. Nekadašnji haski kao da je preživeo požar, s obzirom na to da mu je parčad žitke kože landarala na pesku, a ono malo dlaka što mu je ostalo bilo je spečeno od gareži. Preko njegovih polarnih očiju navukla se tamnocrvena mrena koja je zaiskrila pred svetlošću lampe. Takvim đavoljim pogledom netremice je zurio u svog vlasnika i oblizivao penušava usta. Činilo se da je vrebao i najmanju grešku, pa makar se ona sastojala od glasa, koraka ili puke pomisli da mu se približi.

— Beži nazad! Beži ka automobilu! — osetio je Džeremaju kraj sebe koji ga je snažno povukao unazad. — Brajan je mrtav... Kraj! Nema ga više! Vuci se kad ti kažem, inače ćemo mu se obojica pridružiti, majku ti tvoju! — dobacio mu je ponovo i gurnuo mu pištolj u ruke ne bi li ga osokolio.

— Ali... MekRidi... Moj pas... Eno ga, tamo... Stoji i gleda me... — buncao je, nespretno pokušavajući da legionaru ukaže na prisustvo životinje.

— Nije stvaran! — gromko ga je podsetio. — Priviđa ti se, do đavola! Haluciniraš... Hajde, polazi!

Bila to istina ili ne, kada se Hal približio džipu i još jednom osvrnuo prema svom psu, primetio je kako MekRidi odustaje od želje da napadne. Polako se okrenuo i nestao u kovitlacu prašine odakle je i došao.

Vojnička agresivnost bila je sasvim dovoljna da Hala psihički otrgne od sveprožimajućeg stanja ukočenosti. Činilo mu se kao da ga je neko naglo probudio iz košmarne hipnoze, samo da bi ga na vreme pripremio za još stravičniju javu. Deo njegove duše bespovratno je nestao iza vetrovitih i mračnih kulisa ovog dijaboličnog teatra, ali ako je nameravao da od nje sačuva ono što se spasiti može, onda nije imao druge nego da se povinuje legionarevim naređenjima.

Abdul ih je čekao na otvorenom i nemirno posmatrao kako se njegova prošlost ponavlja, samo sa drugim akterima. Ceo svoj život proveo je bez pravog doma, a poslednju godinu kao siroče bez igde ikoga da ga zaštiti, uteši ili ispriča priču pred spavanje. Nagledao se toliko različitih ljudi, koji nisu znali šta da rade sa njim sem da ga čuvaju, iz nekog njemu nepoznatog razloga. Znao je samo za umilne laži i nasilne smrti, za tamu i ni trunke svetlosti kojom bi mogao da se poigra... Kao nekada.

Kada ga je Hal ugledao, istog časa je pomislio na činjenicu da je dete ovo već sve preživelo, i da ko zna kakve traume drži duboko u sebi i da ne može da ih izbaci zbog jezičke i starosne barijere između njih. Ništa mu drugo nije preostalo nego da proba da bar njega zaštiti, kada već Brajana, a verovatno i MekRidija nije uspeo. Uzeo ga je u naručje i uneo u kola.

Iako bi to moglo zvučati čudno, američki novinar je bio taj koji se osećao bezbedno u njegovoj blizini. Nije mogao to da objasni ni na jedan razuman način. Da li zbog toga što se Abdul pod ovakvim uslovima nije ponašao kao svako drugo dete na svetu, koje bi plakalo, paničilo ili se otimalo da pobegne? Da li je u pitanju bila njegova pasivna priroda? Ko to može znati... Ponajmanje Hal.

Bilo kako bilo, nakon određenog vremena, kada je oluja privremeno obuzdala svoju žestinu, novinar je preuzeo na sebe zadatak da umota Sergejevo telo u crnu vreću. Da su vremenski uslovi bili malo gostoljubiviji, dostojno bi pokopao svog kolegu i odao mu poštu. Čak bi se i uz sve rizike dao u potragu za Brajanom, da makar i njega sahrani kako dolikuje. Ovako, uz dečakovu pomoć i u tišini odneo ga je do obližnjeg brdašceta sa rastresitim peskom i sačekao da ga pustinja sama prihvati. Želeo je da veruje da mu Sergejev duh, ako ga je uopšte bilo da korača negde po ovoj pustoši, neće mnogo zameriti što nije po njegovim običajima.

Na drugoj strani, Džeremaja je žurio da što pre dovrši započetu popravku i zbriše odavde. Zavrljačio je ispražnjenu lampu i pošao prema prtljažniku, odakle je izvadio nekoliko štapina bengalki[29]. Zabio ih je u zemlju oko džipa i potpalio, želeći na taj način ne samo da odagna tamu crvenim bleštavilom i tako vidi ko mu se približava, već i da izbegne paljenje farova i trošenje energije u akumulatoru.

---

29 Tip signalne vojničke baklje; vatrometna smeša šalitre i sumpora koja lagano gori veoma jarkim plamenom.

Baš u momentu kada je zabadao poslednju baklju, a Hal i dečak odnosili Sergejevo telo, ugledao je kraj zadnjih vrata od automobila skoro zatrpanu, nezakopčanu mušku torbu i nešto što je mnogo podsećalo na Ortegin prenosni radio-komunikacijski uređaj. Većinu sadržine tašne je vetar razduvao, ali ju je legionar ipak izvukao iz zemlje, kao i uređaj koji je, po svemu sudeći, i dalje radio. Začuđen zbog pronalaska, poneo ih je sa sobom i ostavio kraj haube, ne bi li ih kasnije u automobilu pregledao.

Tako se i zbilo. Uz improvizaciju, često osluškivanje i zagleđivanje po okolini, neprestano na ivici nerava usled potmulih zvukova koji su dopirali sa svih strana, priveo je posao kraju. Onoliko koliko je mogao, uspeo je da osposobi vozilo za put od tristotinak kilometara, severozapadno prema Mat'an as Sari, omalenoj oazi i bazi libijske vojske. Znao je da bi uštedeo dvadesetak kilometara ako bi se zaputio ka severoistoku i bazi Vahum u El Avajnatu, ali takođe je znao da bi ih pustinjska oluja sve vreme pratila, s obzirom na to da su vetrovi duvali baš u tom smeru.

Uverivši se da su Hal i Abdul u redu, produžio je do Orteginog vozila i sa krova poskidao sve moguće antene koje nisu preživele oluju. Vojnog inženjera je i tu sreća pogledala. Trebalo mu je petnaestak minuta da pronađe način i skarabudži neke sačuvane delove i tako napravi privremenu antenu srednjeg dometa kako bi pojačao signal za prenosni radio-uređaj.

Ali baš pre nego da pođe natrag, setio se muške torbe koju je pronašao i ostavio kraj haube. Ćirilični natpisi na njoj sugerisali su da je pripadala Sovjetu. Poneo ju je sa sobom i istresao preostalu sadržinu po suvozačevom sedištu. Odatle su pokuljali: pribor za jelo, naočare, čajkin fotoaparat, pasoš i novinarska legitimacija, Iljine privatne stvari, ali i malena cedulja koja je izgleda istrgnuta iz neke sveske. Obrnuo ju je i na njoj zatekao izmrljanu poruku sa datumom i potpisom zapovednika čadske izviđačke čete, El-Bahira. Najvažniji deo pročitao je kroz šapat:

— Trebalo je da ubiju dečaka...

Iako vojnički istreniran da ne postavlja pitanja, već da izvršava naređenja, ipak je bio prinuđen da se priupita zašto bi jedno dete moralo da strada? Da li je Sovjet pričao istinu? Da li je frakcija čadskih pobunjenika koja ih je napadala zapravo pokušavala da ih odvrati od sunovrata prema kojem su se zaputili ili da se domogne Abdula i likvidira ga, ne bi li tim činom zaustavila surovog progonitelja? Smrknutog pogleda postavio je sebi i dva poslednja, možda najvažnija pitanja. Da li utvara, u stvari, želi samo Abdula i da li Abdul želi da se prikloni njoj? „Postoji samo jedan odgovor", pomisli Džeremaja, znajući šta mu je činiti.

— Je li gotovo? Najzad odlazimo odavde? — upitao ga je Hal kada se ovaj smestio i zalupio vrata.

Legionar je sačekao sa odgovorom. Ćutke je proverio rad antene i osluškivao signal koji je sa zvučnika dolazio u vidu šuštanja i tonskog zavijanja.

— To je do oluje i statičkog elektriciteta u vazduhu... — oglasio se Hal ponovo.

Džeremaja je pogledao u retrovizor i pomno osmotrio šćućurenog mališana u amerikančevom naručju.

Ništa, ali baš ništa u njegovom stavu mu nije sugerisalo da bi dečak mogao da ima bilo kakve veze sa njihovim mukama i stradanjima. Pa ipak, što je duže zurio u te detinje i nevine oči, to je više uviđao da se pretvaraju u mračne i šahovski nerešive, koje prodiru duboko u samu dušu i bez milosti je ogoljavaju. Štaviše, činilo se da pokušavaju da predvide legionarev naredni potez. Hladan znoj koji mu se slivao niz vrat proizveo mu je takvu jezu da nikada nije mogao da je zaboravi.

— Da... Brišemo, odmah... — kazao je polako Džeremaja, zamaskiravši pretnju u glasu.

Kola su zabrundala i teškom rikom rada motora suprotstavila se urlanju ponovo osnažene oluje. Blesak farova osvetlio je apokaliptično nevreme koje se lagano premeštalo na severoistok. Gume su zariljale po pesku, ali su uspele da ih skupa iznesu iz peščanog rova i ukletog kampa. „Izgnani" su za sobom ostavili pitanja: zašto im je stvor tako lako dozvolio da odu, a samim tim i da li ih je stvarno pustio?

Ali kako se mogu pustiti da odu oni koji su prethodno boravili u nečijem „srcu"? Kako ostaviti pustinju u kojoj se gradio dom? Kada se jednom po peščanom prostranstvu proliju krv, suze i znoj, onda je to doživotna zakletva zemlji i za njeno kršenje plaćalo se najskuplje.

Dve malene iskre u tami koje su sve vreme posmatrale Džeremaju u retrovizoru podsetile su ga na tu zakletvu. Jedva da su prešli tri stotine metara, a legionar je prepoznao „slučajne" odbleske u zenicama mališana, nalik punom mesecu koji bi se otkrivao i skrivao iza oblaka. Stisnuo je volan kako bi obuzdao narastajuću srdžbu, ali što ga je više stiskao, to je tanano svetlucanje postajalo jače i podmuklije. Bubnjanje u srcu gomilalo je nezadrživi pritisak u glavi. Umesto eksplozivne erupcije, osetilo se glasno i naglo kočenje točkova od zemlju.

Iznenađeni Hal se nagnuo ka legionaru.

— Zašto smo stali? Šta se desilo? — upitao ga je, ali je umesto odgovora dobio siloviti udarac pesnicom po arkadi.

Džeremaja je žustro izašao napolje, otvorio zadnja vrata i ščepao Abdula koji se usplahireno otimao i batrgao od njegovog stiska. Sve pištave reči prkosa i molbe na arapskom nestajale su u proždrljivoj tmini, daleko od bilo kakvog središta milosti.

— Ostavi ga! — vikao je Hal, držeći se za raskrvavljeno lice. — Ostavi ga na miru, proklet bio!

No Džeremaja „Mesečina" Džouns nije nimalo hajao, jer je doneo odluku da ubije mališana. Kao što se ni u detinjstvu nije obazirao na samrtne vriske momaka koji su ga godinama užasno maltretirali. Sada nije bilo potrebe za klanjem kao tada. Samo jednostavna, brza i čista smrt.

Zavrljačio je dečaka na pesak, repetirao pušku i nanišanio. I dalje se na njegovom viziru nalazilo prestravljeno detence koje je držalo ruke uvis i preklinjalo na jeziku uzaludnosti.

— Nemoj ga ubiti! Molim teeee! Molim te, stani! Pusti ga! — ispao je Hal nekako iz automobila i ostao u klečećem položaju iza legionara. — Šta god video u njemu, to je Abdul! Nije iluzija! — bio je sada red na njega da ga urazumi.

Tamnoputi vojnik odgovorio mu je na tako hladnokrvan način da mu srce umalo nije stalo:

— Znam da nije... — izjavio je i potom dodao sebi u bradu, uprkos tome što ga je i Hal mogao čuti: — Trebalo je ovo odavno da uradimo... Kad samo pomislim da smo ga imali sve vreme uz sebe...

— Molim te, nemoj... Poštedi ga, preklinjem te... Ništa ti nažao nije uradio... — jecao je Hal.

— I to znam — reče Džeremaja.

— Zašto onda to radiš?! — viknuo mu je Amerikanac.

Odgovor na to pitanje je legionar oćutao. S razlogom.

Da mu je tog trenutka rekao da je sve ovo samo gluma, onda bi ceo njegov plan nepovratno propao u pesak, a varka je morala da bude što verodostojnija. Naime, želeo je da ispita vezu između Abdula i pustinjske utvare koja ih je progonila. Da li je želela isključivo dečaka ili je dečak predstavljao njenog vernog slugu? Da li ih je sve redom ubijala zato što su joj stajali na putu ili ju je dečak sve vreme navodio i telepatski koordinirao napade sa njom.

Niko u tom napetom momentu nije obraćao pažnju na vreme koje je prolazilo. Kako je mališan sve manje govorio i sve tiše ridao, tako su se Halu vid i svest normalizovali od primljenog udarca, pa je prikupio dovoljno snage da se polako pridigne sa tla.

Pridržavajući se za otvorena vrata, a potom za bolno mesto u krstima, napipao je pištolj na koji je potpuno zaboravio da ima kod sebe. Bio je to isti onaj koji mu je Džeremaja tutnuo u ruke kada je Brajan poginuo. Tada mu se nanovo javila dilema, nezasita da nastavi započeto cepanje njegove duše. Ponovo najteža odluka za čoveka koji nikada nije voleo dugo razdvajanje od kuće, od svog vernog psa i fine komšinice Ajrin, bake koju nikad nije imao.

Pa ipak, ovog puta mu nije trebala večnost da reaguje u skladu sa svojom istinskom prirodom. Sa skoravljenim i prašnjavim suzama na licu, ukusom krvi i bala u ždrelu, i konačnom rešenošću da sa ovim prekine jednom zasvagda, ali i sa emotivnim bolom u grudima koji je suzbio u vakuum pravde, izvukao je pištolj i uperio ga prema Džeremajinom potiljku.

Opšta nervoza je bila tolika da bi komotno mogla da nahrani samu pustinju.

— Preklinjem te... — procedio je kroz zube. — Nemoj ga ubiti.

— Naravno da neću... — iznenadio ga je nedovršeni odgovor legionara, ali dovoljan da Hal oseti olakšanje. Nažalost, sudbina nije želela da ono potraje. — ...samo ću mu prosvirati mozak, a zatim istresti rafal na ono što preostane od njegove telesine — dodao je naposletku jer je uočio pozadinsko kretanje u tami.

Halov krvotok je zastao u vratu, a ruka se napregla do te mere da je smeo da se zakune da će slomiti pištolj u paramparčad. „Za koju sekundu ću ga ubiti... Postaću ubica, ali ću spasiti dečji život. Bože, ako te ima... Oprosti mi...", pozdravljao se Hal u mislima sa svojim starim životom.

„Tako sam i mislio, skote maleni. Pozvao si taticu da te spasi, ali džaba... Prvo ću da ubijem njega, pa potom tebe, samo još malkice da mi se približi", vrebao je legionar priliku iz tame, povremeno osmatrajući kako se Abdul saginje do zemlje i kreće da nariče nekakve stihove. O čemu god da se radilo u toj jadikovki čiji je eho odzvanjao na vetrometini i loše se prenosio, za Džeremaju je zvučalo kao da služi za dozivanje sablasne pojave. Već prilikom drugog ponavljanja utvara je prihvatila „poziv".

— U ime Alaha, milostivog, samilosnog! Tražim zaštitu Gospodara ljudi, Vladara ljudi i Boga ljudi, od zla šejtana napasnika, koji zle misli unosi u srca ljudi, od džina i od ljudi... — izgovarao je dečak drhtavim glasom jednostavnu molitvu.

Nagli fijuk vetra zalupio je teška vrata automobila takvom silinom da je prasak presekao Halove nerve, odveć napete do krajnjih granica. Opalio je iz pištolja i pogodio tamnoputog legionara direktno u leđa. Kakvom čudovišnom snagom je ovaj raspolagao pokazala je činjenica da je, uprkos ranjavanju i stropoštavanju na zemlju, i dalje predstavljao opasnost po mališana koji se sledio od šoka. No pre nego što je vojnik stigao da povuče okidač, crna senka je preskočila dečaka i poput divlje životinje se bacila na grdosiju. Sumanuto rešetanje i varničenje iz puške odzvanjalo je u svim pravcima, baš kao i monstruozna rika grabljivca iz tame, koji se po prvi put oglasio na taj način.

Uviđajući da će oboje nastradati ukoliko budu predugo čekali, Hal je pozvao Abdula, brzo ga prihvatio u zagrljaj i uveo u kola. Bilo je sad ili nikad. Nagazio je pedalu za gas i dao se u beg od ukletog Pojasa...

Iznenadni dečakov vrisak i njegova podignuta ruka nadesno od sebe potvrdili su da je pustinja zatvor iz kojeg se jedino smrću može pobeći. Senovita neman se stvorila niotkuda i skočila na suvozačeva vrata, a odatle se hitro propela na krov. Udarac je bio tako jak da se ceo džip zanjihao i izdigao na svoje bočne točkove, primoravši tako Hala da blago izmeni kurs.

Nakačeni stvor nezadrživo je kidisao na vozilo i lupao, krivio šarke i pravio zaprepašćujuća udubljenja po oplati automobila. Predzadnji put kada je udario, iščupao je vrata sa dečakove strane i zavrljačio ih u bespuće, terajući time Hala u najranjiviji položaj — da upravlja vozilom i štiti Abdula od otmice. Ali kamerman još uvek nije želeo da se odrekne svog kasno probuđenog prkosa. Uhvatio je volan drugom rukom pa izvukao pištolj i ispalio ceo šaržer u svirepog stvora.

Halu je delovalo da mu svaki drugi ili treći metak nanosi neku vrstu boli, ali kada je pištolj konačno zakliktao u prazno, monstrum je poslednji put udario u konstrukciju džipa i nagnuo ga toliko da je bilo pitanje trenutka kada će se prevrnuti.

— Drži se čvrsto!!! — dreknuo je Hal prema Abdulu kada je otvorio svoja vrata, zgrabio ga i iskočio napolje.

Masivni oklopni džip počeo je silovito da se tumba zajedno sa stvorenjem. Na drugoj strani, rizikujući sopstvenu sigurnost, a gledajući da zaštiti dečaka od pada i kotrljanja, Hal je udario glavom od stenu i izgubio svest.

Ukoliko umrem (pre nego što se probudim)

Iste večeri, u provaliji,
Auzu pojas

Kada se Denis rasanio, prvo što je osetio pre nego što je otvorio oči bio je miris konzervirane hrane i grčenje sopstvenog želuca. Imao je utisak kao da je sanjao lupkanje i škripu metala kojim se hranio.

— Nije baš na nivou vrhunske italijanske kuhinje, ali ne sumnjam da ćeš olizati prste kada budeš probao — dočekala ga je Paola sa šoljom vojničkog pasulja.

Bila je hladna na dodir, ali je zgusnuta tekućina ipak uspevala da pronađe način do Denisovog zahvalnog stomaka. Jeli su poslednje zalihe, a one su gotovo uvek imale najbolji ukus.

— Nada i dobri planovi uvek dolaze sa punim trbuhom — nasmešio joj se Denis, preko zahvalan na njenom trudu da ovako turobnu situaciju učini malo podnošljivijom. — Drago mi je što si zadržala optimizam.

— I ti bi, kada bi video ono... — reče ona i pokaza ka rascepu u tavanici, odakle se celom dužinom protezalo uže.

— Ne razumem... Zar nije bilo izvučeno? Jesu li ti se javili ovi odozgo? — upitao ju je, umalo se ne zagrcnuvši krutim zrnom pasulja.

— Mislila sam da sanjam kada sam ga ugledala — odgovorila mu je sa osmehom koji nije dugo potrajao. — Nažalost, nisu. Ponovo sam ih dozivala, ali bez uspeha... Šta se to dešava sa njima? — zapitala se i uhvatila za zlatni medaljon oko vrata, koji joj je bio kao talisman.

— Huh... Moguće je da ste se slučajno mimoišli... Imaš li plan šta ćeš da radiš kada se budeš popela? — prigušio je kašalj kako ne bi izazvao dodatnu paniku kod svoje koleginice i podzemne cimerke.

— Imam... Otprilike... — izjavila je nesigurno i rukom suptilno zaštitila stomak. — Ako se radi o Lamaštu, postoji izvesna bajalica i ritual na mesopotamskom jeziku, koja služi za zaštitu. Ali ukoliko se radi o Stražaru... Sumnjam da će iko znati da pomogne.

— Za sve postoji rešenje. Verujem silno da ćeš pronaći ono pravo... A sada se spremi za planinarenje... Ako su ti Alpi imalo upisani u genetski kod, nećeš imati nikakvih problema — poručio joj je Denis kroz kašalj i uprkos njenom protivljenju, pridigao se pokušavajući da ignoriše bolove kako bi joj pomogao.

— Bila sam jednom sa ocem u obilasku Vezuva i vratila se sa slomljenom rukom... — odgovorila je Paola bojažljivo dok se vezivala, uz rastuću vrtoglavicu kada je ponovo osmotrila visinu rupe i žutilo neba.

— Dovoljno, po mom skromnom mišljenju — ohrabrivao ju je Jugosloven, sakrivajući od nje koliko se loše oseća. — Šta se to čuje odozgo? Nekakvo brujanje ili mi se čini? — upitao je.

— Pustinjska oluja, ali izgleda da je oslabila — reče ona i pogleda u Denisa.

— Sad ili nikad... — obuhvatio joj je lice rukama kao da je ono poslednje koje će videti za života.

Uzdahnula je duboko i tako prikupila svu rešenost koju je mogla da pronađe u sebi.

— *In bocca al lupo...* — rekla je i nežno ga poljubila, na šta ju je on prihvatio u naručje i slabašno zagrlio. — Vratiću se po tebe, obećavam... — prošaputala mu je kraj uha.

Uspinjanje je teklo sporo, što zbog straha, što zbog usaglašavanja sa onim što joj je um nalagao i onim što joj je Denis sugerisao odozdo. Negde na polovini puta njegove reči su počele da gube na jasnoći.

Italijanka je to pripisivala udaljenosti i bubnjanju u ušima, ali bilo je to daleko od istine.

Denisovo stanje se dramatično pogoršavalo. Da nije bilo zida da se pridrži obema rukama, odavno bi se srušio na zemlju. Svest mu se maglila, a disanje otežavalo.

— Mislim da ću uspeti! — začuo je odnekuda Paolin glas.

— Rekoh ti… Ja… — dobacio joj je. — Ne gledaj… Dole…

Znao je vrlo dobro zašto joj je to rekao. Malaksalost ga je nezadrživo srušila na tlo, ali mu je ostavila dovoljno snage da se dovuče do zida i navali leđima o svoju kamenu nadgrobnu ploču. Bio je to čin milosrđa kako bi još jedared mogao da izdigne glavu i po poslednji put osmotri malenu mrlju kako se poput malog insekta koprca po zidu.

— Na poslednjem metru sam! — doviknula mu je.

— Samo… Nastavi… — hroptao je Denis na ivici čujnosti. Više nije mogao da raspozna da li je u penjanju provela čitav dan pa se noć spustila ili mu je, zapravo, crna humanoidna sen koja se pojavila na nekoliko metara ispred njega mutila vid.

— Denise? Denise?! — nejasno je odzvanjao Paolin glas, ali vladavina tame nije želela da bude uznemiravana, stoga joj je nešto iz mraka odgovorilo britkim povikom:

— Sve je u redu! Tu sam! Samo ti nastavi, ja ću te čekati ovde!

Leđa mladog Jugoslovena više nisu mogla da izdrže. Lagano je klizio u stranu dok ga spremno nije prihvatila i zagrlila samrtna tišina hladne zemlje.

— Ledena je praznina kada nema zvezda, druže moj… — začuo se u tmini Davidov glas. — Zato se sada nikada više nećemo razdvajati.

Zauvek zarobljena iza ukočenog pogleda, užasnuta Denisova svest bespomoćno je posmatrala kako joj tamne ruke uzimaju telo za gležnjeve i odvlače je u ništavilo.

* * *

Kada je Paola izašla na površinu, prvo što ju je dočekalo bio je obrušavajući osećaj ljudske i ambijentalne samoće. Novi dan se potrudio da prikrije zlodela noći, a za Italijanku je to bio vešto urađen posao.

Vetrovi nisu duvali tako jako kao prošle noći, ali jesu ponegde podizali peščane nanose i premeštali ih po okolini. „Zar je moguće da su nas napustili?", upitala se Paola, spremajući se da pođe napred.

— Denise?! — viknula je iznad grotla, ali ovog puta nije dobila odgovor. Pretpostavljala je da je u pitanju umor. — Denise, ukoliko me čuješ, nema nikoga gore! Ostali smo sami... — glas joj se slomio dok je izgovarala tu poslednju rečenicu. — Nema nigde nikoga...

Nošena takvim razoružavajućim osećajem, nije ni primetila kako su je noge povele u tumaranje predelom, uz neprestano osvrtanje i traganje za bilo čime što bi joj privuklo pažnju. Baš u momentu kada se spremala da digne ruke i vrati se natrag, uočila je kroz prašinastu izmaglicu nešto što joj je zaličilo na krovne oplate automobila. Srce joj je zalupalo u ritmu trka na koji ju je nagnalo.

Kad je došla, zaista je mogla da potvrdi da se radilo o njihovim džipovima, poređanim jedan do drugog i povezanim šatorskom skalamerijom. Izbrojala ih je ukupno tri, ali... „Gde je četvrti? Da nije možda otišao po pomoć?", ponadala se i odlučila da zalihe telesne snage i vode u čuturici bar upola utroši na otkopavanje jednog od vozila.

Nakon izvesnog vremena provedenog u mukotrpnom radu, naišla je na nekoliko vreća za spavanje, nešto od sanitetskog materijala i opreme, polomljene stalke i delove kamera, ali i na jednu crnu vreću koja je bila načisto poderana i uflekana od krvi. Raširila ju je i u pesku našla parče rukava sa izmazane žućkaste košulje kakvu su nosili Sovjeti. „Iljina posmrtna vreća...", prisetila se tužne vesti koju su im preneli kada su poslednji put imali kontakt sa ostatkom ekspedicije. „Ali gde mu je telo?! Gde su svi ostali? Nije ih valjda oluja zatrpala žive?", strahovala je kao nikada u svom životu, s obzirom na to da su joj silne ostavljene stvari podgrevale sumnju da nisu mogli svi da stanu u jedna kola, te da je neko iz grupe možda morao da bude ostavljen u kampu… „Na milost i nemilost onoga ko uhodi ove predele.”

— Ima li igde koga?!! — viknula je glasno, pretrpevši jak napad suvog kašlja, ali pustinja je ostala nema.

Kada ni iz drugog pokušaja nije dobila odgovor, vratila se natrag do provalije i probala da dozove Jugoslovena.

— Ne znam da li možeš da me čuješ… Naišla sam na njihov kamp, ali je prazan i maltene zatrpan peskom… Ostali smo sami, Denise… Ostali smo sami… — izgovorila je na jedvite jade i briznula u plač. Nagomilane pod očnom sluzokožom, sićušne čestice peska nisu uspele da je zapeku jače od probadajućeg bola emotivnog sloma.

„A šta ako si, zapravo, ti ona koja je ostala sama?”, upitao ju je neki strani deo duše.

— Denise?! Denise, ako me čuješ, ali ne možeš da mi odgovoriš, prodrmaj konopac… Molim te… — jecala je dok je čekala da se nešto desi. Sem vetra koji je proizvodio tanane vibracije u njemu, ništa se nije dogodilo.

„Je l’ sanjam ja ovo?”, upitala se najednom, kada je brišući suze ugledala u daljini nešto što je veoma podsećalo na par uzanih i dugačkih udubljenja u tlu. Vodili su van kampa, ka severu. „Tragovi točkova? Četvrto vozilo?” Pridigla se sa zemlje i taman što je zakoračila, nešto je zadrmalo konopac iz provalije. Srce je htelo da joj probije grudni koš usled pomešanog osećaja straha i sreće.

— Denise!? Oh, hvala ti, bože… Denise, tu sam, ne brini! Preplašio si me na smrt… Mislila sam… Mislila sam da si… Huhhh… Videla sam u daljini tragove točkova ili nešto nalik tome. Ostaviću te nakratko da ih obiđem. Vratiću se brzo po tebe. Važi? — uzbuđeno je vikala prema ambisu, ali ni nakon tridesetak sekundi nikakvo njihanje konopca nije usledilo kao odgovor. Mada ju je to ponovo zabrinulo, pretpostavila je da se radi o krajnjem znaku da bi trebalo da požuri. Pridigla se sa zemlje i hitro otrčala napred.

Prvo što je uočila kada je pristigla bilo je to da se vetar svojski trudio da zametne njihove tragove, ali je ostao bez daha kada je svanuo novi dan. Udubljenja koja su jedino točkovi mogli da naprave vodila su zaista van ovog područja. „Pa da, zbog toga ih i nije bilo juče kada sam ih dozivala. Verovatno su nam dobacili konopac dok smo spavali i otišli po pomoć...", razmišljala je. „Do uveče će se sigurno vratiti. Morali bi, zbog nas."

Sa svim tim na umu, hrabro je produžila napred u izvidnicu i nastavila da prati tragove vozila. Čuturica sa vodom kupila joj je blizu tri stotine metara, taman toliko da ima i za povratak. Najednom, samoinicijativno je zastala. Stomak joj se zgrčio, a duša zaglavila u bespuću momenta. Nije se radilo o toplotnom udaru, mada je temperatura krenula da raste. Niti o gladi ili žeđi, a ni o pobačajnom bolu, kojeg se daleko više plašila u ovakvim uslovima.

Naime, kako se vetar premeštao i sa sobom vijao peščane nanose, tako joj se vid postepeno bistrio pa je u daljini, na nešto više od sto metara ugledala obrise vozila koje je ležalo na bok i pušilo se. „Gospode, tačno u tom smeru su me tragovi vodili..." Uspaničena, spremala se da potrči prema vozilu, ali čim je napravila prvi korak, pod čizmom je osetila mehanički klik. Samo ju je puka intuicija zadržala da ne pomeri nogu s tog mesta. Kleknula je i znatiželjno očistila pesak oko stopala, ali kada je završila, poželela je da to nije ni uradila.

Pritisak koji je i dalje održavala, sprečavao je upaljač nagazne mine da je ne raznese u komade. Sva nada u njoj je umrla u tom trenutku i za sobom ostavila najgoru moguću vrstu očaja. Onu koja ju je naterala na tako snažan krik, da joj se pustinja povinovala i uslišila joj želju da ga pronese svuda unaokolo, ne bi li ga neko ili nešto čulo... A čulo ga je.

Udaljen od Italijanke i njenog živog peska sudbine ležao je Hal, licem okrenut ka zemlji. Čudnovat i izvitoperen ženski vrisak probudio ga je iz stadijuma nepostojanja. Sa buđenjem svesti bila je prizvana i mirijada bolova.

Isprva ničega nije mogao da se seti. Ni imena, ni razloga za ukočenost i za maršíranje bolova, niti zašto leži u pesku. Iznenada se začula muzika. Tiha i iskrivljena, zvučala je kao da je puštena sa pokvarene ploče. Dopirala je iz pravca gde se prevrnuti džip nalazio, na desetak metara od njega. Pesma mu je bila proganjajuće poznata.

Da li se javila kako bi ga brže podsetila na skorašnja dešavanja ili je služila da zamaskira jezivi vrisak koji je nailazio u talasima, nije mogao da odgonetne. Znao je samo da su ga klimave noge s mukom vodile u tom pravcu, nalik opčinjavajućoj muzici sirena, bez prava da joj odoli. Tek kada ga je snaga izdala i kada se sručio na zemlju nadomak probijenog krova, film u glavi počeo je da mu se odmotava. Sve brže i jače šibala su ga sećanja na skorašnje događaje, da su mu oči zapulsirale i prokrvarile od naprezanja.

— Abdule… — pozvao ga je promuklo, zavirivši u unutrašnjost vozila. — Abdule… — ponovio je, ali mališana nije bilo, bar ne na vidljivim mestima.

Pitajući se kako je to dečaku pošlo za rukom, zatekao ga je šćućurenog u duplom dnu za vojne potrebe, podno zadnjih sedišta. Nije se pomerao niti reagovao na Halove povike, ali je i dalje bio živ. „Dobro je da se nije ugušio unutra…“

„*Kumbaja*… Da, tako se zvala pesma…“, prisetio se dok ga je izvlačio napolje, samo da bi se potom zajedno zavukli ispod olupine kao napušteni psi. Bio je zahvalan na tome što imaju zaštitu od sunčeve vreline i što im je Pit Siger predstavljao jedino i poslednje društvo pre nego što lipšu u samoći.

Ženski povici su i dalje dopirali do njih, doduše sve tiši, sporadični i sve više očajni. „Iluzije… Eto šta su… Obične iluzije i pravi ih zlotvor koji nije još stigao da završi započeto. Samo vi vrištite…“, tumačio je novonastale okolnosti maltene bezvoljno. Ali kada je kroz napuklu šoferšajbnu uočio nečije korake kako se približavaju, stegla ga je bojazan. Primirio je telo i disanje i zavukao se što je više mogao u senku. Za svaki slučaj, držao je šaku nadomak Abdulovih usta.

Koračanje je prestalo. Kao da je taj neko osetio pritajeno mrdanje i stao da proveri da li ga čula varaju. Nakon nekoliko neizvesnih trenutaka za Amerikanca, koraci su nastavili da obilaze oko automobila i činilo se da će otići odatle. Hal je zažmurio u blaženom osećaju olakšanja, ali ono nije potrajalo ni sekund. Celo njegovo biće je potom kriknulo od užasa.

Snažne ruke su ga dograbile za leđa, izvukle napolje i zavrljačile dalje od sebe. Bleštavilo sunca mu u prvi mah nije dozvoljavalo da vidi o kome se radi, ali je pretpostavljao da je u pitanju bila avet. Nekako mu je i odgovaralo što neće neposredno ugledati lik stravičnog dželata.

— Prvo od tri najvažnija pravila glasi: nikada ne ostavljaj svoje drugove — progovori velika prilika i šutnu Hala mučki u stomak. — Drugo pravilo glasi: nema povlačenja — reče nanovo i uputi mu drugi, snažniji šut. — I treće, poslednje pravilo: ostani u životu, po svaku cenu... — saopštio mu je podmuklo i isukao dugački vojni nož iz korica. — Trebalo je da imamo jednog takvog debeljka poput tebe '69. Hranili bismo se danima... I preživeli — začuo je reči koje su odvrnule sve adrenalinske ventile u njemu.

Lik kapetana Hanibala kada je zaklonio sunce bio je nalik ljudima koji bi preživeli mučenja u najozloglašenijim koncentracionim logorima. Odrpan, prljav, krvav i sa iskonskim zverskim pogledom u očima.

— Kap... Kapetane... To sam ja, Hal Hateras! Američki novinar! — ispružio je ruke ka njemu, ali je ubrzo shvatio da ništa što bi rekao ili uradio ne bi promenilo rešenost u njegovom ludačkom pogledu. — Šta Vam se, za ime sveta, dogodilo? — upitao ga je, mada je jedva mogao da čuje sopstvene reči od bubnjanja srca.

Ženski vrisak mu je ponovo privukao pažnju. Pridigao je umorno glavu i u daljini ustreptalog vazduha spazio siluetu osobe koja je stajala i mahala rukama. Beznađe ga je razbilo u komade kada je spoznao da je toliko žudeo za spasenjem da je bio spreman da poveruje čak i u smrtne laži iluzije. Uzdigao je šaku iz peska, spreman da znakom odgovori fantazmi, ali je istog časa pretrpeo tako snažan bol u podlaktici da je tek posle dve sekunde shvatio kako je ostao bez ruke.

Ni sam nije mogao da pojmi kako je ispustio užasavajući vrisak kroz sasušeno grlo i cement od bala i peska koji mu je zazidavao usta. Kapetan se nadvio nad njim, podigao krvavi patrljak i zubima iščupao komad sirovog mesa koji je potom pojeo.

* * *

„Da li je moguće da me ne vidi i ne čuje?! Šta to tamo radi, pobogu?!"

Paola se spremala da odustane od dozivanja neznane osobe i da prihvati činjenicu kako u svojim rukama ima izbor između bezbolne i trenutne smrti ili sporije, mučnije i neizvesnije. Da tas blago pomeri ka ovom drugom potrudilo se koračanje koje se začulo nedaleko iza nje. Brzo se okrenula i prepoznala drago lice.

— Denise? Uspeo si da izađeš?! Oh, hvala bogu... — oduševila se prizoru jugoslovenskog novinara koji joj se polako, ali neumitno približavao. — Nisi mogao da izabereš bolji... — krenula je da kaže, ali je istog trenutka zastala. Denisov stav delovao joj je u najmanju ruku odsutno i strano. — Kako si napustio pećinu, Denise? — upitala ga je podozrivo, ali tišina je bila jedini odgovor. Bar dok nije ugledala na obližnjoj padini još jednu siluetu kako joj se približava. — Davide?! — prekinula je muk i razrogačila oči u neverici. „Ne, ne, ne... Ovo nije stvarno..."

Sa maltene istovetnom bezvoljnošću kao i njegov prijatelj, drugi jugoslovenski novinar silazio je sa dine i probijao se kroz gusti pesak. Nezaustavljivo krvoliptanje iz vrata bilo mu je jasno uočljivo. U isti mah začula je zvuk teškog tarenja zemlje koji joj je skrenuo pažnju na treći prizor. Osvrnula se i spazila legionara Feliksa kako se rukama vuče po tlu u njenom smeru. „Priviđa mi se... Ovo mi se samo priviđa...", bila je prestravljena pred nadrealnim scenama. No sa njima je tek počelo.

Kako je vreme odmicalo, nasumično su se pojavljivali i ostali njeni saputnici, u paru ili sami. Neki bi naprosto iskoračili iz peščane izmaglice, dok bi se drugi, kao da su vaskrsli, pridizali iz svojih zemljanih pokrova ne bi li se odazvali sablasnom sazivu. Svi do jednog su odavali utisak bića čije su duše tako naglo istrgnute da su im ostale samo prazne ljušture ispunjene ništavilom. I sve su gravitirale prema Paoli, oazi života u okolini.

Uviđajući da prikaze nisu njeni prijatelji već sluge onostranog, prestala je da ih doziva u pomoć, ali je nastavila da ih drži na oku. Koliko god da joj je celo biće vapilo za bekstvom, opominjala je sebe da nikako ne podiže nogu.

Kada su joj se približili na dvadeset metara, naišao je nešto jači vetar i podigao prašinu u njihovoj neposrednoj blizini. Zahvaljujući tome uspela je da primeti nešto tamniju humanoidnu siluetu kako stoji iza njih i postojano motri na celu situaciju. Grčevi u stomaku i rezak bol u grudima primorali su je da još jednom posluša intuiciju i veoma pažljivo klekne na zemlju iz prividnog poštovanja i želje da joj se potez ne protumači pogrešno, odnosno kako bi nastavila da vrši pritisak na upaljač mine.

Odmah je počela da opisuje kružnicu oko svog polja i da šara drevne simbole po njenom obodu. Potom je izvadila iz tašne nekoliko krpica i končićima ih spretno uvezala kako bi podsećale na dečju lutku. Čim ju je položila na pesak, istresla je parčiće od hleba i polila ih preostalom zalihom vode iz čuturice. Usledila je bajalica koju je, uprkos sve snažnijim napadima panike, uspela da izrecituje do kraja.

> *Velika si, ćerko Nebesa i mučiteljko dece,*
> *čija je ruka mreža, a zagrljaj smrt.*
> *Okrutna si, divlja i ljuta grabljivica,*
> *odmetnica si i lopov; o, ćerko od Nebesa,*
> *što diraš trudnicama stomake,*
> *što im vadiš decu iz utroba i ričeš poput lava,*
> *što zavijaš poput demonskog pseta*

i progoniš pogledom sove.
Ćerko Nebesa i bez poroda, čuj me:
dete za Moloha od mene nećeš dobiti!

Kako je izrekla poslednju rečenicu, tako su se aveti zaustavile na poslednjem metru. Na toj košmarnoj blizini, po skoravljenoj i ispucaloj koži i u crnilu njihovih očiju nazirala je takvu neupokojenu i iskonsku zlobu da je bilo pitanje trenutka kada će nadvladati moć jedne bajalice. Zato je odlučila da izrecituje i drugu, ujedno i najmoćniju. Ne časeći ni časa, započela je sa prizivanjem Lamaštuinog najgoreg neprijatelja.

O, slavni Pazuzu,
koji bdiš nad pustinjama vaskolikim,
i kome demoni vetra služe.
Ti koji stojiš kraj kapija vremena,
usliši mi poziv, jer Lamaštu je ovde.
Oslobodi i uzdigni gnev drevni
zakopan pod peskom i stušti ga u vatri
na onu koja izaziva srdžbu tvoju...

Slučajno ili pod uticajem viših sila, vetrovi su se zaista podigli, nalik olujnoj zaostavštini koja je trebalo da sprovede poslednje istrebljenje. „Pustinjskim đavolima" su nomadi zvali te podmukle kovitlace i peščana tornada. Iako se Paola našla u samom „oku" jednog od njih, gde je proždrljiva vazdušna struja imala slabije razorno dejstvo, nastavila je da kleči i drži glavu savijenu prema zemlji. Odolevala je čak i porivu da se uveri da li su nadljudski vapaji, čudovišna zavijanja i podrhtavanja tla zaista pripadala samo peščanom vrtlogu koji ih je mleo.

Ne znajući koliko je vremena prošlo, sačekala je dok nevreme nije protutnjalo iznad nje i napetost u vazduhu uminula. Tada je u potmuloj tišini pridigla malo glavu i pogledala oko sebe. Iako je i dalje bio dan, zbog podignute prašine i sveprisutne izmaglice izgledalo je kao vreme pred potpuno pomračenje sunca. Takođe, činilo se da je vazdušna pijavica progutala avetinjske prikaze i odnela ih daleko sa sobom... Pa ipak, nešto je preživelo i ostalo da stoji na nogama.

Visoka i prozračno tamna, bezlična i surova neman bila je sve što je preostalo nakon rušilačkog naleta. Stajala je veoma blizu Paole i nije ni morala imati oči da bi joj jasno prenela sav užas sopstvenih namera. Ako joj je nada umrla i iza sebe ostavila davljenički očaj onog trenutka kad je nagazila na minu, onda je neman u ovom momentu od njega stvorila stravičan teror za koje ljudsko biće nikada neće biti dovoljno pripremljeno. Bio je tako masivan i zastrašujuć da nije ni osetila želju da podigne stopalo i ubije se zajedno sa svojim neprijateljem. Štaviše, nakon što ju je sablast dograbila za vrat i izdigla iznad zemlje, taj isti osećaj nije joj dozvolio ni trunku patnje kada je upaljač od mine zakazao.

Primordijalno ništavilo peklo ju je od hladnoće, a telom joj raširilo takvo beznađe da joj je sama duša kidala kožu ne bi li pobegla odatle da se nikada ne vrati. Kada su je misli o sopstvenoj konačnoj smrti napustile, za sobom su ostavile onu poslednju koja se prirodno otimala da opstane i preživi. Bila je to zaštitnička misao, eonima usađivana u svako živo biće na planeti. Samotna, čista i nevina. Ona za koju još uvek nije znala kako da je nazove, ali pod nekim drugim i srećnijim okolnostima ne bi imala ništa protiv da se zove Denis. Upravo zbog nje je odlučila da progovori.

— Oprosti... Oprosti mi na neznanju... Sada kada zaista znam ko si i odakle dolaziš... Nisam nikada bila tvoj neprijatelj... Preklinjem te za milost... Milost, kakva tebi nikada nije pružena... Duše podzemnog sveta. Ne uništavaj ono što je već predodređeno da bude uništeno... — obratila mu se na drevnom egipatskom jeziku.

Za trenutak joj se učinilo da će stvor svakako izvršiti ono što je naumio. Stezao ju je za vrat toliko jako da bi pre umrla od polomljenog pršljena nego od gušenja. Ali je najednom zastao i približio je svom glavenom obrisu.

Potmulo režanje ili disanje komešalo mu je tanane i lelujave seni u telu. Što ih je duže posmatrala, to je više osećala kako joj poput mentalnog hirurga secira misli i prodire u podsvest, ne bi li razotkrio šta pokušava da sakrije od njega. A pred silom tako surovom i drevnom ni sav pesak Sahare nije dovoljan da prikrije ono što je čoveku najvrednije, a kamoli um.

Mada isprva Paola to tako nije doživela, izdaju je prva načinila njena ogrlica sa Horusovim okom koja mu je privukla pažnju. Prelazio je slobodnom rukom iznad nje kao neko ko se sprema da izvede nekakve čini. Proizvodio je ritmične i šuštave zvuke koji ni na jedan način nisu mogli da se protumače. Jedina pretpostavka koja je Italijanki prošla kroz um jeste da je stvor odavao poštovanje svom vrhovnom bogu kojem je položio zakletvu u zamenu za iskupljenje.

Ohrabrujuće je delovala ta pomisao, taj pepeo odakle će joj se nova nada u spasenje izroditi. Pa ipak, ono što nije uspela da pomisli bila je verovatnoća da je zbog tog medaljona izgledala kao dar za njegovu odanost. A hladna i senovita ruka nastavila je da lazi i pretražuje gde se nagrada skrivala.

Uznemireni rad Paolinog srca i sve glasniji jecaji zbog opasnosti kojoj nije videla kraj kakvom se nadala, navodili su mu ruku do njenog trbuha koji je najednom celog obuhvatio šakom i pri tom ispustio snažnu vrstu niskofrekventnog zova. Od vibracija plod i materica su joj se zgrčili, a sama Paola proživela kratku viziju svoje sudbine. Tako tešku i gorku da je ubrzo ostala bez svesti. Biće zarobljena i odvučena pod zemlju, gde će se stvor postarati da bude dobro uhranjena i zaštićena. Bar u narednih nekoliko godina, dok se ne porodi i odgoji dete koje će mu, kada vreme bude sazrelo, podariti novu godinu života.

Naposletku, jedina uspomena koja je ostala na Paolu Santafjore bio je zlatni medaljon, dopola zatrpan u zemlju. Neprocenjivi dar za peščano visočanstvo.

U međuvremenu, Hal je prolazio kroz svoju rundu pakla. Njegova odsečena i pojedena ruka sada je predstavljala samo koštani patrljak nakon što ju je Hanibal zavrljačio dalje od sebe. Kakve sadističke sile su Amerikanca održavale u životu ni sam nije mogao da odredi, ali ih je sve do jedne proklinjao sa odistinskim prezirom. Sam, obogaljen i izranjavan prizivao je smrt kao što ožedneli čovek priziva kišu da bi se napio. No nje nije bilo, kao ni bilo kakvih naznaka da će stići.

Oblaci prašine su se razilazili i sve više dopuštali sunčevim zracima da započnu novu seriju torture nad davno sprženom zemljom. Koliko god je zvezda bila okrutni gospodar nad ovim prokletim predelima, činilo se da nije u potpunosti zaboravila i na svoju milosrdnu stranu. Doduše, taj momenat je kratko trajao, ali je bio dovoljan da Hala probudi iz delirijuma.

Bolovi usled pucanja plikova na sasušenoj koži predstavljali su dovoljne nervne impulse da Halovu komatoznu svest vrate u život. Hanibala nije bilo na vidiku, ali jeste pištolja koji je Amerikanac i dalje nosio za pojasom. Mnogi bi na njegovom mestu iskoristili kapetanovu nepažnju i upotrebili oružje da, na ovaj ili onaj način, ubiju svog zarobljivača i mučitelja. Da bar pruže sebi taj slatki osećaj osvete pre nego što lipšu na suncu. Ali Hal nije imao takve želje. Kada ga je ugledao, poželeo je sebi da raznese mozak ne bi li stavio tačku na dijaboličnu predstavu agonije. Nije ni slutio da je teatar bola čuvao za njega svoju završnicu. Tantalove muke u četiri čina mogle su da počnu.

U prvom činu nije mogao da razume zašto se drška pištolja ne pomera u njegovoj ruci. Pretpostavio je da leži na zemlji kao duh, jer nije bilo nikakve logike da predmeti prolaze kroz njegovo telo. Nikakvog zakona fizike. Tek pošto se pridigao na kolena i shvatio da je to učinio uz pomoć jedne ruke, uvideo je da je problem ležao u fantomskom osećaju prisustva uda. Skoravljene oči nisu uspevale da zasuze, kao što ni grlo nije moglo da izusti ni najobičniji jecaj.

Želja za samoubistvom je naglo prerasla u opsesiju, te je upotrebio drugu ruku. Repetirao je oružje od butinu i prislonio cev uz slepoočnicu. Ali umesto da opali, začuo je tup zvuk ispuštenog pištolja i svoj naprsli jauk. Pustinjska vrelina učinila je da usijanost metalne drške bude tako velika da je američkom kamermanu odlepila komad kože sa dlana.

Kako je nezadrživo tonuo prema neistraženim suicidnim dubinama, tako je ubrzo stisnuo zube i bez obzira na upaljenu sluzokožu i krvoliptanje ponovo dograbio pištolj i povukao oroz. Zbog ispražnjenog šaržera kliknuo je u prazno, baš kao i njegovo telo koje se potom sručilo na zemlju. Da zaista postoji dno u čovekovom mentalnom ambisu otkrio je kada je pokušao da se ubije gutanjem peska, ali i proklinjanjem sopstvenog bića jer se zrnevlje vraćalo natrag. Vreme je prolazilo i sve više nastojalo da se Hal, tako zagnjurenog lica u pesak oseti kao neotuđivi deo pustinje.

Najednom, neobična senka nadvila se nad njim, okrenula ga na leđa i odvukla do hladovine džipa. Uspeo je nekako da razdvoji skoravljene trepavice i nazre Abdula ispred sebe. Mališan je odnekuda izvadio krznenu torbicu i dao mu malo vode da popije. Toliko je čista i ukusna bila da mu se činilo da ništa slađe u životu nije okusio. Kapetana i dalje nije bilo u blizini, za razliku od Halove odsečene ruke. Zdrava i cela nalazila se na istom mestu gde je i bila od njegovog rođenja. „Ovako izgleda zagrobni život... Ili Čistilište? Konačno se duša oprostila od tela koje je umrlo tamo u pesku...", budile su mu se omamljujuće i utešne misli, sve dok nije progutao poslednji gutljaj.

Iznenada, maltene niotkuda, iza Abdula se manifestovala prozračna avet. Nedovoljno okrepljeno Halovo telo osetilo je u isti mah strahovitu potrebu i nemoć da krikne i zaštiti dečaka. No mališan je, uprkos tome što se osvrnuo i osmotrio stvorenje, samo mirno položio ruke na amerikančeva ramena i zadržao ga da ne reaguje. Reči koje mu je upućivao na arapskom imale su veoma blag i saosećajan ton.

Dečak se potom pridigao sa zemlje i prišao zlokobnoj seni. Čak i da je mogao da se trgne iz ukočenosti, Hal je verovao da ništa što bi učinio ne bi promenilo ishod događaja. Ovo dvoje su se u tišini posmatrali izvesno vreme, dok se u jednom momentu nisu začuli strani, nerazumljivi, potmuli zvuci ispunjeni rogobatnim zavijanjem i šumljenjem. Činilo se da oboje to rade, ali pod kontrolom senke.

Tek pošto se „pojanje" završilo, telo utvare počelo je da se mrvi. Pepeo je lelujao u vazduhu oko njih i polako ulazio u Abdula kroz nos i usta. Uz očigledan bol i epileptično drmusanje mladog tela, ritual primopredaje trajao je sve dok utvara nije malaksala i izbledela. Tada se okrenula od dečaka i sporim korakom po stazi smrti pošla prema horizontu, ostavljajući iza sebe fini prah koji je vetar razvejavao. Dečak je nemo gledao u njenom pravcu dok nije nestao i poslednji trag bića koje je Halovu ekspediciju satrlo i odnelo u zaborav. Tada se okrenuo i pošao ka unezverenom kamermanu.

— Ti danas nećeš umreti... — obratio mu se dečak dubokim šapatom. Oči su mu isijavale novorođenu kosmičku tamu čija je moć postepeno obuzimala mladu kožu.

— Š-št-ta... Si t-ti? K-ko s-si t-ti... — Halove glasne žice su sa teškoćom pratile njegove haotične misli.

— Mi smo vreme pre vremena — sada mu je odgovorilo mnoštvo nečeg što se nekada zvalo Abdul. — Svet pre svetova... Smrt pre smrti.

— Z-z-a-š-što s-sve ov-vo r-rad-diš? — upitao ga je, uviđajući kako nikada više neće moći pravilno da govori zbog silnih trauma koje su počele da uzimaju svoj danak.

— Jer je neophodno da ciklus bude očuvan... Predali smo zakletvu našim starešinama i poštovaćemo je, bez obzira na cenu — uzvratio mu je strogo i bez imalo zadrške, ali je u njegovom ehu ipak začuo: — ...da bi naša vrsta opstala...

— Im-ma v-vas... Još? — započeo je, ali mu je zbog konačnog gubitka glasa rečenicu dovršila misao: „Kakav ciklus? Šta ste vi?"

— Nekada nas je na tvom svetu bilo na stotine, dok ste još uvek bili voljni da poštujete svoje *raša'h'nor*. Danas nas možeš pobrojati na jednoj ruci, jer čak i smrti moraju umreti... — vešto mu je tumačio misli. Kako se dečakova pomodrela koža ljuštila i spadala mu sa tela, tako se ispod nje nazirala strana i eterična tamna materija. Bila je prozračna tek toliko da, ko god je vidi, pomisli da u njoj vlada večita noć. — Mi smo Stražari... Čuvari ljudi.

„Čuvari?! Od čega nas čuvate?", pribojavao se da pomisli na to pitanje, ali ga je um svakako izdao.

— Od onih što spavaju pod vašim stopama i sanjaju da budu probuđeni... — odgovorio mu je stvor koji je veći deo dečakovog izgleda uklonio sa sebe.

Mada je smatrao da je razgovor okončan kada se pridigao, još uvek nije želeo da napusti Hala. Prišao je do prevrnutog automobila i dodirnuo ga rukom. Desetak sekundi kasnije začulo se bučno napajanje energijom, a odmah potom menjanje frekvencija i uspešno uspostavljanje radio-signala.

— Omega za libijsku vojnu bazu u Ma'tan as Sari. Da li me čujete? Prijem — na sopstveno zaprepašćenje Hal je začuo svoj glas preko radija kako uspostavlja vezu. — Ovde Omega, označenog koda 7-3-3-4. Da li me neko čuje? Prijem.

— Na vezi je baza El Nadžah iz Ma'tana. Čujemo vas, glasno i jasno, Omega. Šta se dešava sa vama? Prijem — odgovorio mu je vojnički glas na engleskom jeziku, ali sa arapskim naglaskom.

— Zovem se Hal Hateras, američki sam državljanin i novinar, tražim hitnu evakuaciju sa Auzu pojasa. Ponavljam, tražim hitnu evakuaciju sa Auzu pojasa. Neophodan je i prateći medicinski tim. Šaljem koordinate: 20-32-41 severne geografske širine i 23-08-30 istočne geografske dužine...

— Primljeno, Omega. Alarmirali smo izviđačke i spasilačke jedinice. Da li je još neko tu sa vama? Prijem.

— Ne... Jedini sam ovde...

— Razumem... Ostanite tu gde jeste i potražite neko sklonište dok ne stigne pomoć... — začuli su se saveti za preživljavanje, ali signal se izgubio, a crna silueta krenula da se udaljava od Hala.

„Ali zašto me je poštedeo...", zabrinuto je razmišljao Hal.

Kao da ga je biće čulo, zastalo je za trenutak i okrenulo se. Ne samo da nije više posedovalo lice, nego je nestala i svaka uspomena na nomadskog dečaka. Umesto njega tamo je stajala humanoidna senka, duplo viša i krupnija od svog nekadašnjeg domaćina.

— Spasio si telo našeg rođenja. Mi smo spasili tebe — uzvratio mu je i vratio pogled prema horizontu ka kojem se zaputio.

U prvi mah nije mogao da razume kako ga je on to spasio, što zbog iscrpljenosti, što zbog neprestane borbe njegovog uma da razdvoji halucinacije od realnosti. Tek potom mu se javilo daleko sećanje kao kroz snoviđenje. Bio je to momenat kada je od straha pucao u Džeremaju Džounsa, ne bi li ga zaustavio u nameri da ubije Abdula.

Svesni deo uma nipošto nije osetio potrebu za tim, ali usne nisu izdržale da se ne razviju u osmeh. Iako je i samo telo odbijalo da se grohotom nameje, znajući da će pretrpeti još jedan set bolova i kašlja, nekontrolisani spazmi odlučili su da se odazovu pozivu.

Duh američkog novinara više nije imao za čim da mari ili da žali. Bio je još uvek toliko priseban da prizna samome sebi kako mu smeh više neće zvučati i izgledati kao ranije, kako je zauvek izgubio moć govora, ali i nepovratno ostavio deo zdravog razuma u pustinji. Nije mario ni za uspomene na MekRidija, Brajana, ŽVRK, gospođu Ajrin ili Megan, a posebno nije žalio ni za tim što više nikada u životu neće biti isto ljudsko biće kao pre.

Senka se odveć nalazila na popriličnoj udaljenosti od Hala. Njeni tamni obrisi nestali su sa vidika. Iza njih je preostala samo zažarena linija zalaska sunca gde se nebo i pustinja prelamaju. Gde ništa nije kao što izgleda. Ni život ni smrt.

Epilog

Štab u Pentagonu, Virdžinija, S.A.D,
30. decembar 1980. godine

Nekoliko visokih vojnih, bezbednosnih i državnih zvaničnika u pratnji svojih pomoćnika sjatilo se kroz uzani hodnik u prostoriju za konferencijske sastanke. Na širokom stolu sačekale su ih fascikle pod šiframa i sa oznakama „strogo poverljivo". Za razliku od njihovih lica koja su vešto krila da ne raspolažu baš svim informacijama, kroz žamor prisutnih naslućivalo se zašto su svi bili sazvani te zimske, prednovogodišnje večeri.

Dvokrilna vrata su se još jednom otvorila i kroz njih su ušla dva muškarca. Prvi, sredovečni tip sa naočarima i zalizanom kosom ušao je s popriličnim samopouzdanjem, noseći fasciklu koju niko drugi nije imao. Skoro da nije bilo osobe u prostoriji koja ga nije pogledala. Odmah za njim pojavio se dosta stariji gospodin sa šeširom i štapom egzotičnog izgleda. Zvuci njegovih udaraca dok je hodao varirali su od strogih do enigmatičnih.

Svi prisutni su ustali da ih pozdrave i sačekali u tom stavu dok se dvojac nije smestio, prvi kraj projektora i belog panela, a drugi odmah do čela stola. Vrata su se zatvorila, lampe ugasile, a žamor uminuo. Sa zvukom i svetlom pokrenutog projektora svici cigareta zaiskrili su u tami i ispunili vazduh sirovim dimom. Tip sa naočarima se nakašljao i progovorio.

— Dame i gospodo, vojni i državni zvaničnici, dobro veče. Žao mi je što trenutno niste sa svojim ukućanima, ali mi je drago da ste se brzo odazvali ovom pozivu i došli svi, uprkos mećavi. S obzirom na to da ste od ranije upoznati sa programom i bili uključeni u njegov rad, preći ću odmah na stvar. Od protekle noći raspolažemo novim obaveštajnim podacima vezanim za ovogodišnju misiju „Miraž 2”. Možete otvoriti fascikle — obratio im se i sačekao dok se šum papira nije utišao, a na belom panelu pojavila mapa Srednjeg istoka.

— Kratko podsećanje... Prošle godine, u januaru, naša vlada je sa punom podrškom vojnih i bezbednosnih struktura ponovo pokrenula tajnu i internacionalnu misiju, koja je za cilj imala praćenje, izviđanje i proučavanje NVB-a[30]. Za razliku od katastrofalne prve misije 1967. godine, kada je zbog neuspeha na terenu izbio bespoštedni rat na Bliskom istoku, „Miraž 2” pokazao je značajan napredak — zaključio je govornik i osmotrio starijeg gospodina sa štapom. Na njegov diskretni znak da nastavi pritisnuo je dugme za novi slajd, na kojem se nalazila mapa Libije.

— Nakon mukotrpne i višegodišnje saradnje sa obaveštajnim timovima Francuske, Velike Britanije i Italije uspeli smo da lociramo NVB, čije se kretanje privremeno zaustavilo na samom jugu Libije. Izuzetno nezgodno političko i vojno područje, svi ćemo se složiti. Ako se tome pridoda da je prvobitno zamišljeni sastav izabranika za ovu misiju pretrpeo izvesne... Promene... Možemo reći da smo se s pravom pribojavali novog neuspeha. No sreća nam je bila naklonjena ovoga puta i podarila nam mnoga saznanja — izjavio je i sačekao da se promeni slajd.

Na panelu su se sada pojavile fotografije desetoro civila i novinara koji su pošli na ovaj put. Ispod svakog od njih su se nalazili njihovi osnovni podaci, ali je tip koji je vodio konferenciju detaljno opisao svakog od njih.

---

30 Neidentifikovano vanzemaljsko biće.

— Sem našeg državljanina iz novinske redakcije Atlas, svi koje vidite nisu preživeli, niti su im tela ikada pronađena — napomenuo je po završetku čitanja njihovih biografija. — Ukoliko se pitate da li smo uspeli da izvučemo ikakvu dodatnu informaciju od njega, odmah ću vam reći da nismo. Hal Hateras pronađen je nem i odsutnog uma, a potom prebačen na lečenje u južno krilo Medfilda, državne psihijatrijske bolnice specijalnog tipa u Masačusetsu. Tamošnje stručno osoblje nam je prenelo da je Hal pretežno miran i da ga često zatiču naslonjenog kraj kreveta kako posmatra zalaske sunca. Posebno ističu da svaki put kada je napolju ponese malo zemlje ili peska natrag sa sobom...

Govornikov smrknuti pogled najavio je prelazak na novu temu. Otvorio je svoju fasciklu i predao prisutnima fotokopije dokumenata zemalja učesnica u misiji sa spiskom obaveštajnih problema i incidenata.

Tako je, protivno dogovoru da se u misiju pošalju isključivo civili, Velika Britanija samoinicijativno odlučila da infiltrira agenta službe MI6, Bredlija Stounsa. Ovo saznanje je izazvalo oštro negodovanje u sali i zahtev da se preispita dalje obaveštajno savezništvo sa tom zemljom.

Zbog nedopustivog propusta francuskih agenata u Africi, italijanskih i američkih u Evropi, odnosno japanskih u Aziji, Mondesir Abaja, odmetnuti čadski visokorangirani oficir za bezbednost izbegao je naknadno hapšenje i prebacivanje u Sjedinjene Države. Da stvar bude još gora, Mondesirova saznanja u vezi sa NVB dospela su u ruke jugoslovenskoj SDB, a zbog njihovih prijateljskih odnosa sa Libijom i do Gadafija. Da bi se integritet tajne misije održao, na izričit zahtev dveju zemalja odlučeno je da im se izađe u susret i prihvati saradnja sa Pukovnikom, odnosno da se u misiju uvrste i jugoslovenski novinari.

Japanska služba je takođe zakazala. Sumnjajući da na njihovoj teritoriji boravi jedan od NVB-a, konkretno u predelima oko planine Fudžijama, duga i opsežna istraga na državnom nivou povodom mnogobrojnih samoubistava na toj lokaciji privukla je pažnju njihovih zapadnih suseda, tačnije KGB-a.

Prema potvrđenim informacijama, japanska služba imala je problem s curenjem podataka, konkretno u vezi sa planovima oko „Miraža 2". Poverljiva korespondencija sa njihovim kolegama iz SAD dospela je nekako u ruke istraživačke novinarke Hinate Nagatomo, koja je sve više uviđala vezu između Auzu pojasa i Fudžijame. Ne shvatajući kakvu je tempiranu bombu znanja nosila u glavi, ubrzo se našla na meti američkih i japanskih agenata. Ali KGB je prvi reagovao. Sovjeti su oteli Hinatu i već iste večeri je prebacili u Vladivostok.

Pretpostavlja se da je podlegla surovim ispitivačkim metodama i ispričala sve što je znala i da je onda prisilno odvedena za Libiju. Njena malobrojna pisma suprugu trebalo je da posluže kao paravan za pravu svrhu odlaska. No domišljata Japanka je uspevala krišom da poturi i crteže, pokušavajući da navede svog muža Akiru da je potraži.

Ta samostalna misija SSSR-a, šifrovanog naziva „Prividenie", doživela je pravu katastrofu. Drugačiji ishod nije mogao da bude, s obzirom na naknadni i žestoki zahtev njihovog rukovodstva da se priključe drugoj misiji „Miraža", odnosno ucene da će na generalnoj sednici Saveta Bezbednosti obelodaniti sve. Blef ili ne, sa Sovjetima se nije moglo rizikovati.

Pa ipak, da su sami sebi najveći neprijatelji potvrdili su njihovi sopstveni ljudi. Greškom poštanske službe i kurira, dve avio-karte sa legitimacijama i instrukcijama su, umesto za Moskvu, dnevnom novinskom listu „Komsomolskaja pravda", poslate u Krasnodar, tamošnjem novinskom ogranku. Primio ih je glavni urednik ogranka, Aleksandar Volkov. Njegova dužnost je bila da karte prosledi direktoru dnevnog lista, Valeriju Nikolajeviču Ganičevu, ali po cenu sopstvene sudbine odlučio je da ih zadrži i preda svojim bratancima koje je želeo da zaštiti od vojnog poziva. Aleksandrova sudbina je za sada nepoznata.

Sličan problem zadesio je i američke redove, što je bilo potpuno nedopustivo. Brojni informativni razgovori, suspenzije i otkazna rešenja najavili su suštinske promene u bližoj budućnosti i implementaciju novih protokola.

Ukoliko je i postojao neko u konferencijskoj sali koga bi to interesovalo, pomenute su sledeće informacije: novinska agencija Atlas je ugašena, a njihov direktor, Frensis Stjuart, osuđen na deset godina zatvorske kazne zbog izdaje državne tajne; Halovu kuću je banka uzela natrag, a dugove delimično namirila prodajom svih njegovih stvari, dok je staranje o njegovom psu preuzela komšinica, ali je životinja brzo uginula — veruje se, od tuge za gazdom koji mu se nikada nije vratio; Brajanova supruga, Sara, pronađena je obešena u porodičnoj garaži. U poruci koju je ostavila za sobom navodi da nije mogla da se izbori sa nagomilanim dugovima i osećajem da ju je muž napustio. Po mišljenju doktora koji ju je porodio, postporođajna depresija igrala je veliku ulogu u tom tragičnom ishodu. Na svu sreću, njena beba i drugo dete nisu bili ugroženi. Premešteni su na bezbedno i tek kada psiholozi budu bili saglasni, biće dodeljeni strateljskim porodicama.

Slajd se promenio i na njemu se sada našlo petoro legionara, sa civilnim i vojnim dosijeom. Tip sa naočarima nije mnogo trošio reči na njih, s obzirom na to da je petočlani sastav bio njihov izbor od ranije.

— Ni među njima nema preživelih — istakao je govornik nakon evidentne pauze i tako dodatno otežao smrknutu atmosferu u sobi. Neko iz sale se javio za reč i odmah izrazio zabrinutost zbog njihovih evidentiranih psiholoških problema, da bi potom zatražio bolji izbor unajmljenih vojnika za naredne misije. — Potpuno se slažem... — odgovorio mu je tip sa naočarima i prešao na narednu temu.

Izmenivši nekolicinu slajdova na kojima su se nalazile fotografije sa noćnih i dnevnih avio-izviđanja, napokon se zaustavio na jednoj koja je sa drastičnim uvećanjem u odnosu na ostale najbolje prikazivala nepoznato biće i njegovu prirodu.

— NVB koristi izuzetno naprednu kamuflažnu tehnologiju. Da nije instrumenata za merenje elektromagnetnog spektra, pažljivo sakrivenih u legionarskim džipovima, imali bismo ogromnih problema oko njegovog praćenja. Preferira noć za napadanje i retko otkriva pravu formu preko dana, stoga imamo osnova da verujemo kako mu dan služi za diverziju, infiltraciju ili izviđanje, pa možemo zaključiti da je veoma inteligentno. Kao što ste primetili na slikama, pažljivo vreba svoje žrtve i napada samo kada ima garancije da će uspeti. Često i one same obave posao umesto njega, ali o tome ćemo posle... — dovršio je izlaganje i odmah prešao na novo. Ubacio je novi set slajdova i prikazao im provaliju gde je jedno vozilo upalo.

— „Miraž 2" nam je potvrdio neke stare sumnje i pružio nove odgovore. Pre nego što su libijski vojnici zacementirali provaliju i prekrili je peskom, francuski špijuni u njihovim redovima uspeli su da istraže pećinu. Došli su do zaključka da ju je stvorenje koristilo kao svoje skrovište ili bar put do istog. Njega nismo zatekli tamo niti mu je iko zabeležio prisustvo, stoga verujemo da je verovatno osetilo da je kompromitovano pa je promenilo lokaciju. Ali obratite pažnju, molim vas, na ovaj bezdan... — uvećao je crno-belu fotografiju na kojoj se video zadnji deo stenovite jame i zjapeći tamni ambis. — Prema potvrđenim merenjima, dubina iznosi blizu šest stotina metara. Sama Ajfelova kula je visoka 324. S obzirom na to da je zbog ovakvog ishoda ekspedicije Gadafi zabranio bilo kakvo dalje istraživanje, možemo samo da pretpostavljamo šta se nalazi tamo dole...

Nekolicina vojnih starešina je među sobom nezadovoljno prokomentarisala ovu odluku libijskog vođe, dok se po stavovima tela moglo naslutiti da je neće olako prihvatiti.

Dotrajale cigarete se nisu pošteno ni ugasile u pepeljarama, a nove su već počele da se pale, kada su novi slajdovi prikazali sukobe među novinarskom grupom, odnosno čudna ponašanja.

— Pre nego što je nastupila oluja, naše kamere sa izviđačkih letelica potvrdile su ono o čemu su neki među vama već teoretisali. NVB odista raspolaže sposobnošću da utiče na umove žrtava, kako individualno, tako i masovno. Na koji način, i dalje je nepoznanica, ali imamo osnova da verujemo kako emituje određenu vrstu infrazvučnih talasa koji kod ljudi izazivaju vrlo živopisne halucinacije, osećaj teskobe, straha i potištenosti.[31] Mišljenja su i dalje oprečna kada je reč o uzročno-posledičnoj vezi između radijusa i jačine tih frekvencija. Nadajmo se da će buduće analize pomoći šefovima Centralne obaveštajne agencije u njihovim programima i psihološkim eksperimentima kontrole uma — izjavio je i napravio pauzu kako bi očistio maramicom stakla na naočarima. Tačno nasuprot njega, na kraju dugačkog stola i maltene u potpunoj tami, dvojica muškaraca i jedna žena bili su više nego zadovoljni svim ovim.

Nakon izvlačenja slajdova iz projektora, na panelu je ostao samo amblem Združenog štaba.

— Dakle, dame i gospodo, Libija je i diplomatski završena priča. Pustimo je na neko vreme, a onda ćemo u godinama što dolaze sručiti ceo El Dorado kanjon[32] na Ludog psa — preneo im je rešenje državnog vrha koje je u sebi nosilo zlokobno znamenje. — Što se naših saveznika tiče, krajnji je trenutak da preispitamo na čemu smo sa njima. Dosta smo mi nosili glavni teret. Sledeći put držaćemo sve konce u našim rukama — reče i lupnu dlanom o dlan.

Starac sa štapom je klimnuo glavom i svakog od prisutnih pogledom pomno ispitivao. Niko mu nije uzvratio pogled.

— Sledeći put? — zbunjeno je upitao neko sa leve strane stola, verujući kako je sa programom završeno.

— Da, ali možda je bolje da sami pogledate... — govornik je klimnuo glavom, izvadio jedan slajd iz sakoa i ubacio ga u uređaj. Na praznom panelu pojavile su se dve slike. Na prvoj se videla mapa Arktičkog kruga, a na drugoj beličasta humanoidna sena kako tumara po zavejanoj pustoši.

— Pripremite planove za „Miraž 3" — oglasio se zagonetni starac uz potmuli udarac štapa o pod, što je bio znak da je sastanak završen.

---

31 Vibroakustična bolest.

32 Bombardovanje Libije od strane Sjedinjenih Država 1986. godine; operacija je nosila šifrovani naziv „Kanjon El Dorado".

Dva mladolika asistenta sa akten-tašnama u rukama sačekala su da svi izađu napolje pre njih kako bi izbegli gužvu. Tek tada su mogli slobodno da nastave svoj poverljivi razgovor.

— Mislio sam da NVB preferira pustinje, ali izgleda da sam se prevario... — reče prvi.

— Samo ona mesta koja prirodno pogoduju svetlosnim iluzijama, a toga u polarnim krajevima ima u izobilju — uzvrati mu drugi.

— Hej, a ko je onaj matori što je sedeo preko puta nas? — upitao ga je kolega kada su stigli do lifta. — Jebote, jeza me je prošla kada me je pogledao na kraju...

Ovaj je malo zastao i uhvatio ga za rame, prećutno mu poručujući da bi trebalo da bude tiši.

— Kako sam čuo... Jedini preživeli iz prvobitnog „Miraža" — odgovorio mu je i ušao u lift.

— Zanimljivo... — začudio se ovaj. — Inače, znaš li šta mi je sinoć palo na pamet? Onaj klinja, Abdul... Znaš?

— Aha, nomad. Šta sa njim? — zbunjeno ga je pogledao.

— Preziva se Ibn Sarab. Na arapskom jeziku to znači iluzija, odnosno Sin iluzije — odgovorio mu je i pritisnuo dugme za zatvaranje lifta.

— Ma, čista slučajnost... — odmahnuo je kolega glavom i popravio sebi kravatu u ogledalu.

U knjizi *Miraž* Mladen Đorđević nastavlja svoj razvojni put kao pisac i istraživač geopolitičke scene sveta, nadograđujući sve što je preslikao u *Svetioničaru*.

Kako se ovde više bavi stavovima, željama i strahovima svojih protagonista, tako se ova knjiga može posmatrati i kao njegova prizma stanja društva, pojedinca, države i odnosa koji ih vezuje. Iz tog razloga nije se ograničio na samo jedan pogled, već je u knjigu uveo pripadnike nekoliko nacija i putem njihovih razmišljanja, opažanja i interakcije sa drugima predstavio svoje viđenje političke i društvene situacije u svetu. Likovi su pažljivo birani, realistično opisani i vođeni, pogotovo tokom preplitajućih scena, gde se u isto vreme radnja dešava na mnogobrojnim lokacijama. Unutrašnje refleksije ličnosti upotpunjuju priču i pružaju nam mogućnost da sagledamo svet njihovim očima. Tako nam, na primer, njihova međusobna različitost omogućava da istu situaciju vidimo na više načina, dok se njihovi odnosi razvijaju i produbljuju ili kidaju i uništavaju. Posebno bih istakao ekstrasenzorni odnos japanskog novinara sa svojom suprugom preko njenih crteža i ličnih zapisa. Ovde autor naprosto sija sa svojim filozofskim i psihološkim osvrtom i poput slikara vešto obogaćuje svoje delo.

Nije u pitanju ko, nego šta. Ovo je moje poslednje upozorenje. Ne idite ka Pojasu...

Protagonisti su novinari i vojnici različitih pozadina koji dobijaju zadatak da otputuju do Auzu pojasa radi ispitivanja navodnog ratnog zločina koji je tamo počinjen. Odmah po dolasku u Libiju suočiće se sa raznim prevratima, sumnjama i otkrovenjima i već tada će čitalac početi da bira ko mu je od likova najbliži. I bolje bi mu bilo, jer kada stignu do duboke pustinje sve maske će početi da padaju i sve što je nekada bilo više neće biti. Autor će zaroniti u psihu svojih likova, gospodariti njihovim strahovima i željama i prikazati nam ih kakvi zaista jesu, bez jarma društvenih normi. A do tada će već preostati samo čovek i pustinja. Ona u kojoj miraži oživljavaju i počinju danonoćno da vrebaju.

Pažljivo i mudro odabrani ambijent ima vodeću ulogu okruženja koji će im sastrugati sve predrasude i skinuti maske za koje možda nisu ni znali da imaju i ostaviti ih nalik ogoljenim dušama da traže svoj put kroz mrak. Opredeljivanje za pustinju je jako specifičan izbor, budući da ne postoji mnogo knjiga u kojima je ona pogodno tle za horor priču. Pa ipak, Mladen Đorđević ju je majstorski iskoristio i napravio pravu poslasticu svima koji se usude da zakorače mislima na peskom posute stranice.

Prvo čime pustinja zagospodari jeste um i duša onoga ko odluči da joj se približi. Nezasita kakva jeste, ukoliko je još i izgladnela, zariće očnjake u žrtvu bez upozorenja i milosti.

Priča je smeštena u Afriku i u vremenski period kada uveliko bukti rat između Čada i Libije. Mladen ovde hrabro demonstrira svoju istraživačku stranu. Vidno je proučio istoriju, geografiju, sociologiju i političku situaciju tog podneblja i sve to verno uklopio sa mitologijom i fikcijom. Zaista vredan i neophodan dar kod pisca. Kroz narativ je takođe provukao neke zanimljivosti i istorijske činjenice, što ovom delu daje značajnu težinu i edukativni karakter.

Stil je vrlo interesantan, dosta podseća na novinarski i na ranije romane Ernesta Hemingveja, gde se tokom čitanja ljudi mogu opustiti i prepustiti vođstvu knjige po peščanim dinama Sahare. Još u trilogiji *Svetioničar* je uspostavio svoj skoro pa filmski stil, a u ovoj knjizi ga je nadogradio tako da će čitalac često imati utisak da zaista vidi i oseća scene u knjizi. Ili su to miraži? Na čitaocu je da odluči.

Što se žanra tiče, ovo je pre svega psihološki horor obavijen kosmičkom stravom, ali i fantastikom koja je ovde samo začin. Mladen je stvorio savršeno okruženje za takvu priču i upoznao nas sa pravcatom kreacijom za izvlačenje iskonskih strahova iz ljudi. Jer ovde svakako ima nečeg iskonskog i kosmičkog, budući da se radnja dešava u pustinji, a strahovi ne dolaze sami od sebe...

I za kraj, želim da pomenem da je ovo knjiga za sve one koji žude da utonu u neku priču, ali i da posle čitanja provedu sate razmišljajući o onome što se nalazilo na stranicama. A vrlo lako se može desiti da provedu i dane razmišljajući da li su zaista napustili pustinju ili ona njih.

Darko Stanković,
predsednik Udruženja ljubitelja fantastike
„Ordo DrakoNiš" i književni kritičar

Poštovani čitaoče,

Pre sopstvenog osvrta na roman, voleo bih da ti se zahvalim na interesovanju za ovu knjigu i njenu kupovinu. U vremenu u kakvom živimo, takav vid podrške je za mlade autore od nemerljivog značaja i pravi vetar u leđa za dalje stvaralaštvo. Ako se već borimo sa pozamašnim prisustvom stranih kvazipisaca na domaćem tržištu, medijskim zanemarivanjem i kulturnim zapostavljanjem, onda zamisli kakav je to osećaj blaženstva kada se neko odluči da ti posveti pažnju i uzme tvoju knjigu u naručje. Zato još jednom veliko hvala. Ukoliko svi želimo kvalitetnu spisateljsku budućnost ovoj zemlji, onda je pomenuti način pordrške domaćim piscima nezadrživi juriš napred.

Sve je, dakle, počelo septembra 2017. godine. Kako je distopijska i neonoar trilogija *Svetioničar* bila u celini napisana, a njeni delovi bili prinuđeni da izlaze na po godinu dana, uvideo sam potencijalnu opasnost od praznog hoda u pisanju ukoliko se odlučim da sačekam sa radom na nečemu novom. Prvi tom je već bio u jeku kada sam dovršavao poliranje drugog, znatno jezivijeg u trilogiji. Sam taj proces predstavljao je i začetak *Miraža*.

Prisustvo kosmičke strave u drugom tomu *Svetioničara* dalo mi je jasnu sliku o tome kakvu vrstu horora zaista volim i kakva me tema iznad svega inspiriše kod takvog žanra. Vođen tim utiskom, osetio sam želju da se posebnom knjigom oprobam u svetu strave i užasa i, kao što je to bio slučaj sa *Svetioničarem*, napišem nešto drugačije od mojih prethodnika. Ali kako napisati nešto gde je u velikom broju slučajeva već sve rečeno ili prikazano? Kako uneti nešto novo u žanr koji ima jedan jedini cilj prema čitaocu? Odgovore bi uvek trebalo tražiti kod majstora i neprikosnovenih legendi kosmičke strave.

Hauard P. Lavkraft je svoje strašne priče voleo da smešta u strane i daleke predele, egzotične svetove ili druge dimenzije, često neshvatljive za savremeno poimanje čitalaca, odnosno samih protagonista. Na taj način je odstranjivao osećaj poznatog kod obeju strana i primoravao ih da ulože punu pažnju na dešavanja. Znao je vrlo dobro da je tanka linija između žudnje za otkrivanjem i terora nepoznatog. Na konto svega toga neophodno je dodati i jedinstvenu atmosferičnost njegovih priča kao esencijalni produkt stranog ambijenta. Nju je možda i najteže postići u pisanju jer je čovek pre svega čulno biće, a odmah zatim i misaono. Pa ipak, Lavkraft je snagom svoje mašte to postigao i dostigao spisateljsku besmrtnost.

Na drugoj strani imamo Džona Karpentera, izuzetnog reditelja koji se istakao snimanjem horor filmova, a od kojih posebno izdvajam vanvremenskog *Stvora*, iz 1982. Adaptiran po noveli Džona V. Kembela, *Ko tamo ide*, film je prema mnogim savremenim mišljenjima obogatio priču i dodao joj dimenziju više. „Oživeo" je polarni ambijent i, nalik Lavkraftu, potčinio ga elementima horora kao što su neizvesnost, užas i strah od nepoznatog. Sveprisutnu atmosferičnost Karpenter je u filmu predstavio kao jedan od važnijih faktora, kao protagonistu ili antagonistu, zavisno od toga kako je posmatramo.

Samo na osnovu ova dva primera i medija (knjige i filma), možemo zaključiti da su ambijent, strah od nepoznatog, užas i atmosferičnost međusobno povezana tkiva, a samim tim i srž svakog horora u kojem je naglašena kosmička strava. Kao njen ljubitelj i iskreni poštovalac dvojice pomenutih umetnika, odnosno neko kome je ovaj roman „drugo" i nadasve zasebno književno putovanje u takav svet, zaista sam se trudio da što je moguće više uhvatim te elemente, pridodam im dozu filmičnosti i pristojno ih uklopim među stranice *Miraža*.

Od samog starta sam želeo da radnju knjige smestim u pustinju. Nekako mi je odmalena odisala egzotikom i mistikom, u dovoljnoj meri da je u mislima doživim stranim i dalekim svetom koji kao da ne pripada ovom našem. Konačno, za nju sam se i definitivno odlučio kada sam, tragajući po internetu koliko sam mogao, ustanovio da je niko od savremenih pisaca nije uzimao kao primarno mesto dešavanja u svojim objavljenim knjigama sa tematikom horora. Ako i jesu, uglavnom su je koristili polovično i selektivno ili su u fokus smeštali egipatske piramide, što je odveć postalo kliše. Štaviše, svaki put kada bih nekome otkrio da se radnja *Miraža* dešava u pustinji, ljudi bi me začuđeno pogledali. Bilo im je teško da zamisle kako to pustinja može da predstavlja važan ambijent za horor, odnosno da igra tako presudnu ulogu u nekoj priči. Ali može, baš kao Antarktik kod Kembela, Bezimeni grad kod Lavkrafta ili džungla kod Džozefa Konrada. Na kraju krajeva, bez pustinjske planete Arakis kod Frenka Herberta ne bi ni mogao da se zamisli ceo njegov serijal *Dine*.

Inspiracija za priču nadogradila se sama od sebe kada sam se prisetio misterioznog stradanja Djatlove grupe iz 1959. godine. Događaj koji i dan-danas izaziva jezu u svetskoj javnosti desio se prilikom ekspedicije devetočlane sovjetske planinarske grupe na severnu stranu Urala prema takozvanoj Mrtvoj planini, predvođene Igorom Djatlovim. Istražitelji u početku nisu mogli da pronađu iskusne planinare, ali tek kasnije počeli su da nailaze na njihova tela u takvim stanjima da se nije mogao pouzdano otkriti razlog koji je doveo do takvih smrti. Jedni su pronađeni bosi i u donjem vešu, drugima su nedostajali jezici ili oči, dok su treći pretrpeli i suviše gnusne povrede tela da bi se obelodanile javnosti. Dugi niz godina je zaključak u zvaničnim dokumentima istrage bio da je, „nepoznata prirodna sila" izazvala smrti, ali čak ni nakon raspada SSSR, objavljivanja dokumenata i naknadnih internacionalnih istraživanja nije se moglo doći do pravih odgovora na surovu misteriju.

Usledile su brojne teorije poput lavina, katabatičkih vetrova, vojnih testova, „paradoksalnog skidanja" itd. No, najinteresantnija hipoteza, ujedno i najinspirativnija za pisanje *Miraža* bila je ona koja se ticala infrazvuka, to jest, retkog fenomena pod nazivom Karmanova vrtložna ulica. Prema toj teoriji, prelazak vetra preko vrha planine gde se nalazila ekspedicija generisao je zvuk duboke frekvencije koji kod ljudi obično izaziva fizičku nelagodu i psihičku teskobu sa zastrašujućim efektima.

Imajući sve to u vidu, dolazimo do „Čuvara", sablasne humanoidne pojave koja progoni likove u knjizi. Sam koncept tog bića trebalo je da predstavlja ultimativni strah od nepoznatog i iskonsku kosmičku stravu. U originalom rukopisu rukovodio sam se idejom da ne bi trebalo produbljivati njegovu pozadinsku priču. Kako se mnogo čuvenih pisaca i režisera odlučivalo za takav pristup u svojim delima, moja „kutija misterije" trebalo je da ponudi otvorenu dilemu u vezi porekla tog bića — da li pripada mitološkom i religijskom ili pak vanzemaljskom? Pa ipak, što su se više motivi stvora menjali i na kraju doživeli zaokret od 180 stepeni, to sam više uviđao da čitaocu dugujem pojašnjenje njegovog prisustva i postojanja. Uostalom, ako nekada bude došlo do pisanja nastavaka, to će neumitno biti i potrebno, a samim tim ponudiće i mnoštvo drugih ideja, zapleta i raspleta.

Ne bi niko pogrešio kada bi na prvu izjavio da se radi o antagonisti u knjizi. Ali ako bi se priča posmatrala dublje i iz drugog ugla, moglo bi se posumnjati u takav zaključak. Tada bi se moglo zapaziti da je on samo puki katalizator „pravih" antagonista i njihovih osobina — novinara, legionara i državnika, odnosno njihovih trauma, želja, strahova i fobija. Negde u podsvesti bih ga čak doživeo i kao silu prirode koja sama po sebi nije zla i nužno loša, ali je neophodna.

Na samom kraju ovog mog obraćanja tebi, dragi čitaoče, kao Pandora ostavio sam nadu da si uživao u knjizi, dobro se prestravio, zabavio ili bar zapitao šta sve spava u udaljenim kosmičkim predelima, odnosno pod našim stopama? Kakve se istine kriju iza mitologije naših predaka i jesu li one tu da nam otkriju pravu pozadinu naše prošlosti ili nas opomenu na našu budućnost?

Do narednog čitanja, kumbaja.

Mladen Đorđević

BIOGRAFIJA

Mladen Đorđević rođen je 2. 6. 1986. godine u Nišu. Pohađao je Osnovnu školu Vožd Karađorđe, maturirao u Gimnaziji Stevan Sremac i diplomirao na Fakultetu za pravo, bezbednost i menadžment — „Konstantin Veliki" u Nišu, sa stečenim zvanjem diplomiranog menadžera u saobraćaju. Bavio se kucanjem i uređivanjem kolumni u časopisu „Serbona" zajedno sa svojim bratom Bogdanom i ocem, prof. dr Radomirom Đorđevićem, koji iza sebe ima na desetine publikovanih naučnih knjiga. Pisanjem se bavi već nekoliko godina. Iza sebe ima nekoliko kratkih priča, a pojedine su bile objavljene u niškom časopisu „Gradina", zbirci priča *Čuvari zlatnog runa*, kao i u elektronskoj zbirci *Beskrajne priče*. Distopijska fikcija i neonoar trilogija *Svetioničar*, predstavlja njegov prvi korak ka svetu književnosti. Koautor je i priređivač knjige *Od mača do kubure*, kao i autor horor romana *Miraž*. Jedan je od osnivača i članova Udruženja ljubitelja fantastike Ordo DrakoNiš.

Ljubitelj je žanrova poput avantura, ratnih novela, naučne i epske fantastike, krimi-trilera i misterija. Kao svoje omiljene pisce koji su mu oblikovali maštu navodi: Žila Verna, Džona Tolkina, Marka Tvena, Hauarda Lavkrafta, Klajva Barkera, Roberta A. Hajnlajna, Džoa Haldemana, Džejmsa S. A. Korija i Dena Simonsa. Poseban predmet interesovanja za njega predstavljaju: geopolitika, moderna kinematografija, astronomija, fotografija i savremena likovna umetnost, istorija i psihologija.

Živi u Nišu i bavi se audio-vizuelnom montažom, izradom trejlera, tizera i promotivnih priloga.

Mladen Đorđević
MIRAŽ
London, 2025

Izdavač
Globland Books
27 Old Gloucester Street
London, WC1N 3AX
United Kingdom
www.globlandbooks.com
info@globlandbooks.com

Dizajn korica
Bogdan Đorđević

www.ingramcontent.com/pod-product-compliance
Lightning Source LLC
Chambersburg PA
CBHW070923190726
48292CB00004B/1077